rororo

«Terézia Moras literarisches Debüt ist beachtlich, wir sind gespannt, wie es weitergeht.»

(Verena Auffermann in der *Süddeutschen Zeitung*)

TERÉZIA MORA, 1971 in Ungarn geboren, lebt seit 1990 in Berlin. Dort schreibt sie Drehbücher und übersetzt aus dem Ungarischen. «Seltsame Materie» ist ihr erster Erzählband. 1997 erhielt sie den Würth-Literaturpreis für ihr Drehbuch «Die Wege des Wassers in Erzincan» sowie den Open-Mike-Literaturpreis der Berliner LiteraturWERKstatt für die Erzählung «Durst». 1999 wurde sie mit dem Ingeborg-Bachmann-Preis ausgezeichnet.

Terézia Mora

SELTSAME MATERIE

Erzählungen

Rowohlt Taschenbuch Verlag

3. Auflage August 2010

Veröffentlicht im Rowohlt Taschenbuch Verlag,
Reinbek bei Hamburg, Dezember 2000
Copyright © 1999 by Rowohlt Verlag GmbH,
Reinbek bei Hamburg
Lektorat Dirk Vaihinger
Umschlaggestaltung C. Günther/W. Hellmann
(Fotos: The Image Bank/Victoria Kann/
Kevin MacPherson; Illustration: Karsten Schuldt)
Gesamtherstellung CPI – Clausen & Bosse, Leck
Printed in Germany
ISBN 978 3 499 22894 0

SELTSAME
MATERIE

INHALT

SELTSAME
MATERIE

Erzähl ja niemandem, wie es passiert ist. Und erzähl auch sonst nichts von hier.

Mein Bruder macht sich Sorgen. Wir düngen den Garten mit dem Inhalt der Latrine. Es ist zu spät dafür, das neue Jahr hat schon begonnen, der schwere Dung der Latrine wird bis zum Frühjahr nicht mehr verrotten. Dennoch: Wir haben es in der vergangenen Nacht beschlossen und heute früh damit angefangen, als es noch dunkel war. Mein Bruder schaufelt den Dung in die Schubkarre, dann schiebe ich sie in den Garten, dann grabe ich die Furche um, dann schaufelt mein Bruder den Dung hinein, dann decke ich sie wieder zu. Da ich ihm nicht antworte, arbeiten wir stumm. Meine Haare sind an manchen Stellen noch fast fünf Zentimeter lang. Sie wippen im Wind, als wäre es schon Frühling, als würde der Flaum der Pappeln an meiner Kopfhaut kleben.

Die Haare hat man mir am Sonntag geschnitten. Vater hatte sie, nachdem wir Mutter in den Krankenwagen gelegt hatten und der Hof voller Nachbarinnen war und ich mit dem Zigeuner Florian alleine wiederkam, in einem unbemerkten Moment angezündet. Und dann schrie er in den Armen der Männer, die ihn festhielten und in den Kot des Hühnerhofes drückten. Über den Schmerz. Ich selbst verspürte keinen. Tante Ella stand ganz in meiner Nähe und löschte das Feuer in meinen Haaren mit den Zipfeln ihres Kopftuchs. Es war nur die eine Hälfte verbrannt. Von dort fiel das Haar auf die Erde hinunter, wie Maishaar, und manche Strähnen waren seltsamerweise gar nicht am Ende verbrannt, sondern erst weiter oben.

Tante Ella hat uns zwanzig Eier dagelassen. Die taugen nicht viel, sagt sie. Der Winter ist zu warm, das ist nicht gut, sagt Tante Ella. Für die Tiere nicht und für die Pflanzen nicht und nicht für die Menschen. Sie werden zu schwach davon, und manche von ihnen werden verrückt, und manche sterben – wie unser Vater und unsere Mutter. Ich aber, die ich lebe und gesund bin, dünge mit meinem Bruder das Feld, und ich halte den Kopf in den lauen Wind, der den Geruch unseres Dungs hinüber zu den Nachbarn trägt, wie sonst zu uns den bitteren Geruch ihres brennenden Holzes und der Iltisse, die Attila Hornák in seiner Veranda hält. Das sollten wir auch machen, sagt mein Bruder, das bringt eine Menge Geld.

Nach dem Düngen wasche ich die Haare meines Bruders und anschließend mich selbst in der Waschschüssel mit dem Monogramm. Mein Bruder sitzt mit einem Handtuch auf dem Kopf dabei und sieht mir zu. Wir behalten beim Waschen immer unsere Unterwäsche an. Danach setzt mein Bruder seinen von Großvater geerbten Hut auf die nassen Haare und zieht seinen alten Wintermantel an. Während wir zur Bushaltestelle an der Fernstraße gehen, schlagen im Wind die Flügel des Mantels wie in den Filmen. Mein Bruder hat milchweiße Haut und eine zarte Statur. Manche sagen, er sei schwachsinnig, aber das stimmt nicht.

Wir meiden die Traktorenstraße und waten durch die Felder. Elemente. Das fällt mir dort ein, während wir gehen. Elemente.

Die Elemente in der Tabelle Mendelejews, die mein Bruder, als er noch zur Grundschule ging, auswendig lernte. Die Tabelle hing über meinem Bett, weil ich sie lernen sollte. Mein Bruder lernte aber nicht die vollen Namen, also Wasserstoff, Helium usw., sondern nur die Zeichen, wie sie geschrieben standen: H, He, Li, Be, B, C … Manchmal sang er sie – ohne Melodie, aber rhythmisch – vor sich hin. Ha-He-Li-Be-Be-Ce-NeO-Fe-Ne. Den Tanten, die ihn unter ihren Kopftüchern hervor mißtrauisch beäugten, sagte er, das sei die Sprache der Wissenschaft, so sprächen die Kosmonauten über uns – und er zeigte in den Himmel. Die Tanten mit den Kopftüchern sahen nun mich an, und ich sagte in einem ernsten Ton zu meinem Bruder: Na-MgAl-SiP! Als dann die Tanten gegangen waren, lachte mein Bruder und sagte: Au-Hage-Tele-Pe, Bi-Po? Ich sagte ihm, er solle so nicht mehr reden, man würde ihn bloß für schwachsinnig halten.

Später bekam ich in der Schule eine Fünf, weil ich, als ich danach gefragt wurde, die Elemententabelle nur noch singen konnte: Ha-He-Li-Be. Die Klasse lachte lange und wie wahnsinnig. Ihr solltet alle mal zum Arzt, da bei euch, sagte die Lehrerin.

Man könnte eine Perücke daraus knüpfen lassen, sagt Tante Magdala. Wir schauen alle auf den gelben Haufen, der im Hof liegt. Mir fällt nur ein, daß man sie zum Abdichten der tropfenden Wasserleitung nehmen könnte. Ich zucke mit den Achseln. Wir begraben die Haare im Garten.

Es wird dir niemand glauben. Darum, sagt mein Bruder. Die Felder, durch die wir waten, sind matschig. Elementar. Von Mutter habe ich gelernt, immer ein zweites Paar

Schuhe mitzunehmen, wenn ich in die Stadt gehe, damit ich in der Stadt mit sauberem Schuhwerk laufen kann. Auch jetzt trage ich braune und blaue Halbschuhe für meinen Bruder und mich in meinem Rucksack. Mein Bruder sagt, ich solle lieber sagen, ich stamme vom Schloß.

Als Kind war ich oft auf dem alten Gutsschloß, und obwohl ich Angst vor den Fledermäusen hatte, die sich einem in den Haaren verfangen, ging ich sogar auf den Dachboden hinauf und spazierte hinter den Rücken der Statuen auf und ab.

Tante Ella ist der Meinung, unsere goldblonden Haare seien ein Erbe der Grafen, ich solle mir doch nur das Gemälde der Gräfin Maria ansehen. Es gab viele goldhaarige Dienstmädchen, die ihren Herrinnen wie aus dem Gesicht geschnitten waren, sagt Tante Ella. Sie hatten Namen wie Creszenz, Leonie oder Amaryllis. Bevor die Russen kamen und ihre Traktoren auf den weißen Marmor der Sala Terrena stellten, hatten sie sich dann auch ihren gerechten Erbteil aus dem Schloß geholt. Auch wir haben eine Waschschüssel mit einem Monogramm: F. N. E. Den Krug dazu hat jemand anders, wir wissen nicht, wer.

Jetzt wollen sie das Schloß wieder öffnen, für die Touristen, und sie holen von überall her Möbel, Teppiche und Porzellan. Tante Ella sagt, man wird auch bei uns nach den verschwundenen Sachen suchen. Sie hat einen venezianischen Spiegel in ihrem Schlafzimmer, den sie immer mit einem schwarzen Tuch verhängt. Wenn sie kommen, sagt mein Bruder, vergrabe ich die Schüssel im Hof.

Ich träume auch heute noch oft vom Schloß. Ich laufe durch dunstige, leere Räume und bunte Laboratorien. Bis ich auf einmal nicht mehr weiterkomme. Treppen verschwinden oder Türen lassen sich nur noch einen Spalt öffnen, durch den ich zwar hindurchschauen kann, aber nicht mehr hindurchgehen. Einmal, in einem Traum, schrumpfte das ganze Schloß um mich herum zusammen, und wäre ich nicht mit reichlich Schürfwunden durch ein winziges Fenster entkommen, es hätte mich zusammengedrückt. Du bist dumm, sagt mein Bruder, man wacht vorher immer auf. Mein Bruder hat oft recht. Diesmal aber nicht. Niemand, den ich kenne, hat Träume wie ich.

Ein Lehrer sagte einmal zu mir, ich würde lispeln, und er zeigte mir auch gleich, wie man das S bildet: mit der Zunge hinter den Zähnen. Er sagte dann aber auch: Dieses A wird man in seinem Leben nicht mehr los. Ich sage zu meinem Bruder, es würde nichts nützen zu sagen, ich käme woanders her. Sie würden sowieso hören, woher ich bin.

Man sieht die Fernstraße schon von weitem. Man sieht die Busse jener, die eine Stunde vor uns losgegangen sind, dafür manchmal den eigenen nicht. Man weiß nie, wann es sich lohnt loszugehen. Manchmal kommt der Bus aus unerklärlichen Gründen einfach nicht an. Niemand bringt uns Nachricht und wir wissen auch nicht, wo man nach den verschwundenen Bussen fragen kann. Es kann doch sein, sagt mein Bruder, daß sie tatsächlich irgendwo auf dieser langen geraden Straße verschwunden sind, und niemand hat es bemerkt, weil niemand nach ihnen gefragt hat. Manchmal zieht der Bus auch an uns vorbei, obwohl wir am Straßenrand stehen. Es kann doch sein, sagt mein Bruder, daß wir von Zeit zu Zeit unsichtbar werden.

Als wir dann endlich im Bus sitzen, zählt er bei jedem

Türöffnen laut mit, wie viele unsichtbare Menschen jetzt wohl mit eingestiegen sind. Und er fragt: Wie lange werden die schon dagestanden haben?

In der Stadt asphaltiert man immer ganz bis an die Baumstämme. Die Wurzeln buckeln den Gehsteig, man muß beim Laufen immer die Füße im Auge behalten, sonst stolpert man, wie im Wald. Wir laufen in braunen und blauen Halbschuhen. Mein Bruder trägt einen Hut und ich eine Mütze. Es regnet uns in den Nacken. Es regnet sanft, in langen, lautlosen Strichen, wie später in den Träumen, die ich über zu Hause träumen werde. Ich werde so häufig von diesem Marsch im Regen träumen, daß ich gar nicht mehr weiß, ob es uns jetzt tatsächlich gibt, ob wir tatsächlich hier gehen oder ob es ein Traum ist, den ich später haben werde.

Wir laufen einen Umweg über den Platz, wo es diesen Photographen gibt, der ein Bild unserer Cousine Marta in seine Auslage gestellt hat. Seit zwei Monaten schon. Sie steht ganz in der Mitte. Mein Bruder sagt: Sie ist gar nicht schön. Cousine Marta sieht aus wie eine Puppe. Unsere goldblonden Haare zu Engelslöckchen gedreht, unsere blauen Augen bei ihr wie Murmeln rund. Ich bin die einzige in der Familie, bei der die Backenknochen so hoch gerutscht sind, daß ich Schlitzaugen habe, wie eine Mongolin. Mein Bruder und ich, wir sehen uns sehr ähnlich. Und trotzdem ist er schön und ich nicht. Ihr seht aus wie kleine Engelchen, sagt Tante Magdala. Wir geraten beide nach unserem Vater. Niemand würde unseren Vater mit einem Engel vergleichen.

Unser Vater hat viele Kinder. Mein Bruder und ich, wir haben so manches Geschwister, das wir nicht kennen.

Aber wir erkennen sie alle, wenn sie uns begegnen. Und sie erkennen uns. Wir sind kahlköpfige Babys. Dann wachsen uns goldblonde Haare, die uns Tanten und Mütter mit gußeisernen Lockenstäben eindrehen. Manchmal brennen sie uns mit den Lockenstäben rote Blasen an den Hals. Fremde bleiben vor uns stehen, bewundern unsere Puppenkleider und Murmelaugen, und wir sagen nicht, wie wir heißen. Die Schokoladenriegel pressen wir in unseren Fäusten zu braunen Stangen, in denen das Stanniol klebt und die Märchenbildchen, die sich manchmal darunter verbergen.

Im Krankenhaus setzen wir Hut und Mütze nicht ab. Mutter bemerkt nicht, daß ich keine Haare mehr habe. Sie lobt meinen Bruder, wie stattlich er in Großvaters Mantel aussieht. Unter ihrem Bett liegen kleine Vierecke von Papierbinden; es scheint, sie sind mit schwarzem Wagenfett beschmiert. Ich weiß nicht, was unserer Mutter fehlt. Ich weiß nicht einmal, ob sie unsere Mutter ist. Sie ist so schmal, so schwarzhaarig. Wie kann es sein, daß sie uns überhaupt als die Ihren erkennt? Wir haben unserer Mutter nichts zu essen mitgebracht, kein Kompott, keinen Kuchen. Wenigstens Blumen hätten wir kaufen sollen, sagt mein Bruder, als wir wieder draußen sind. Am Krankenhaustor verkauft eine Bäuerin Chrysanthemen. Als wäre es ein Friedhof.

Du darfst nicht fort, sagt mein Bruder zu mir. Wenn du fortgehst, werde ich wie der Kelemen mit seinem Fahrrad. Der Kelemen mit seiner Uschanka und dem halben Auge kann nicht Fahrrad fahren, aber man sieht ihn nie ohne sein rostiges Gestell. Er führt es neben sich her durch die Ackerfurchen, über die Fernstraße, vorbei an toten Katzen,

Hunden, Rehen und Rebhühnern, wie sonst nur die alten Frauen ihren Stock, die nicht zugeben wollen, daß sie einen brauchen. Der Kelemen ist Feldhüter, und er ist immer betrunken. Und er zeigt den Fahrradtouristen, die hier im Sommer vorbeirollen, wo schon im frühen August die reifen Früchte hängen, denn alleine würden die Fahrradtouristen sie nicht finden. Der Feldhüter Kelemen fühlt sich den Fahrrädern verbunden, tätschelt sie und zwinkert mit seinem Auge den Touristen zu, die meist nur ausländisch sprechen. Aber mein Bruder wird nicht wie Kelemen werden. Mein Bruder ist schön. Die Mädchen werden ihn ernähren. Er wird acht Kinder zeugen. Goldblond.

Wenn sie mich fragen, werde ich sagen, daß ich nirgends herkomme und niemanden kenne. Es gibt mich einfach nur so. Ich kann singen. Aus der Zauberflöte singe ich die Arien des Sarastro. Und ich habe einige Männerrollen gelernt. Und seitdem ich elf bin, weiß ich, wie die Hühner des großen Romulus hießen. Domitianus war ein schlechter Kaiser.

Wenn du gehst, wirst du eine Nutte, sagt mein Bruder. Er mag keine Nutten. Mein Bruder zählt manchmal auf, was er mag und was nicht. Unter «Ich mag» nimmt Tiger, die Katze, Platz eins ein, dann komme schon ich. Bei «Ich mag nicht» führen ungeschlagen Schuldirektor V. und Doktor S., deren fürchterliche Namen er aus Aberglauben niemals ausspricht und es auch mir nicht erlaubt; dann folgen die Hirten, die Nutten und die Busfahrer. Die Polizisten fallen unter «Ich mag».

Auf dem Busbahnhof, einen kaputten Schuh in der Hand, steht ein Obdachloser an seinen Krücken. Vor ihm ein Polizist, der ihn anschreit, er solle ihm seinen Ausweis zeigen.

Tante Ella hat uns zwanzig Eier geschenkt. Als wir nach Hause kommen, mache ich Rührei aus zwei Eiern für meinen Bruder und mich. Nach einer Woche mag mein Bruder kein Rührei mehr essen. Wir trauen uns nicht an die Würste, die in der Kammer hängen. Wir haben Angst, daß wir es später unserem Vater oder unserer Mutter nicht werden erklären können, wo sie geblieben sind, wenn sie danach fragen.

Mein Bruder lutscht einen weißen Stein, der wie eine Bohne aussieht. Er ist geschickt, er verschluckt den Stein nicht. Er erzählt den Mädchen, er habe von unserem amerikanischen Onkel ein Pfefferminz geschenkt bekommen, das niemals alle wird. Sie glauben ihm, schauen ihn bewundernd an. Auch ich will mir so einen Stein suchen, der so schön aussieht auf der rosa Zunge meines Bruders, zwischen seinen Zähnen, weiß, wie Kalk. Aber ich finde keinen.

Wir essen Schmalz. Meine Haut platzt überall auf, ich weiß nicht, ob vom Schmalz oder vom Eiweiß, das ich mir ins Gesicht schmiere, seitdem wir die Eier nicht mehr essen. Das Eigelb schmiere ich mir auf die Handrücken und die Lippen. Im Haus und auf dem Hof liegen überall abgebröselte trockene Eigelbstückchen. Ich koche Kakaoknödel, Polenta und Tütengulaschsuppe, in der trockene Gemüsevierecke schwimmen. Wir essen sie sehr heiß. Ich habe eine Blase an der Zunge, sagt mein Bruder später. Wenigstens mag er an dem Tag nichts mehr essen.

Weißt du, daß du häßlich bist, sagt mein Bruder. Du brauchst gar nicht hinzufahren. Sie nehmen ohnehin nur Schöne.

Tante Magdala schenkt mir ein graues Pepitakleid, das bis unter die Knie reicht und meine dicken Waden betont. Es hat am Kragen, am Saum und an den Ärmeln schwarze Rüschen.

Als Kind stellte mich Tante Magdala immer bei sich auf die Kommode, und ich mußte ihr «Du bist wie eine Blume» aufsagen. Darüber weinte sie jedesmal. Ich sage ihr nicht, daß «Du bist wie eine Blume» nicht auf meiner Vorsprechliste steht. Sie ist die einzige, die sich nicht darüber wundert, daß ich Schauspielerin werden will. Sie scheint sogar fest daran zu glauben, daß es sein kann. Meine Mutter sagte im Krankenhaus zu mir, sie wolle beten, daß man mich wieder zurückschickt.

Tante Magdala erzählt mir, sie habe unseren Vater im Dorf gesehen. Er sitzt seit gestern im Wirtshaus und spielt Karten. Ich spiegle mich im Fensterglas und schneide mir mit dem Trimmer die Haare gerade. Der Trimmer war das einzige Geschenk, das Großvater damals von seiner Reise nach Westdeutschland mitbrachte. Ich gehe in Vaters erdbraunem Hochzeitsanzug zur Prüfung, obwohl er mir etwas zu kurz ist.

In der Stadt reicht der Asphalt bis an die Haut der Bäume. Ich laufe in blauen Schuhen um die Wurzeln herum.

Im Raum, in dem wir warten, wird kein Licht gemacht. Die Wände sind mit dunklem Holz getäfelt, und es gibt einen Kamin. Der Kamin ist aus blaßrosa Marmor. Wie im Schloß. Ich lege meine Hand auf seine Schulter. Sie paßt genau hinein. Wir stehen. Um uns herum die anderen, sie machen Bewegungen. Dunkel knarren die Dielen unter ihren Körpern.

Die anderen Mädchen starren auf meinen Kopf. Ein fast unsichtbarer goldener Flaum bedeckt ihn. Meine Ohren. Der einzige Lichtfleck des Raums fällt auf sie. Die

Jungs schauen mich nicht an. Sie wenden sich ab. Sie schämen sich für mich.

Während der Prüfung achte ich auf das A, ich spreche es, so offen ich kann. Einer der Männer sagt schließlich: Sie haben einen Dialekt. Ja, sage ich. Warum ich Schauspielerin werden will. Ich sage, ich komme von einem Gehöft. Die Männer machen gar kein Gesicht. Dann schaut sich ein anderer Mann meine Liste an und fragt: Das Periodensystem der Elemente? Ich nicke. Ich atme die Luft in meine Sarastro-Lungen und singe: Ha-He-Li-Be-Be-Ce-NeO-Fe-Ne-Na-MgAl-Si-Pe-Se-ClAr ...

Sag es einfach. Wort für Wort. Lege kein Pathos hinein. Schluchze nicht. Schmelze nicht. Sag es einfach. Wort für Wort.

Wenn man aus der Stadt kommt und aus dem Bus auf sie hinausblickt, scheint meine Heimat wie aus einer einzigen zusammengegorenen Materie zu sein. Aus Fasern, so braun und so unauftrennbar wie die Wolle unserer Kleidung. Als ich in Vaters Anzug am Rand der Felder stehenbleibe und zurück zur Straße blicke, wo mich kaum eine Minute zuvor der Bus in die braune Dämmerung entlassen hat, sind sowohl Bus als auch Straße verschwunden. Da weiß ich plötzlich, daß mein Bruder recht hat: Es kann tatsächlich sein, daß es hier Zeiten gibt, in denen wir unsichtbar werden.

Mein heller Kopf rollt wie ein niedriger Mond durch die Mitte der Landschaft. Ich wandere über unsichtbare Felder. Ich denke, daß ich Schauspielerin sein werde. Ich denke, wenn ich Schauspielerin sein werde, muß ich auf das A achten und darauf, nicht unsichtbar zu werden. Ich denke an eine Bühne, wie an ein welliges Fensterglas, eine Kommode. Ich denke an Kakaoknödel und Schmalz. An meinen Bruder und mich. Meine Haare als Dung auf dem Feld.

Der Feldhüter Kelemen spielt im Wirtshaus die Harmonika. Mein Vater hat schon drei Renten verspielt. Außer mir sind nur Männer hier, und sie alle waren schon betrunken, als ich in meinem Pepitakleid hereinkam. Florian ist da, und obwohl er Angst vor meinem Vater hat, bestellt er bei Kelemen eine neue Polka und wir tanzen auf dem kleinen freien Viereck vor dem Eingang. Mein Vater blickt von den Karten nicht auf.

Mein Bruder sitzt neben Kelemen auf der Bank. Seine Schlitzaugen sind ganz rot vom Obstwasser und sein Gesicht ist weiß wie Kalk, wie Spinnweben, seine Haare sind gelb. Ich tanze Polka mit Florian. Paß auf, sagt mein Bruder, das ist ein Zigeuner. Na und, sage ich, und die Schiffsdielen stauben und hüpfen unter unseren Füßen. Aus dir wird auch nur eine Nutte, sagt mein Bruder mit tiefer Stimme. Na und, sage ich und drehe mich mit Florian Bein in Bein. Polka ist eben mein Lieblingstanz.

Ha-He-Li-Be!

STILLE. mich.
NACHT

Es ist ganz dunkel hier. Und still. Man hört einfach alles.
Man hört es. Daß sie kommen.

Ich weiß nicht, woher sie es wissen, aber sie wissen es.
Oder sie wissen es nicht, aber es ist ihnen egal. So wird es
sein. Es muß ihnen egal sein, sonst würden sie es gar nicht
erst versuchen. Sie sagen sich: Es ist egal. Die Nacht ist ein
Kübel mit geteerten Wänden und reicht bis weit hinauf.
Wir stehen darin. Sie waten darin. Manchmal ein Stück
Himmel. Ein kreideweißer Feldweg. Auf der einen Seite
der Wald, auf der anderen die aufgepflügten Maisfelder.
Hinter dem Wald die Berge und die Stadt, hinter dem
Mais das Moor. Nichts davon sieht man. Die Manövergruppe hat keine Nachtsichtgeräte. Ich weiß nicht, woher
sie es wissen, aber sie wissen es. Wir stehen im Zweihun-
dert-Meter-Abstand, wir sehen einander nicht. Der Feldweg windet sich um viele Kurven, die Grenze beugt sich,
umflicht die Dörfer, als würden sie in Körbchen sitzen
oder unter lauter Hauben. Wir können nur horchen. Horchen ob.

Äste fallen von Bäumen. Man hört es. Äste fallen von Bäumen, die, ich weiß, weit weg sind. Und trotzdem weiß ich,
daß es die Äste sind. Man hört einfach alles. Im Sommer
höre ich so die Blätter, wie sie aneinander reiben, das Mes-
serschärfgeräusch im Mais, wenn sich die Blattkanten berühren. Aber jetzt gibt es keine Blätter. Alles ist durchgän-

gig, Äste wie Windspiele, aber ohne Hall, alles ist im Naß, schwer.

Und sie wissen, daß das Schilf Geräusche macht, sie wissen, daß die Bäume Geräusche machen, das sich durchbiegende Laub, der Weißdorn, die Klettenblüten, sie wissen, daß die aufgepflügte Erde Geräusche macht wie Säuglingsschmatzen. Sie wissen, es gibt Wassergräben. Nur der gewundene kreidige Streifen scheint sicher zu sein. Irgendwann nimmt jeder den Weg. Ich stehe am Weg.

Ich höre, er kommt genau auf mich zu. Von links. Nur einer. Die nasse Kreide winselt an seinen Schuhen. Er kommt schnell. Wie einer ohne Angst. Vielleicht hat er eine Waffe.

Stehenbleiben! Er bleibt nicht stehen. Ich schalte mit dem freien Daumen die Lampe ein: Losung?

Kurzes Schnarren, dann spuckt er aus und sagt: Der Fisch stinkt von den Füßen her.

Ich schalte die Lampe aus. Fisch, du bist wahnsinnig, sage ich.

Fisch lacht immer noch über seinen eigenen Witz.

Ich sage ihm, daß er ein Idiot sei. Daß ich ihn hätte abknallen können.

Wieso, fragt er: Ich wußte doch die Losung. Und wieder lacht er.

Fisch stellt fest, daß es ruhig geworden ist. Vor Weihnachten wird es immer ganz ruhig, dabei ist es unerträglich heiß dieses Jahr, sagt Fisch, knöpft seinen Mantel auf und wedelt mit den Schößen. Ich rieche seinen Schweiß.

Der Winter fällt aus, sagt Fisch, und schon haben wir dreimal so viele wie sonst. Die Leute werden verrückt. Sie denken, das Wetter ist ein Zeichen.

Darüber kichert er. Das Wetter als Zeichen. Für einen kurzen Moment erscheint der Mond in einem handtellergroßen Wolkenloch. Ich sehe Fischs Hals und Wange aufblitzen, schweißbedeckt und rot. Dann ist er wieder verschwunden. Aber ich höre ihn noch:

Vorgestern waren es zehn. Und alle hier entlang. Der See ist vom ganzen Regen so voll, letztes Jahr hätte man denken können, das Schlammloch trocknet aus, und jetzt kommt er bald hierher und leckt uns die Füße.

Auch darüber muß Fisch lachen. Leckt uns die Füße.

Geh zurück auf deinen Posten, Fisch, sage ich zu ihm. Wenn gerade jetzt einer durchgeht, und die da drüben fangen ihn, haben wir den Ärger.

Fisch rührt sich nicht. Seine Mantelflügel schlagen im Dunkeln. Man hört das Gewehr über seiner Schulter baumeln. Ich sage ihm, er solle lieber aufpassen.

Man habe ihm schon gesagt, daß ich so einer sei, höre ich Fisch. Einer, der die Ordnung hält, selbst wenn er am Kochen ist, sagt er und wedelt. Selbst wenn ihn keiner sieht.

Ja, sage ich, so trocken ich kann. Ich kenne diesen Fischer, den sie Fisch nennen, überhaupt nicht. Was soll ich mich mit ihm einlassen.

Aber er kennt mich. Er fragt mich: Warum hast du die Schule geschmissen?

Ich horche. Irgendwo schleift es.

Nur das Schilf, sagt Fisch.

Wir horchen trotzdem noch eine Weile. Dann zucke ich mit den Achseln. Ich sage: Ich habe nichts verstanden von dem, was da vor sich ging. Ich habe die Worte nicht verstanden. Ein einziges Chaos. Das geht mir nicht ins Gehirn.

Ich erzähle ihm, ich habe im Ausland gelebt. Und als ich

hierherkam, als mich unser Vater einfach wieder hierher-
brachte, hatte ich das Gefühl, ich verstehe meine eigene
Vatersprache nicht. Ich spreche fünf Sprachen. Und ich
habe nicht eine verstanden. Und nach einer Pause: Ich
hab's aufgegeben.

Und Fisch nach einer Pause: Versteh ich.

Fisch fragt, was ich denn bei der Maulwurftruppe zu suchen hätte, mein Platz sei drinnen bei den Flüchtlingen,
wozu könne ich schließlich die ganzen Fremdsprachen, ich
könne sicher mehr als der Dolmetscher, den sie da haben.
Mit einem Gesicht wie ein Onanierer. Drinnen ist es wenigstens immer schön warm, sagt Fisch und lacht.

Ich sage nichts. Ich ziehe den Waffengurt zurecht. Ich
spüre, wie sich die Hitze unter dem Wattemantel bewegt.
Fisch geht immer noch nicht auf seinen Posten zurück.

*

Hanna ist schön. Sie ist meine Freundin. Sie ist schön.

Ich habe Glück, es ist alles an einem Ort, die Kaserne, die
Grenze, Hanna. Nur für zu Hause muß man den Bus nehmen, und der fährt nur jede Stunde. Zu seiner Zeit, sagt
Vater, hätte man noch darauf geachtet, daß die Jungs
schön weit weg von zu Hause waren. Nicht so wie heute,
alles Weicheier.

Ich stelle mir vor, wie es wäre an der anderen, der Ost-
grenze, und, merkwürdig, ich stelle es mir dunkel vor. Tag
und Nacht dunkel und mit einem Geruch, anders, nach
Lastwagen, Bahnhöfen, Spiritus, Angst. Dabei sehe ich die
Grenze hier auch fast nur bei Nacht. Aber hier ist es anders. Es ist eine andere Grenze. Grün.

Nach dem Einsatzbefehl für die nächste Woche kann ich gehen. Ich ignoriere den letzten Bus nach Hause. Der Fahrer läßt in der Haltestelle noch lange die Tür offenstehen, ich sehe seine Augen im Seitenspiegel. Er kennt mich, er wartet auf mich. Ich drehe ihm den Rücken zu. Endlich begreift er. Die Türen schlagen zu, der Bus kriecht mit einem beleidigten Ächzen aus der Bucht. Ich gehe zu Hanna.

Eine Statue aus Kupfer. Hanna hat leuchtende Beine. Wir machen kein Licht im Zimmer. Ich nicht, weil ich diesen Glanz an ihr noch sehen möchte, solange von draußen noch etwas Tageshelle hereinfällt, und sie nicht, weil es sie, wie sie sagt, irritiert, daß ihre Eltern durch das Türglas all unsere Schattenbewegungen sehen können. Außerdem mag sie es lieber so. Sie sitzt im Schneidersitz auf dem Bett, ihre Beine glänzen. Sie sitzt, wie mir scheint, ungeduldig. Ungeduldig schüttelt sie jetzt schon unsichtbar dunkle Haare aus den Augen. Ich sitze in einem Korbstuhl, rieche meine Uniform und frage: Was ist?

Sie fragt aus dem Wandschatten, ob ich nicht nach Hause wolle.

Ich antworte: Nein.

Sie fragt, wann ich das letzte Mal dagewesen sei.

Ich antworte, ich wisse es nicht genau.

Sie sagt, sie könne in solchen Nächten nicht schlafen. Wenn die Kredenz in der Küche knackt, wache sie auf. Sie wartet darauf, entdeckt zu werden. In diesem Haus ohne Schlüssel.

Ich sage ihr, wir könnten doch so tun, als hätten wir es einfach vergessen. Als hätte ich vergessen zu gehen. Mich bei ihr vergessen. Im Hause ihrer Familie. Viele sind so schon geblieben.

Sie sagt im Dunkeln, nein, das gehe nicht.

Also gehe ich. Die Familie erwidert meinen Gruß mit stummen Bewegungen der Köpfe.

Das Fenster ist so niedrig, daß ich das Bein über den Sims schwingen kann, ohne ihn mit den Schenkeln zu streifen. Ich weiß, wie ich lautlos sein kann. Im schmalen Bett liege ich innen. Ich liege regungslos, das Bett unter mir bleibt stumm. Ich liege auf der Seite, mit den Händen umfasse ich Hannas breite Schultern, die flach atmend auf dem Rücken liegt, halte sie zurück, halte dagegen, damit sie nicht runterfällt. Meine Stirn drücke ich gegen ihre kupferfarbene Schulter.

Als sie spricht, höre ich es dann auch wie durch Metall, ich höre es durch ihre Schulter in meine Stirn räsonieren. Sie fragt, was ich tun würde, wenn sie mich betröge.

Ich bewege die Finger in meiner Umklammerung, sage aber nichts. Ich weiß nichts.

Sie wisse auch nicht warum, klingt die Schulter weiter, aber manchmal wünsche sie sich, unbotmäßig zu sein. Unbotmäßig. So hat sie es tatsächlich gesagt. Lärm machen, sagt sie. Bewegungen. Und Schläge empfangen. Sie fragt, ob ich das schlimm fände.

Ich denke: Ich weiß nicht genau, was schlimm bedeutet.

Die Schulter bewegt sich. Das Bett knarrt. Es ist kalt im Zimmer.

Irgendwie, spüre ich nun ihren Atem an meiner Stirn, irgendwie würde ich es doch wohl finden, sagt der böse, heiße Atem. Ich fühle, wie er sich an meiner Haut niederschlägt. Wie seine Nässe die Gerüche der Wache wiederbelebt. Meinen eigenen. Ich sage: Ich würde dich erschießen.

In der Wohnung bewegt sich etwas. Wir verharren: flach atmend, herzklopfend, Stirn an Schulter. Als es wie-

der ruhig geworden ist, denke ich daran, wie wir regungslos im Ufergras liegen und lauschen, ob nicht jemand
kommt. Und daß wir es noch nie in diesem Bett gemacht
haben, weil ich ja eigentlich gar nicht anwesend bin im
Haus ohne Schlüssel. Unbotmäßig.

Hanna schläft. Ich halte sie. In der Tür zur Wohnung
knackt das Glas.

*

Dem Dolmetscher sei was passiert, sagt man mir. Und: ich
solle mitkommen.

Ein langer Gang und Türen zu beiden Seiten. Die Verwahrung ist noch näher an der Grenze als unser Posten draußen vor dem Moor. Die Fenster sind winzig und hängen
ganz unter der Decke, damit man von den Zellen aus
nichts sieht. Die Verwahrten haben seit neuerdings gewisse
Rechte, so auch das Recht, nicht gequält zu werden, und
der Anblick eines so nahen Grenzstreifens wäre nichts anderes. Aber natürlich wissen es alle. Wenn sie gebracht
werden, muß ein jeder hinüberstarren: vom Eingang aus
sieht man die Grenzer von drüben. Neulich haben sie mit
Zigarettenstangen jongliert.

In den Zellen ist heute nichts los. Der Dicke erzählt ungefragt.

Zuerst war der Mann ganz ruhig. Ein Verweigerer, keine
Aussage, keine Papiere. Also sitzt er ein, bis man rausfin-
det, wer er ist. Sie haben ihn untersucht, Körper, Kleider,
alles: er hat nichts bei sich. Nur die Zigaretten, die läßt
man ihm auch. Da fängt er doch in der Zelle zu rauchen
an, und wir sagen ihm, daß er das nicht soll, er kann aus

der Zelle raus, die Türen stehen offen, soll er doch auf den hinteren Gang und dort rauchen. Reagiert nicht. Für so eine Kleinigkeit schick ich doch nicht um den Dolmetscher, also versucht es der Junge, der mit mir im Dienst ist, per Handundfuß, während ich draußen vor dem Gitter sitze. Aus Sicherheitsgründen. Alles kuscht schon, in den ganzen Zellen kein Ton, alle lauschen, was jetzt wohl kommt. Der Mann schaut den Jungen nicht einmal an. Da geht er zu dem Typen hin und faßt ihn am Zigarettenarm und sagt «No fumar» und «Auf dem Gang» und zeigt dahin. Da schaut ihn der mit völlig verdrehten Augen an, schüttelt seine Hand ab und schmeißt ihm die kaum angezündete Zigarette vor die Füße auf den Zellenboden, die Funken sprühen, und marschiert hinaus auf den Flur. Der Junge sagt hey, und er soll zurückkommen und die Zigarette aufheben, aber dann winkt er nur ab, will die Zigarette noch hinterhertragen, und als er aus der Zelle kommt, dreht sich der Typ zu ihm um, blutet am Mundwinkel, in der Hand hat er eine halbe Rasierklinge, und bevor der Junge irgend etwas machen kann, fängt der Typ in seiner Sprache zu brüllen an, spuckt dabei eine Menge Wasser und Blut und schneidet sich mit der Klinge zweimal in den Arm. Zick, zick, wie man Braten einritzt. Und ich wie ein Irrer am Gitter und kann nicht aufschließen, aber der Junge hält ihn da schon fest, und der Typ brüllt und der Junge brüllt auch, ich soll den Dolmetscher holen und die Verstärkung. Und so war's, sagt der Dicke. Der Junge hält den Typen fest, ich brülle mit den Insassen: Alles bleibt in den Zellen, und will ihm noch die Rasierklinge wegnehmen, aber der hat so einen unwahrscheinlich langen Arm, fuchtelt damit und zerschneidet die Luft, so daß ich mich wegducken muß, sonst trifft er mich, und wie ich so unter seinem Arm druntertauche, um ihn von hinten zu packen, schiebt der Dolmetscher sein Gesicht ganz an den Typen heran und fängt gerade an, sehr betont mit ihm zu reden, wobei er auch gleichzeitig brüllen muß, weil alles so laut ist, und der Dolmetscher ist so ein Bürschchen mit weißen Haaren und Fischaugen, und wenn er laut reden muß, treten ihm die Adern am Hals hervor und er wird ganz rot, also schiebt er sein rotes Gesicht an den Mann heran, und der fuchtelt weiter mit der Klinge, sein Arm lang wie ein Affenarm, und schwingt durch die Luft und dem Dolmetscher quer übers Gesicht.

Wir stehen alle nur da, die Insassen und die Verstärkung, die gerade eingetroffen ist, und schauen ins Gesicht des Dolmetschers, wie es aufgeht, wie eine Blüte, wie wenn die Rose plötzlich ihr Inneres herausstülpt. Die Klinge hat ihn an den Lippen getroffen, oben am Rand. Wußtest du, daß Lippen innen zuerst weiß sind, bevor sie ganz rot werden?

Der Dicke schüttelt den Kopf. Er leckt sich die sehr roten Lippen.

Die Schnitte, die der Wahnsinnige sich selber beigebracht hatte, waren nicht tief. Sein Blut war zwar überall, an den Wänden, dem Steinfußboden, aber er hat keine Ader getroffen, nur Fleisch, der Arzt hat ihm einfach zwei Handtücher um den Arm gewickelt und ihn in die Zelle gesetzt. Da war er dann auch wieder ganz ruhig und gar nicht mehr wahnsinnig. Er saß da, als wäre nichts geschehen, hielt die Handtücher mit einer Hand fest, zwischen den Fingern die Zigarette, jemand hatte sie aufgehoben.

Ich schaue in den Flur, suche nach Spuren, Spritzern, aber die Verwahrung ist ganz aus Fliesen und Ölfarbe, anorganisch abwaschbar wie ein Krankenhaus, nichts, was in ihr ein und aus geht, hinterläßt seine Spur.

Im Vernehmungsraum wurde noch nicht gewischt. Schlammblättchen und Schlieren führen zum Stuhl in der Mitte. An den Spuren sieht man: der Mann hinkt. Rechts Blättchen, links Schlieren. Dolmetscher, sagt der Dienst-habende, ein Leutnant, und zeigt mit dem Finger auf mich. Der Mann auf dem Stuhl schaut mich über schwarze Zehen hinweg an. Flüchtlingsblick.

Man habe ihm alle wesentlichen Fragen bereits gestellt, dies sei nur noch ein Akt anstandshalber, höre ich den Diensthabenden sagen, ich solle mein Glück versuchen.

Ich starre auf die Zehen des Mannes. Ich denke an Fisch.

Fisch steht in einer Pfütze und scharrt mit den Füßen. Er scharrt zur Seite, wie Tanzschritte, einmal rechts, einmal links, rührt das Wasser. Er spricht über Zehen. Zuerst habe er es gar nicht verstanden, so was habe er noch nie gesehen. Ich dachte mir nur, sagt er nachdenklich zur Pfütze, was für ein merkwürdiger Schuh. Und dann, sagt er, hätte er es erst gesehen: schwarze Schuhe auf weißem Schnee, drum herum an den Kanten ein weißer Rand gefroren, alles ge-froren, auf dem See die Eisschollen aufgetürmt wie Pyra-miden, man konnte es bis hierher hören, wenn wieder eine Ader durchbrach, vom Ufer bis hinüber zum Schilfgürtel wie Donnern, und sich senkrecht aufstellte, so kalt war es, sagt Fisch. Und die schwarzen Schuhe des Mannes waren vorne quer durchgebrochen, dort, wo das Leder Falten be-kommt unterhalb der Zehen, und als er ihn hineinbeglei-tete, rutschte der kleine Zeh des Mannes aus der Spalte. Schwarz, sagt Fisch. Schwarz wie Kohle. Scheiße, sagt Fisch und schaut vor sich in die Pfütze. Er hat aufgehört zu tänzeln. Man hört, wie er den Speichel zwischen den Zäh-nen dreht, aber dann spuckt er doch nicht. Er schluckt.

Vier Tage war der gelaufen, nach dem ersten Tag kam plötzlich der Winter, da konnte er ja schlecht wieder zurück, sagt Fisch.

Und dann spuckt er doch.

Der Mann schaut mich über zerrissenen, einst weißen Turnschuhen an. Aus dem linken bricht sein großer Zeh durch den Stoff, er ist merkwürdig nach oben gestellt, sieht steif aus. Er ist vollkommen mit Schlamm bedeckt. Schwarzem Schlamm.

Bonjour, sage ich. *Je suis le traducteur. Quel est votre nom?*

Der Mann reagiert erst nach einer Verzögerung. Flüchtlingsblick. Er schaut uns nicht richtig an, er ist nicht bei uns, er ist noch in seinem Schrecken, oder noch weiter zurück, draußen im Gelände, sucht nach Möglichkeiten, umgeht Pfützen, duckt sich in Gräben.

Eu nu înţeneg, sagt er aus dem Graben. *Nu vorbesc decît românește.*

Er schaut mich an, mit geringer, fast desinteressierter Hoffnung: *Românește?*

Ich schüttle den Kopf. *Les langues sont relatives. Vous devriez me comprendre, si je parle lentement.*

Vorbesc numai românește, sagt der Mann.

Ich muß schon wieder zu diesem Zeh schauen. Diesem steil aufgestellten Gegenstück eines Daumens. Auf den weißen Turnschuhen steht seitlich in roter Schrift ein Wort, ein fremder Name, ich kann ihn nicht entziffern. Fängt es mit einem L an? Oder mit einem A?

Was sagt er, fragt der Diensthabende.

Maybe we could try it in English, then? versuche ich es. Der Mann schüttelt den Kopf. Der Diensthabende ebenfalls. Ich werde rot. Der Diensthabende wendet seinen

Blick nicht von mir. Ich wende ihm den Rücken zu. *Vous venez de quel endroit*, denke ich, während ich scheinbar ins Gesicht des Mannes auf dem Stuhl blicke. Ich denke es auch in Italienisch, und dann, ob ich es wohl schaffen würde, es auf spanisch zu sagen. Schließlich sage ich, und die Stimme zittert mir, weil was, wenn das die einzige Sprache ist, die er kann und ich nicht: *Kak was sowut?*

Er reißt die Augenbrauen hoch, schaut mich auf einmal haßerfüllt an.

Er ist kein Russe, sagt der Diensthabende hinter meinem Rücken. Es klingt ungeduldig. Ich drehe mich nicht um.

Alors, vous venez de la Roumanie, sage ich zum Mann. *Romania, da*, sagt er.

Ich sage ihm, sein Versuch, illegal die Grenze zu passieren, sei gescheitert, und mache mit den Händen eine schneidende Bewegung. *C'est la fin de votre voyage*, sage ich. Der Mann schaut mir zu, nur der eine Mundwinkel zuckt ganz kurz, ansonsten bleibt sein Gesicht regungslos. Grabengesicht. *C'est fini*, sage ich. *Finito. Pas de chance.* Ich spreche *chance* auf englisch aus. Seine Situation würde sich keinesfalls verbessern, wenn er uns seine Identität nicht nenne, fahre ich auf französisch fort. Er werde von uns unter Arrest gestellt, bis seine Identität geklärt sei, und diese hätten wir bislang noch bei jedem früher oder später herausgefunden. Ich zeige mit dem ausgestreckten Arm hinter mich, zu den Zellen, dann wieder auf ihn, auf seine Brust, seine Identität, *pour chacun*, sage ich und schreibe mit der Hand einen Kreis. *Solo una questione di tempo.* Diesen letzten Satz sage ich schon, ohne zu erröten, fest und sicher, verleihe meinem Gesicht ein strenges Aussehen. *Je pense que vous me comprenez*, sage ich. Der Mann blinzelt, sagt nichts. Seine gefalteten Finger sind ebenso schmutzig wie sein aufgestellter Zeh, den er nun samt Schuh scharrend über den Boden zieht, weiter unter den Stuhl.

Hat der Befragte es verstanden? fragt der Diensthabende betont formell. Laut Vorschrift müßte ich dem Mann jetzt dieselbe Frage stellen, aber ich tue es nicht. Ich weiß einfach nicht, was ich machen würde, wenn er auch darauf nicht reagiert. Ich fühle, wie ich schon wieder rot werde, aber ich drehe mich weg von dem Mann und dem Diensthabenden zu, seinen farblosen Augen, und sage: Ja.

Der Diensthabende schaut mich an, dann den Mann mit dem Zeh, der nicht bei uns ist, dann wieder mich. Dann winkt er ab. Die Sache ist im Grunde erledigt, das hat er bereits gesagt. Es ist ihm ohnehin egal.

Glücklicherweise läßt sich auch der Mann ohne Fragen in die Zelle führen, als hätte er nichts anderes erwartet. Oder als ob er es doch verstanden hätte. Wer weiß, vielleicht hat er. Ich hätte mir seine Augen besser anschauen sollen.

Der Diensthabende schaut in die meinen: Wir brauchen Sie nicht mehr.

Ich zittere. Ich sitze einfach da und zittere. Ich mußte mich hinsetzen. Ich konnte mich vor lauter Zittern nicht auf den Beinen halten. Dabei ist das alles nicht meine Schuld. Ich spreche fünf Sprachen. Rumänisch gehört nicht dazu. Das habe ich auch nie behauptet. Ich wollte nie hierherkommen.

Dein Dienst ist zu Ende, sagt der Dicke zu mir. Was ist? Nichts, sage ich.

*

Der letzte Bus am Heiligabend fährt um fünf Uhr nachmittags. Wir sind viele, sieben oder acht Mann, die wir durch Schlamm, Dunkel und Schweiß zwischen den nackten Pappelreihen ins Dorf waten. Der Wind geht durch alles. Wir beeilen uns, und trotzdem kommen wir langsamer voran als die Dämmerung. Ich lasse mich zurückfallen, gebe der Erde Zeit, von meinen Füßen zu fallen. Die Erde ist sehr schwarz, wie überall hier, die hellen Sandsteinkiesel wie Samenkörner hineingestreut, sie knirschen unter meinen Stiefeln. Ich sehe sie nun von hinten, die eiligen anderen, sie wirken so, zwischen Wolken und Erde, sehr klein und breit in ihren Mänteln, besonders die Beine scheinen kurz. Wie eine Horde Erdgnome, die sich durch die Kruste kämpft. Fleißige kleine Erdgnome. Bald haben sie es geschafft, und ich bin alleine da.

Am Fuße des Hügels scheren aus dem Wald die Bäckerskinder vor mir auf den Weg. Sie zerren einen Weihnachtsbaum hinter sich, vor mir her. Ich folge seiner Spitze bis nach Hause.

Los Angeles Tower AA eight two one final three one. AA eight two one cleared to land. Mein Bruder ist gelandet. Er nimmt die Brille, die auf dem Copilotensitz liegt, und setzt sie wieder auf. Seine Augen fließen auf seine Schläfen. Blau. Etwas pocht. Eine Ader. Wenn er fliegt, setzt er die Brille immer ab. Er kennt die Strecke blind. Blind fliegt er von Rand zu Rand. New York – Los Angeles. Er schiebt die Brille höher und sagt, er habe beschlossen, die Feiertage in L. A. zu verbringen, schließlich sei das Wetter dort doch um einiges besser. New York habe im Moment *twenty-four* Fahrenheit, Schnee. An den Händen meines Bruders Schnitte und Beulen vom Rebenschneiden. Er bemerkt meinen Blick. Die Arbeit sei getan, sagt er mit Ernst und verläßt den

Pilotensitz. Er verschwindet in der Küche. Ich setze mich auf den Platz des Copiloten. Die Flugstraße meines Bruders führt zwischen zwei Nußbäumen hindurch. Wenn man die Augen zusammenkneift, sieht man es deutlicher: es wird heller, die Lichtschlieren kommen auf einen zu, saugen einen hinüber. Blind von Rand zu Rand.

Meine Schwester hat eine Karte geschickt: um die Beine eines kleinen Mädchens rankt sich eine silberne Sternengirlande. An den Beinen läuft irgendwas herab, man kann nicht erkennen, was, das Bild ist schwarzweiß. Es heißt: STILLE. mich. NACHT.

Der Pianist im Fernsehen müht sich stummgestellt. Der Weihnachtsfisch ist grau, wie in Asche gewälzt. Und er schmeckt bitter. Zuviel Galle, sagt Vater, meine Schuld. Er hebt entschuldigend die Hand. Er hält das Messer zwischen Zeige- und Mittelfinger.

Eure Schwester, sagt Vater zu meinem Bruder und mir, ist anders als ihr. Sie verliert keine Zeit. Er hält in der gesunden Hand die Espressotasse, in der anderen, der verkrüppelten, schon bereit, hochgehoben, den anschließenden Likör. Immer tut er mehreres gleichzeitig, als dürfte er keine Zeit verlieren, als müßte er sich irgendwohin beeilen, dabei geht er nirgends mehr hin. An der verkrüppelten Hand steht der Daumen, dieses Gegenstück zu einem großen Zeh, steif ab, das Likörglas hängt zwischen Zeige- und Mittelfinger. Vater trinkt sonst nie Alkohol. Es stimmt nicht, daß er all die Male betrunken war, als er von so vielen Gerüsten fiel und sich jedesmal eine neue bleibende Verletzung zuzog. Denn die Hand ist nicht die einzige. Vater hat viele Verletzungen. Sein kleiner, drahtiger Körper ist voll davon. Er erklärt sie gerne.

Von der Stirn fehlt rechts oben ein ganzes viereckiges Stück. Ein Unbekannter hat einmal einen Bierkrug geworfen und ihn getroffen. Er hat an Krieg gedacht, an die Atombombe, und er lag unter dem Tisch, wie man es in der Zivilverteidigung gelehrt hatte: die Fensterscheiben mit Kalk weißen und mit dem Gesicht nach unten unter den Tisch und die Netzhaut schützen. Und die Ohren gegen den Druck. Und das Blut. Die Schädelsplitter.

Ich war mir sicher, sagt Vater, das würde das Ende für uns alle sein.

Vaters Narben sind das einzige, was er mitgebracht hat von seiner Reise. Nach zwanzig Jahren Umherirren in der Welt ist er wieder dort angekommen, wo er losgegangen ist: in seinem Dorf. Er wohnt in seinem alten Haus. Er denkt, er wäre weiter. Vielleicht ist er es auch. Wenn auch nur um die Erkenntnis, nichts vorweisen zu können. Außer seinen Narben. Mit dieser Hand, sagt er und legt sie vor uns auf den Tisch, mit dieser Hand ernähre ich euch. Wenn ich sterbe, sagt er, werdet ihr nichts haben. Die Rente ist an diesen Leib hier gebunden.

Ich schaue mir den Daumen an. Seit langer Zeit sehe ich ihn wieder. Den Daumen des Patrons, wie er da auf dem Tisch steht, männlich. An diesen Leib gebunden. Es scheint mir, er ist dunkler geworden, seitdem ich ihn das letzte Mal sah, irgendwann, als Kind, auf meiner Schulter, als ich ihn schon beinahe vergessen hatte und er dann kam und mich anfaßte. Er scheint sich zu verfärben, wie Vater selbst.

Vater trägt viele Farben an seinem Körper. Lila und Gelb. Grün. Braun. Der Atlas seiner Reise. Vieles ist unter Vaters Haut gelangt bei seinen Unfällen: Sekrete, Minerale, Fremdkörper. Sprengsel, Einschlüsse, weißes wildes

Fleisch. Bei Vergiftungen soll die Haut ganz blau werden. Wie eine Zwetschge.

Vaters Verfärbung begann mit seiner Flucht. Die erste Farbe, heute unsichtbar, kam von der Wiese, auf der er schließlich stehenblieb. Er stand auf der Wiese und zerrieb zwischen den Fingern der damals noch unverkrüppelten Hand eine blaue Blüte. Sie ließ sich leicht zerreiben, sie war fast nur Staub, blauer Blütenstaub, etwas davon rieselte auf Vaters schneeweiße Hose, mit der er in der Wiese stand, und auch die Hose war verfärbt, bis an die Knie mit Schlammbraun und Grasgrün und Erdrot. Aber all diese Verfärbungen ließen sich noch abwaschen. Er wusch sich sauber und begann mit seinem Körper zu arbeiten. Und er begann Unfälle zu haben. Zuerst nur wenige, aus Ungeübtheit. Dann viele. Sie wurden immer schwerer. Es stimmt nicht. Er war niemals betrunken dabei.

Ich sehe ihn auf der obersten Plattform stehen. Und auf einmal scheint es, als würde er gemessen und langsam die Augen schließen, die Hände vom Gerüst nehmen und sich mit ausgebreiteten Armen nach hinten, gegen die Luft lehnen, so als ob er nur einmal sehen wollte, was passiert. Und fallen. Fallen lassen.

Er kam mit der Hand zwischen die Planen und blieb hängen, schlug mit dem Kopf nicht auf. Er überlebte und ist hierher zurückgekehrt.

Er schaut meinen Bruder und mich an. Er ist nicht zufrieden.

*

Am zweiten Weihnachtsfeiertag kommt eine alte Frau zu uns. Sie will mich sprechen. Sie sagt, ihr Enkel sei zu Weih nachten gekommen. Ich würde ihn sicher kennen, sagt sie, und nennt mir seinen Namen. Ich kenne ihn nicht. Ich kenne auch sie nicht. Sie sagt, ihr Enkel wüßte nichts davon, daß sie bei mir sei. Ich schaue mich im Zimmer um: Vater, Mutter, Bruder sitzen da, schauen uns stumm zu. Ich habe das Gefühl, alle tun sehr geheimnisvoll. Was habe ich zu schaffen mit dieser alten Frau? Ihr Enkel sei Heiligabend über die Grenze gekommen, sagt sie, kurz vor fünf, er wollte sich beeilen, weil um fünf die Kerzen angezündet werden. Sie macht eine Pause. Bedeutungsvoll. Um fünf werden die Kerzen angezündet. Als müßte ich wissen, was das bedeutet. Aber ich weiß es nicht.

Irgendein Stempel fürs Auto hat gefehlt, setzt sie schließlich fort, deswegen wollte ihn der Zöllner nicht durchlassen. Sie stritten sich eine Weile, dann sagte der Zöllner, wenn er bei seiner Oma zu Abend essen wolle, stünde auch ihnen drei an der Grenze ein schönes Abendessen zu. Mein Enkel, sagt sie und fixiert mich mit ihren tränenden Augen, weiß nicht mehr, wieviel hier was kostet. Er hat viel zuviel gezahlt. Das Weihnachtsessen für drei Familien könnte man davon bezahlen. Ihr Enkel sage, das sei nun egal, das sei es ihm wert, gesehen zu haben, wie die Züge dieses korrupten Schweins entgleisten, als er sah, was der Enkel für ein Abendessen ausgibt. Aber ihr sei es nicht egal. Sie möge den Jungen an der Grenze auch kein korruptes Schwein nennen, fügt sie hinzu, sie gönne ihm ja, was ihm gehört. Aber wir müßten verstehen, daß das zuviel sei, und wenn ich ihr den Namen des Zöllners sage, der am Heiligabend Dienst hatte, würde sie auch zu ihm gehen und einen Teil des Geldes zurückverlangen. Er würde das sicher verstehen, wenn eine alte Frau, die seine Großmutter sein könnte, ihn darum bittet.

Was zuviel ist, ist zuviel. Der Lieblingssatz meiner Mutter. Diesmal sagt sie ihn nicht. Ich muß etwas sagen. Alles wartet auf mich.

Ich sage der Frau, daß ich nicht alle von der Grenze kenne, schon gar nicht von den Zöllnern. Ich spüre, wie ich rot werde, weil ich lüge, nicht, weil ich gesagt habe, ich kenne nicht alle, sondern weil ich sie nicht berichtigt habe, der Mann, der ihren Enkel aufgehalten habe, sei kein Zöllner, sondern ein Grenzhüter gewesen, einer von uns also, einer, den ich kennen könnte.

Rette sich, wer kann, sagt der verpickelte Typ vom Kontrolldienst. Er fragt mich, wann ich habe. Ich sage es ihm.

Heiligabend, sagt er. Heiligabend, Mann.

Ich sage ihm, er solle froh sein, Fisch und ich haben vierundzwanzig Stunden Bereitschaft zu Silvester.

Na und, sagt er, da schläft eh keiner.

Letztes Jahr, sagt Fisch, ist einer zu Silvester draufgegangen.

Einer von denen, sagt der Verpickelte. Nicht von uns.

Ich sage der fremden alten Frau, ich wisse nicht, wer der Mann gewesen sei, ich sei kein Zöllner, sondern für die Illegalen zuständig.

Gibt es viele? fragt sie ganz aufmerksam.

Diesen Winter schon, sage ich. Weil es so warm ist.

Dann verstumme ich, weil ich nicht verstehe, wieso ich das der alten Frau erzähle. Eine Weile schweigen wir, dann sage ich ihr, ich wiederhole, ich kenne den Zöllner nicht und ich könne auch nicht herausfinden, wer er sei, das sei auch für mich gefährlich, das sind Dienstgeheimnisse, ich könne damit nicht einfach zu den Vorgesetzten gehen. Und ihr Enkel solle das nächste Mal sehen, daß er alle Stempel dabeihat.

Sie sehen mir zu. Sie starren mich an, wie einen steifen Zeh. Aus dem Mundwinkel meines Bruders tropft etwas Speichel herab, er fängt es mit einem zerknüllten Taschentuch auf. Er legt die Brille auf den Copilotensitz.

Ich gehe spazieren. Der Nieselregen drückt den Rauch in die Straßen. Ich muß husten. Ich sehe den Rücken der fremden alten Frau, wie er vor mir um die Ecke biegt.

*

Faschisten, sagt er. Arschficker, sagt er. Was seid ihr? Was glaubt ihr, was ihr seid? Ich weiß es. Faschisten seid ihr. Arschficker. Jeder von euch. Deine Mutter, verstehst du mich, deine Mutter ist eine stinkende Hure. Und deine auch. Alle eure Frauen sind Huren. Für eine Strumpfhose. Früher. Für eine Strumpfhose. Ich weiß es. Bist gemacht für eine Strumpfhose. Du. Für eine Frauenstrumpfhose. Stinkst wie Fotze. Immer noch. Faschisten. Immer schon. Werdet immer bleiben. Ich weiß es.

Das war alles, was er in unserer Sprache konnte. Und er wollte einfach nicht aufhören.

Und ihr schlagt ihn gleich zusammen. Sie sitzt da, ein kleiner, dunkler Punkt nur auf dem Bett, die glänzenden Beine unter den Pullover gezogen. Dürft ihr das?

Ich sage ihr, daß wir das nicht dürfen, aber es war notwendig geworden. Wegen der Ordnung. Wenn wir nichts machen, sitzen wir irgendwann da und hören uns tageweise das Geschimpfe aus den Zellen an. Wer soll das aushalten.

Hast du was auszuhalten? fragt sie. Ihre Lippen sind verächtlich nach unten gekrümmt. Sie hat dunkle Lippen. Wie die Brombeere.

Ich sage, ich war nicht dabei, als sie den Flucher gemaß-regelt haben. Man hat es mir nur erzählt.

Gemaßregelt, sagt sie.

Findest du das unbotmäßig, frage ich. Ich lächle. Sie lä-chelt nicht. Sie sagt: Weißt du was, erzähl mir lieber nichts von da. Ich erzähle, man habe Fisch gefragt, ob er bleiben und eine Ausbildung machen wolle. Irgendwas mit Funk-mechanik. Aber Fisch will nicht. Fisch ist ein Meckerer. Außerdem hört er nicht gut. Ich glaube, sage ich zu Hanna, er kommt auf Wache immer zu mir, weil er nichts mitkriegt ohne Nachtsichtgerät.

Ob man es mir auch angeboten habe.

Ich sage nein. Aber ich könnte fragen.

Sie sagt: Frag nicht.

Ich sage ihr: Da hat alles seine Ordnung, seine Notwen-digkeit, und für die Notwendigkeiten wird gesorgt, von uns selbst. Es ist etwas, was ich verstehe.

Sie fragt, was ich denn verstünde.

Ich will sagen: Eben das. Oder sie fragen, wie sie das meine. Aber sie ist schneller. Sie sagt: Wenn du fragst, ver-lasse ich dich.

Du wirst mich ohnehin verlassen, sage ich.

Sie zuckt mit den Achseln: Wie du meinst.

Wir schweigen. Mein Herz kratzt an meinem Hals. Je-mand in der Wohnung räuspert sich. Nah an der Tür.

Ich frage sie, ob es ihr nichts ausmache, daß ich keine Aus-bildung habe.

Sie sagt, nein, das mache ihr nichts aus.

Ich sage ihr, sie lerne doch auch.

Sie sagt, bei ihr selber mache es ihr was aus. Bei anderen nicht.

Sie macht eine kleine Pause und sagt dann: Meinetwegen macht ein jeder, was er will.

*

Losung?

Der Kapaun kocht im eigenen Saft, sage ich.

Fisch lacht höflich. Er wirkt trauriger als sonst. Wieso ich denn hier sei.

Keiner hat mir etwas anderes gesagt, sage ich. Und dann noch: Ich bin ganz froh darüber. Wieder beim Manöver. Das ist eine klare Sache. Auch ohne Nachtsichtgerät. Jetzt ist ohnehin Tag.

Komm mit, sagt Fisch, ich werde dir was zeigen.

In der Höhle ist es stockfinster und es riecht nach Urin. Ich bleibe stehen, plötzlich fürchte ich, wir könnten in einer Latrine gelandet sein, einen Schritt weiter und ich versinke in mannshoher Scheiße. Ich denke daran, wie das sein kann, die Höhle ist genau auf der Grenze, hier kommt kein Mensch her, weder von hier noch von drüben, wie kann es dann sein, daß selbst hier alles vollgepißt ist. Oder vielleicht waren es Tiere.

Sind hier irgendwelche Tiere, frage ich Fisch, der unsichtbar vor mir steht.

Fisch schaltet seine Lampe ein und sagt, er habe keine Ahnung. Nach seinem Dafürhalten würde es eindeutig nach Mensch riechen, ich solle keine Angst haben, oder solle es, wie ich meine.

Im Schein der Lampe sieht man, daß die Höhle gar keine ist. Es ist nur ein winziges Erdloch, zwei Männer haben kaum Platz darin. Und es ist nichts drin, nicht einmal ein Stein. Nur diese feuchte schwarze Erde.

Das soll ein Heiligtum gewesen sein?

Sie sagen es, sagt Fisch. Mithras hieß der Gott. Noch vor den Römern.

Fisch macht seine Lampe aus. Wir schweigen eine Weile. Riechen die Erde und den Urin. Was war vor den Römern?

Schließlich spricht Fisch wieder. Er sagt: Weiß der Geier, was die ganzen Völker hier gewollt haben. An der Gegend ist nichts Besonderes, schon gar nichts Gutes, steinig, moorig, alles voller Regen, Kalk, Schlamm, Insekten, nichts in den Wäldern, kein Tier, nur Fäulnis und alte Skelette, das Ende der Welt ist das hier auf jeden Fall, ob es nun diese Grenze noch gibt oder nicht.

Und wieder hört man, wie er den Speichel zwischen den Zähnen schäumen läßt. Aber er spuckt nicht. Ich warte ein wenig, dann sage ich, darüber würde ich nie nachdenken. Aber das ist nicht die Wahrheit. Ich denke an Vater, der den Weltatlas unter seiner Haut trägt, der zurückgekehrt ist. Ich will es noch sagen, doch da ist es schon zu spät.

Nachdenken ist nicht gerade eine Gewohnheit von dir, was? sagt Fisch.

Ich drehe mich zu ihm um, aber Fisch bleibt in der finsteren Ecke der Höhle unsichtbar, ich kann das Gesicht nicht erkennen, das zu dieser ungewohnten Stimme gehört. Was hat Fisch plötzlich gegen mich? Aber dann sage ich mir, Fisch hat nichts gegen mich. Fisch ist einfach merkwürdig, das weiß jeder.

Dann sagt Fisch noch, während er an mir vorbei zum Eingang geht und den Kopf hinaus ins Tageslicht steckt: Wahrscheinlich ist diese Gegend von Gott gemacht als eine Art Prüfung, man muß hier noch mal durch das Schlimmste, bevor man endlich drüben ist.

Er schaut mich an. Er lächelt. Da fällt mir auf, daß Fisch

eigentlich ein ganz hübscher Junge ist. Etwas, das man im Zusammenhang mit Fisch nicht gleich denken würde. Ich habe ihn noch nie lächeln gesehen. Ich lächle zurück: Und wir bleiben hier, sage ich, mittendrin. Wir überwinden das Schlimmste wohl nie.

Ich weiß schon, während ich es sage, daß es ungeschickt klingt, aber ich will Fisch zeigen, daß ich auch manchmal nachdenke. Fisch schaut wieder weg, vielleicht, um die rote Verlegenheit auf meinem Gesicht nicht zu sehen.

Ja, sagt er zu einem feuchten Erdfleck vor seinen Füßen und spuckt aus.

Bevor wir gehen, pissen wir in die Höhle.

*

Vierundzwanzig Stunden. Morgen, Nacht, Morgen. Tumultuöser Feldweg.

Gehen Sie zurück, sage ich und zeige mit dem Gewehr die Richtung. Sie lachen. Sie tragen die Schilfgarben vor sich her wie ein Banner. Ich sehe ihre Spitzen lange durch die Felder tänzeln. Nicht ablenken lassen, denke ich.

Wir stehen dichter, ich kann mich mit Fisch durchs Walkie-talkie verständigen, oder einfach durch Rufe. Ich rufe durch die Kuhglocken, ich rufe durch die Hupen, die Trompeten. Nicht lockerlassen, ruft Fisch zurück. Der Wind schlägt seine Stimme hin und her, ich höre nur jede zweite Silbe. Es könnte auch sein, er hat gesagt: Nicht *locken* lassen. Die Baumhölzer pracken aneinander, das Schilf wie gedroschenes Heu. Und Halali, sie stehen auf dem Aussichtsturm. Dort drüben!, und sie zeigen in meine Richtung. Ich bin im Dunkeln. Eine der Frauen auf dem Turm trägt eine weiße Fellmütze. Sie muß Flitter draufgesprüht haben, es blitzt bis hierher. Nicht locken lassen.

Ich denke an Hanna. Ich denke an meine Schwester. Meine Schwester, die an mich nicht denkt. Die es eiliger hat als ich. Die drüben ist. Akademikerin. Wie sie mich grüßt. Ihre Worte. Das geht mir nicht ins Gehirn. Und Vater. Ich bin enttäuscht von euch, sagt der Mann mit dem Atlaskörper zu seinen Söhnen. Leute wie du, sagt er zu mir. Leute wie du.

Hey, höre ich Fisch rufen, hey! Beim Turm lassen sie Raketen hochgehen. Und irgendwer zum Wald hin ein Leuchtgeschoß. Die vier stehen nicht mehr am Aussichtsturm oben. Wo sind sie hin? Hey, ruft Fisch, hey, gehen Sie zurück!

Ich horche auf den Kreideweg. Nichts regt sich. Ich würde es hören. Fisch und die vier sind weit genug weg. Sie können mich nicht locken. Nicht mit der Sektflasche kichernd über die Grenze. Ich taste nach den Leuchtkugeln.

Schon gut, schon gut, sagen die vier am Heiligtum. Und Fisch kommt zurück.

Zum Abschied steigen die Männer noch auf die Höhle und pissen hinunter. Die Frauen kreischen entsetzt und aufgereizt.

Später, die vier sind schon eine Weile verschwunden, fangen Fisch und ich zwei andere, Illegale, ein Pärchen, ohne Sekt über den Kreideweg, wir bringen sie zur Verwahrung.

Sie sagen, sie heißen Maria und Josef.

Der Diensthabende fragt sie, ob sie eins in die Fresse haben wollen.

Doch in ihren Ausweisen steht, daß sie die Wahrheit sagen.

Gütiger Herrgott, sagt der Diensthabende, ihr macht mich verrückt.

Sie blinzeln.

Mein lieber Mann, sagt Fisch, die haben heute voll aufgedreht. Das Licht. Tatsächlich scheint die ganze Verwahrung unter Strom zu stehen. Die sonst neonlichttürkisen Baracken sind an manchen Stellen so hell beleuchtet, daß sie hinter weißen Flecken verschwinden. Die Metallrahmen der Fenster blenden, die wenigen blauen und roten Glühlampen, die jemand verschämt um sie drapiert hat, kommen gar nicht zur Geltung.

Komm, laß uns abhauen, sagt Fisch.

Bevor wir gehen, sehe ich noch den Dolmetscher, der im Eingang der Verwahrung steht. Er hat einen Verband um die Nase. An beiden Enden kann man selbst aus dieser Entfernung noch die rote Schnittspur sehen. Er merkt, daß ich ihn anstarre. Er starrt zurück. Er sieht blaß und verängstigt aus. Die Lurchaugen starr zwischen weißen Wimpern.

Hast du ihn gesehen, frage ich Fisch.

Ja, sagt Fisch. Schau nicht hin.

Und spuckt aus.

Als wir nach Dienstschluß wieder bei der Station ankommen, wird es schon hell, die künstliche Bestrahlung der Korridore verblaßt. Einige Partyautos rollen durch sie hindurch. Neujahrsschreie aus den Fenstern.

Drinnen sitzen sie in einem winzigen fensterlosen Raum mit häßlichem Linoleum. Der Fernseher läuft ohne Ton, auf den Tischen klebriges Alkoholfreies, unter Bank und Decke Bier. Ich setze mich an den Tisch zu einem, der dort schläft, und schau mir das Fernsehprogramm an.

Am unteren Rand des Bildschirms erscheint gerade die Aufschrift: San Salvador. Eine Partygesellschaft in einer Kneipe. Fast nur Männer da. Sie tanzen. Einer auf dem Tisch, Bauch frei, laß es kreisen. Dann wechselt das Bild und die Aufschrift: Oostende. Ein Auto, das im Hafen über die Anlagestelle gerast ist und jetzt langsam untergeht. Lachende Menschen am Ufer, Suchscheinwerfer. Eine Sektflasche wird ins Wasser geworfen. Die Menschen auf dem Bildschirm zeigen der wackelnden Kamera die Zähne. Die Kamera zeigt wieder die Sektflasche, die zwischen den Luftblasen tanzt. Dann Moskwa. Der U-Bahn-Fahrer. Alle 50 Sekunden ein Bahnhof. Dann Palmen und Frauen. Dann jemand vor einem Fernseher. Dann ein kahlköpfiger Soldat in einem Häuschen. Ein Lkw zieht vor seinem Gesicht vorbei. Jetzt endlich sehe ich, wie es da aussieht. Es ist kleiner als hier. Dunkler. Der Soldat schaut mit roten Augen in die Kamera. Im Hintergrund ein Fernseher. Ein Film läuft. Den Schauspielern sieht man an, daß sie spielen. Ohne Ton sieht man das. Dann wieder die Palmen. Mollige Frauen in einer Polonaise. Ihre tonlosen Grimassen. Sie sehen verschlagen aus. Der Schlafende an meinem Tisch wacht von alldem nicht auf. Ich gehe wieder hinaus.

Auf dem Flur steht der Dolmetscher. Nur er ist da und ein unbekanntes Mädchen, das silberne Strumpfhosen trägt. Sie lehnt an der Ölwand, er stützt sich neben ihrem Ohr lässig mit der Hand ab. Von dort, wo ich stehe, kann ich sein Gesicht nicht sehen, ich höre nur die näselnde Stimme, wie sie unter dem Verband hervorkommt.

Mit der bloßen Hand gegen die Klinge sagt er und lacht unter dem Verband: Das muß weh tun.

Bleibt was zurück? fragt das Mädchen.

Höchstwahrscheinlich, sagt er. Er zieht an ihrer Zigarette.

Mann, sagt das Mädchen, ich wäre da nicht so cool.

Er tippt die Asche auf den Boden. Bei einer Frau, sagt er, ist das was anderes.

Er zieht den Daumen über ihre Lippen, bis sie ganz verzerrt sind, wie eine Hasenscharte. Sie lachen. Dann sieht sie mich, zieht das Lachen zwischen die Zähne zurück. Sie kreuzt die langen silbernen Beine. Der Dolmetscher schaut mich über seinen Verband hinweg aus geröteten Augen an. Feindselig.

Onanierer. Ich gehe wieder hinaus.

*

Hanna hat nur einen Slip an. Sie stellt ein Bein auf den Stuhl, dreht die Hüfte halb gegen den Spiegel. Ihre Brustwarzen. Der Blitz explodiert im Spiegel, beleuchtet sie, ihre dunkle Figur.

Ich frage sie, ob sie meine, daß die Fotos was werden. So. Mit dem Blitz im Spiegel.

Sie zuckt ungeduldig die Achseln: Was kann ich dafür, daß es hier so düster ist.

Lichtgestalt, sage ich und lächle.

Hanna hat beschlossen, Fotografin zu werden. Sie will Berge und große Gebäude fotografieren. Wasserkraftwerke. Sonnensegel. Ich sage ihr, sie wolle das nur, weil es diese Dinge hier nicht gibt. Damit sie weggehen könne, um sie zu fotografieren.

Sie wird böse. Wovon ich denn rede.

Ich ziehe mich nackt aus. Fotografiere mich, sage ich. Sie schaut zögernd zum Türglas und drückt dann ab. Einmal, zweimal.

Das reicht, sagt sie. Ich brauche noch Platz auf dem Film. Für den Wettbewerb.

Auf dem Cover steht: Zeitschrift für Literatur und Naturschutz.

Ich frage sie, was das sei.

Sie antwortet: Eine Zeitschrift für Literatur und Natur-schutz.

Ich frage sie, und ich lächle dabei, wie das zusammen-komme.

Sie sagt, das sei Kultur.

Sie sagt es in einem Ton, als könne ich es sowieso nicht verstehen. Ich ziehe mich nicht an. Ich lege mich nackt aufs Bett.

Ich frage sie, ob sie weiß, wer Mithras gewesen ist.

Sie weiß es nicht. Zieh dich an, sagt sie.

*

Es ist ganz dunkel hier. Kein Mond, keine Sterne. Wolken. Zwei Meter hoch. Tief. Schwarz. Die Erde schwarz. Naß. Dumpf. Töne ohne Echo.

Fisch? sage ich in die Nacht hinein, nicht sehr laut. Je-mand flüstert. Ein Mann. Fisch? Die Zischlaute des Flü-sterns sind mit nichts anderem zu verwechseln. Jemand spricht. Fisch, sage ich, hör auf mit dem Blödsinn. Und er hört plötzlich auf. *Es* hört auf. Dauerregen ist am schlimmsten. Sein Säuseln überdeckt alles. Vielleicht war es gar kein Flüstern. Ich höre, wie das Wasser an mir, mei-ner Jacke, abperlt. Und dann lange Zeit nichts.

Nichts. Der Flüsterton des Regens. Er perlt an mir ab.

Fast eine halbe Stunde später, ich habe das mysteriöse Zischeln schon vergessen, kommt er mir förmlich in die Arme gelaufen. Er ist klein und so dunkel, daß die Lampe kaum in der Lage ist, von seinem Gesicht mehr zu erhellen als die Augen. Er hat versucht, zwischen Fisch und mir durchzugehen. Fisch leuchtet ihm ins Gesicht. Sein eigenes noch gerötet vom Laufen, an Brauen und Nase hängen Nieseltropfen. Er schüttelt sie ab. Der kleine dunkle Mann steht regungslos zwischen uns.

Da ist noch was, sage ich.

Ich höre nichts, sagt Fisch. Er fingert nach dem Funkgerät.

Doch, da ist was, sage ich und kann nicht verhindern, daß mir die Stimme zittert. Ich nehme die Hand vom Arm des dunklen Mannes. Er schaut von Fisch zu mir, dann wieder zu Fisch. Rührt sich nicht. Fisch schaltet das Funkgerät wieder aus. Da hören wir es: Laute wie Säuglingsschmatzen hinter dem Gleichlärm des Regens. Schnelles, hungriges Säuglingsschmatzen. Der dunkle kleine Mann schaut zu mir, zu Fisch, zu mir. Und rennt los.

Ein Lockvogel, höre ich Fisch sagen und dann, wie er Scheiße! ruft, aber das schon hinter mir, denn wir rennen bereits in entgegengesetzte Richtungen. Ich kreise mit dem Arm nach dem Kragen des dunklen Mannes, rutsche ab, er ändert mit kleinen, ungeschickten Schritten die Richtung, stolpert, und dann habe ich ihn, wir stürzen vom Weg in die aufgepflügte Erde, er unter mir. Ich ramme ihm meine Knie in die Kniekehlen, ziehe sein Gesicht beim Kragen aus der Erde. Ich höre, wie er ächzt, wie er Erdklumpen zwischen den Zähnen hervorwürgt.

Klappe, sage ich, halt bloß die Klappe, und bleibe auf ihm knien. Aber mein Herz pocht zu laut, um noch etwas anderes zu hören. Fischs Leuchtkugel hinter uns steigt lautlos, zögernd hoch und fällt gleich wieder zurück. Und dann höre ich als nächstes nur noch den Schuß. Nicht von uns. Ich stoße den kleinen dunklen Mann in den Acker zurück und laufe los.

Völlige Finsternis. Die Manövergruppe hat keine Nacht-sichtgeräte. Der Weg hat kleine Absenkungen, unhörbar, ich kenne sie nicht. Ich stolpere. Ich renne. Dabei höre ich mich gegen den Regen schreien: Stehenbleiben! Stehen-bleiben! Ich spüre, daß ich schon ganz in ihrer Nähe bin, ganz in der Nähe ihrer Ohren brülle. Bleib stehen, brüllt Fisch neben mir.

Zuerst weiß ich gar nicht, was der Knall bedeutet, ob-wohl er unwahrscheinlich laut, dicht neben mir losgeht. Und da trifft es mich schon. Es ist warm und feucht und klatscht gegen mein Ohr, wie Schlamm, wie Dreck, es riecht bloß anders. Es macht mich taub. Es trifft mich nicht so stark, daß ich davon umfallen müßte, aber ich werfe mich sofort hin, flach auf den Boden, ich lande mit den Rippen auf dem Kolben. Ich lande noch vor dem an-deren Körper. Mein Ohr klingt, zuerst höre ich gar nichts, dann, daß etwas in meiner Nähe leise knackt, wie Feuer oder wie wenn Luft aus etwas entweicht. Dann, eindeutig, sie laufen querfeldein, die übriggebliebenen Maiswurzeln, das Schilf bricht unter ihren Füßen, es sind viele. Stehen-bleiben, denke ich und springe auf, da knallt wieder ir-gendwo ein Schuß, einer von den Unseren, aber ich werfe mich trotzdem wieder hin, wieder drauf aufs Gewehr, da erst begreife ich, daß ich ja auch ein Gewehr habe, aber dann liege ich nur da, höre mein Herz pochen, an meinem Ohr spannt und knackt es, und ich stelle fest, daß ich Angst habe. Ich drücke mein Gesicht auf die Erde, drücke das taube Ohr in den Schlamm und denke mir, jetzt bleibe ich hier eine Weile so liegen, dazu habe ich ein Recht, man hat gerade auf mich geschossen.

Fisch, sage ich. In den Maisfeldern steigen zwei Leuchtge-schosse hoch. In ihrem Licht sehe ich, daß Fisch ganz nah bei mir liegt. Er liegt auf der Seite, wendet mir den runden Rücken zu. Fisch, sage ich. Fisch antwortet nicht. Er macht überhaupt keine Geräusche. Im ganzen Regentumult, im Schrittetumult, im Leuchtkugeltumult rundherum – jetzt schießen auch schon die von drüben – ist Fisch völlig geräuschlos. Ich höre nicht einmal mehr das Knacken. Ich fasse mir ans Ohr: an meinen Fingern Schlamm und Blut. Fisch, sage ich, Scheiße, Fisch. Dein verdammtes Blut klebt in meinem Ohr.

DER
SEE

In der Nacht vor Heiligabend kommt ein Mann zu uns. Er hat einen schönen braunen Schuh an, aber eben nur einen. Er trägt keine Socke in seinem Schuh. Sein nackter rechter Fuß sieht sehr weiß aus unter dem angetrockneten Schlamm, wie er auf den gelb gesprenkelten Fliesen unserer Küche steht. Er hat den Schuh irgendwo im Krebsbach verloren. Er denkt, er ist schon drüben. Er spricht mehrere Sprachen durcheinander, aber, wie es scheint, alle nur gebrochen.

Es ist zuviel Wasser im See, sagt Großvater.

Es ist Weihnachten, sagt Mutter. Du wirst ihn rüberbringen. Was willst du sonst tun.

Aber wie denn, sagt Vater, er hat doch nichts mehr. Noch nicht einmal einen zweiten Schuh. Diese Gauner, die ihn den Bach haben runterlaufen lassen, haben ihm alles weggenommen.

Der Fremde tritt näher an den Küchentisch heran, öffnet den Mund. Im Schein der Lampe zeigt er uns einen Goldzahn, ganz hinten, unten. Aber Mutter winkt ab. Sie blickt auf seine Hände.

Es ist Weihnachten, sagt sie zu Großvater. Du wirst ihn so hinbringen, wie er ist. Nur für den Ehering.

Großvater bleibt stumm.

Es ist schon fast Morgen, als der Mann mit dem einen Schuh zu uns kommt. Wir fegen gerade die Backstube. Diese Nacht haben wir nicht geschlafen. Wir haben wach gelegen, bis es endlich Mitternacht war und wir aufstehen konnten, um für Weihnachten zu backen.

Vater ist Bäcker. Früher hat er zweimal, manchmal auch dreimal die Woche Brot gebacken. Sein Brot war außen goldfarben und innen weiß und leicht wie Watte, so wie man es hier mag. Wenn er gebacken hatte, schrieb er mit weißer Kreide auf die Holztafel an unserem Tor: Heute Brot. Er hätte einen Vertrag mit dem örtlichen Geschäft machen können und es jeden Tag mit Brot beliefern. Er hätte das Dorf mit Brot versorgen können, und man müßte es nicht aus der Stadt kommen lassen. Er hätte uns damit ernähren können. Er hätte damit sogar reich werden können. Aber Vater sagte, jeden Tag für das Dorfgeschäft backen, das könne er nicht, und so hat er es niemals getan. Er buk zwei- oder dreimal die Woche, selten an denselben Tagen, und nur wenige machten sich die Mühe, den Hügel ganz herunter zu steigen, um zu sehen, ob der verrückte Bäcker wieder gebacken hatte, denn wenn es nicht der Fall war, mußten sie den ganzen Hügel wieder hinaufsteigen ins Dorfgeschäft. Dann bekam Vater Tuberkulose, und als er später wieder mit dem Backen anfing, wollte keiner mehr seine Brote haben, weil er der Bäcker mit der Tuberkulose war.

Aber das ist es nicht, sagt Vater. Die Wahrheit ist: Sie sind neidisch. Sie sind Bauern, während wir, sagt er stolz, Handwerker sind. Und Fischer, fügt er hinzu mit einem Blick auf Großvater, der, wie immer, nichts dazu sagt.

Wir heizen den Brotofen vier Stunden lang. Das Holz bewahren wir seit Monaten in der Scheune auf, damit es trocken bleibt, selbst wenn es zu Weihnachten regnet, wie jetzt. Es regnet hier zehn Monate im Jahr, immer lauwarm, immer gleichmäßig, nieselnd. Die Baumrinden sind weich wie Hefe, sie lassen sich mit den Fingern abschälen. Unsere Backstube ist für die meiste Zeit des Jahres der trockenste Fleck im Ort. Wir heizen den Ofen vier Stunden lang und rühren währenddessen den Teig. Vater streut Rosinen in die Hefezöpfe und flicht sie schnell und leicht. Meine Brüder und ich füllen den Brotteig in die Holzschalen. Wir räumen die verglühte Asche aus dem Ofen und stellen die Schalen mit den Wecken und den Hefezöpfen hinein.

Der Backofen steht ganz hinten im Hof, neben der Räucherkammer und dem Klo, an die graue Kalksteinmauer geklebt, die uns von zwei Seiten vom Dorf trennt und den stinkenden kleinen Krebsbach aus unserem Hof hält. Unser Haus ist das unterste im Dorf, das letzte Ende, wie man es nennt, in die engste Stelle zwischen Hügel und See gequetscht. Der Bach hinter uns ist nach Krebsen benannt, die es hier lange nicht mehr gibt, er umfließt unsere Mauer und biegt kurz darauf ab zum See. Wenn wir backen, räuchern oder auf dem Klo sitzen, hören wir ihn unter unseren Füßen vorbeiziehen. Der Mann mit dem einen Schuh kommt aus diesem Bach. Er kommt im Dunkeln über die Mauer zur Backstube geklettert. Wir halten im Wegfegen der Mehlreste inne und horchen. Das dumpfe Fallen loser Steine, wie sie unter seinen blinden Füßen aus der Mauer kullern.

Er weiß nicht, wo er hier gelandet ist. Er begreift erst nach einiger Zeit, daß sich diese mehlbestäubten Menschen immer noch im falschen Land befinden. Oder vielmehr: daß er selbst sich im falschen Land befindet. Wir sind viele, die wir ihn im Schein der Küchenlampe anstarren, Schulter an Schulter, meine Brüder und ich. Er stottert erschrocken in seinen fremden Sprachen, die er alle nicht beherrscht, bis er schließlich durcheinanderkommt und verstummt. Er starrt uns nur noch an. Sein verschwommener grauer Wolfsblick. Lange Stille.

Tja, sagt Vater in diese Stille hinein. Großvater hebt nicht den Kopf. Unsere Mutter steht außerhalb des Lampenscheins. Ihr Gesicht ist nicht zu sehen.

Was willst du sonst tun, sagt sie jetzt.

Der Mann mit dem einen Schuh nimmt seinen schlammbedeckten Finger in den Mund und beißt mit den Zähnen am Ehering.

Er will, wie alle, zum See. Jemand hat ihm gesagt, er brauche nur dem Bach bis zur Mündung zu folgen, dann sei er am Ziel. Nur daß der Bach zu früh zu Ende war. Schritt für Schritt war er mehr von Schilf und Seegras bedeckt, bis er kurz nach unserem Haus ganz im sumpfigen Untergrund verschwand.

Der See streckt sich wie eine lange Zunge über die Grenze. Wir nennen ihn See, obwohl uns nur der unterste Zipfel von ihm gehört, wo er eigentlich kein See mehr ist, sondern nur noch Schlamm und Schilf. Die Schilfschnitter fahren Jahr für Jahr Kanäle hinein, durch die sie lange Bootsreihen mit Schilfgarben lenken. Die Kanäle wachsen Jahr für Jahr wieder zu. Wo der Schilfgürtel endet, beginnt das Drüben mit offenem Wasser und Segelschiffen. Die Fremden, die zu uns kommen, wollen alle dahin. Manche kommen nicht erst, nachdem sie den Flußlauf verloren haben. Sie kommen schon mit dem Wissen über Großvater.

Großvater legt seit sechzig Jahren seine Angeln und Reusen im Schilf aus. Die Aale sind zwei Daumen dick und schmecken nach dem Motorbootöl der Schilfschnitter. Aber Aal ist das einzige, was es immer gibt. Lebendigen

Aal, Stückchen, die sich ölig im rotgesprenkelten Mehl winden. Ist Karpfen oder Weißfisch im Fang, wird er verkauft, und Hecht gibt es in diesem Wasser nicht und auch keinen Zander und keinen Wels.

Beklagt euch nicht, sagt Vater. Der See ist unser Auskommen. So oder so.

Seitdem Vater nicht mehr bäckt, bringt Großvater wieder Fremde nach drüben. Er folgt mit ihnen dem versteckten Bachlauf durch den Schilfgürtel. In Hörweite des offenen Wassers läßt er sie allein. Er zeigt ihnen einen Stern, dem sie folgen sollen bis ins Wasser und dann tauchen, solange es geht, bis es von einer Welle zur nächsten schließlich drüben ist.

Großvater hat den Weg nicht vergessen, obwohl er ihn lange nicht mehr gegangen ist. Jahrzehntelang kam kaum jemand von außerhalb bis zu diesem Dorf. Die Passierscheine hatten einen grünen Streifen für Kinder, einen roten für Erwachsene, er lief quer über die Vorderseite, strich alles durch, als wäre es ungültig. Aber sie waren gültig, die Ausweise, und obwohl uns die Grenzhüter als Dorfbewohner kannten, kontrollierten sie sie jedesmal. Anfangs, erzählt Vater, schlitzten sie selbst den Fischen aus Großvaters Fang die Bäuche auf, wer weiß, was sie da finden wollten. Großvater zog immer alleine ins Schilf und sprach nie, mit niemandem, und wenn, dann hatte er einen Akzent. Großvaters Muttersprache wird auch jenseits des offenen Wassers gesprochen. Das machte ihn verdächtig. Man schlitzte seine Fische auf und fand nichts. Nur aufgeplatzte Galle. Aber das ist schon lange her, wer weiß, ob es stimmt. Großvater schweigt dazu.

Der Weg bis zum Dorf ist seit einiger Zeit wieder frei. Die Grenzhüter haben sich zurückgezogen, unsichtbar in

die Wiesen, ins Moor, und es kommen immer mehr aus-
weislose Fremde über die Mauer zu unserer Backstube geklettert. Alles ist hier Grenze, die Fremden könnten auch
über die Wiesen gehen, über Land, aber sie wollen nur
Großvater und den See, für alle und von allen Seiten gleich
undurchschaubar und gefährlich, tierlaut in der Nacht,
durch den man wie Lurche, wie die Aale hindurchschlüp-
fen kann.

Der unser Auskommen ist. So oder so.

Die Fremden bezahlen gut. Sowohl Mutter als auch Vater tragen mehrere Goldringe an den Fingern. Es sind Namen in die Ringe graviert. Vessela. Und Maria.

Im Dorf sind wir bekannt als ‹das letzte Ende›, die mit
den goldenen Haaren, den Ringen, den goldenen Nasen.
Vater lacht und streut goldene Rosinen in den salzigen
Teig.

Wir sind von kleinem Wuchs, haben runde Köpfe, blonde
Haare und blaue Augen. Wir kommen alle nach unserem
Vater. Unsere Mutter ist groß, schlank, dunkel, als wäre sie
gar nicht unsere Mutter. Im Dorf sind wir bekannt als die,
die aus den Gärten stehlen. Meine Brüder und ich brechen
den jungen, milchigen Mais, pflücken die klebrigen Mira-
bellen, den kleinäugigen Blaufränkischen. Im Friedhof zu
Allerheiligen nehmen wir die schönen dicken Kerzen von
den Gräbern der anderen und stellen sie auf unsere. Wir
stehlen nicht aus Not, obwohl wir nur noch für uns selber
backen. Es ist mehr eine Gewohnheit und ein Spaß. Die
Feldhüter beschimpfen und schlagen uns deswegen, auch
wenn sie gerade nicht das Feld hüten und wir gerade nicht
stehlen, und ihre Frauen im Geschäft geben uns für unsere
Coupons die versauerte Milch.

Sie sind neidisch, sagt Vater. Weil wir immer unser Auskommen haben.

Vater erzählt, er sei so klein geblieben, weil er eine Kindheit lang gehungert und händeweise Salz und Mehl aus der Bäckerei gegessen habe. Er zeigt uns seine hohle Hand, seine Salz haltende Hand. Sie ist klein und braun. Er legt sie mir an die Wange, schaut in meine Augen und sagt: Meine Tochter. Ich weiß nicht, was er damit meint, wenn er das tut und sagt.

Meine Brüder sagen nie meine Schwester zu mir.

Ich habe acht Brüder: vier sind älter und vier sind jünger als ich. Ich trage Jungsschuhe, Jungstrikots und Jungshosen, in denen ich das Gummi an der Taille zu einem Knoten binde. Von all meinen Brüdern ist der älteste Bruder der schönste. Ich nenne ihn deshalb auch: Mein schöner Bruder. Er nennt mich weder schön noch Schwester. Er nennt mich: Idiotin. Er legt die Hand flach gegen meine Brust und stößt mich von sich.

Mein schöner Bruder arbeitet mit den Schilfschnittern. Die Holzhütte steht an der Kreuzung der Kanäle im Schilf. Die Seevögel sitzen mit schlaffem Gefieder auf Geländer und Dach, gleichgültig, als gäbe es das alles, uns, nicht. Im Sommer laufen wir barfuß, meine Brüder und ich, mild schmelzen die Häufchen der Vögel unter unseren Sohlen. Das splitternde Holz des Stegs ist knisternd heiß, und in den Lücken zwischen den Latten schlagen wir uns die Zehenkuppen ab. Das Blut, die Vogelscheiße klebt an unseren Füßen und der graue Schlamm des Seebodens. Wir sitzen auf dem Steg, rubbeln mit den Fingern Schmutzkrümelchen aus dem Zwischenraum unserer Zehen und lassen sie ins Wasser rieseln. Ich trete mir einen Splitter ein, und mein schöner Bruder saugt ihn mir zwischen Vogelscheiße und Schlamm aus dem Fuß. Idiotin, sagt er zu mir und spuckt den Splitter mit meinem Blut ins Wasser. Die Bläschen schaukeln.

Der splitternde Sommer ist hier sehr kurz. Zeit, wenn alles regenlos stillsteht. Der Himmel leer und glatt wie ein starüberzogenes Auge. Die Stelzen, auf denen die Schnitterhütte steht, ragen zweimannshoch über die Boote. Das Wasser darunter grau und schwer wie flüssiger Beton. In manchen Jahren ist es nicht mehr als kinderknietief, bei ruhigem Wetter könnte man durchwaten bis nach drüben, schwarzfüßig, und würde kaum naß dabei. Trotzdem tut es kaum einer, der hier wohnt.

Plötzlich, man weiß nicht woher in diesem flachen Land, kommt Wind auf, treibt die Vögel vom Geländer hoch. Sie lassen ihre schwarzweißen Exkremente auf Hütte und Steg fallen, bevor sie zurückgetragen werden ins Schilf oder hinaus aufs Wasser. Auf den Wind folgt der Regen. Das schwere Wasser unter den Latten schwillt innerhalb von Minuten bis zum Hüttenboden herauf, reißt die Boote mit den Garben und den Schnittern los. Wir sitzen zitternd in der Hütte und lauschen. Das ungeduldige Klopfen hochgeschleuderter Schildkrötenpanzer an der Unterseite des Stegs.

Dann ist alles ebenso schnell vorbei. Die Windwelle zieht ab und mit ihr das Wasser. Der Schlamm kommt wieder hoch, eine löchrige, sonnentrockene Kruste, warm, scharf, lebendig. Man könnte hinüberwaten.

Das ist hier so, so ist die Gegend, sagt Vater, auf nichts kann man sich verlassen: jahrelang nur Regen und dann ewig die Sonne, bis alles verdampft. Die Bauern ziehen auf den bloßen Seegrund und fangen an, Parzellen in den Schlamm zu ziehen. Sie pflügen die Skelette der Fische unter, gut gedüngt, die Ochsen bis zum Knie im Morast, bauen Feldbegrenzungen aus den Panzern toter Schildkröten und Muscheln. Und dann warten sie auf den Regen, der nicht kommt. Und als er schließlich kommt, kommt er nicht von oben, worauf man sich verläßt. Er kommt von unten wieder. Das Wasser kommt wieder und saugt alles zurück: die Schlammparzellen, die unaufgegangenen Samen, die Panzer und die Skelette. Der Sumpf nimmt das Dorf wieder ein, sein Schlammgeruch, seine Aale kriechen bis in die Gärten, und neben den feuchten Schlafzimmern treibt Schilf aus der Wand. Dann ist wieder für Monate und Jahre Herbst hier, schwerer November, nur in unserer Bäckerei ist es trocken und leicht. Alles leicht: der Teig, die Luft, Vaters Flechtbewegungen. Ich verlasse den trockensten Ort der Welt nur, um zu schlafen.

Meine Tochter, sagt Vater zu mir und legt seine hohle kleine Hand an meine mehligen Wangen. Er weiß nicht, daß ich nicht ihn meine, sondern den See.

Ich mißtraue ihm immer schon. So oder so.

Idiotin, sagt mein schöner Bruder, wovor hast du Angst? Er lacht über mich. Sein Freund, der Seemann, lacht mit ihm.

Der Seemann hat einen Schlammpelz an. Haut und Haare sind grau. Sie zeigen zum Himmel. Er taucht neben unserem Boot auf, mit weißumränderten Augen, und lacht mit skelettfarbenen Zähnen. Er steht bis zum Nabel im Schnitterkanal und rüttelt am Boot und schreit: Jetzt habe ich euch, Winzlinge, Menschenkinder, ich komme, euch zu holen, gebt mir euer Gold. Mein schöner Bruder, der mit mir im Boot sitzt, lacht mit ihm.

Der Seemann lenkt unser Boot aus dem Kanal. Er singt: *Seemann, Wind und Wellen rufen dich hinaus* und zwinkert mir zu. Ich kenne das Lied. Vor Weihnachten hört unsere Mutter immer eine Schallplatte mit Seemannsliedern. *Deine Heimat ist das Meer, deine Freunde sind die Sterne*, sage ich dem Seemann. Meine Heimat, sagt er. Meine Freunde. Er lacht wieder. Er rudert mit dem Rücken voran.

Der Seemann, sagt man, soll ein echter Seemann sein. Aber, das sagt man auch, vielleicht ist der Seemann auch nur ein echter Lügner. Die Reisen, die er gemacht haben will, bis nach Indien, und mitgebracht hat er nichts als eine Frau, die rote Fingernägel hat, aber ansonsten so weiß ist wie wir alle hier. Nur, daß sie nicht wie wir laufen kann. Sie braucht einen Stock dazu, dabei ist sie noch jung. Wer verläßt schon die Meerwelt für so eine Frau?

Sie sind eben neidisch, sagt Vater. Du kannst ankommen, womit du willst, und wenn es ein Krüppel ist. Dann sind sie eben neidisch, weil du etwas siehst, was sie nicht sehen. Und dann sagt Vater noch: Vielleicht ist der Seemann aber wirklich nur ein echter Lügner. Warum sonst kommt einer wie der zurück. Um ins Moor zu fahren anstatt über den Ozean.

Der Seemann findet Wasser, wo man es sonst nicht sieht. Das Schilf neigt sich unter, über uns, seine Wurzeln scharren, der Schlamm schmatzt am Boden des Boots. Es geht immer noch weiter. Keiner von uns spricht oder singt mehr, nur der Seemann pfeift leise vor sich hin. Er pfeift melodielos, ein zerstreuter Vogel, der nichts will, nichts will, nichts-nichts, tschirr-tschirr. Und geht immer noch weiter. Wasserratte, sagt er leise und schlüpft ihr hinterher.

Wir gleiten in leichteres Wasser. Der Seemann stellt die Ruder aus, lenkt das Boot um die Schilfinselchen. Hinaus ins Offene. Leises, dunkles Wasser. Der Seemann pfeift nicht mehr. Sein Schlammpelz schweißdunkel und trockenweiß. Ungeheuerkörper. Seine Augen lila wie der Himmel.

Der Wind kommt plötzlich, wie er hier immer plötzlich kommt. Wir haben ihn nicht bemerkt. Er fällt aus dem lila Himmel herab. Er weht um die Inselchen, um uns herum. Hinter ihm lugt das Gesicht des Sees. Seine vom Himmel flachgedrückte Stirn. Sein sich vorwölbender Mund. Er spuckt auf uns. Das Wasser schlägt ins Boot, unsere Füße tauchen ein in Schlamm. Mein schöner Bruder hält mir mit seiner warmen Hand den kalten, schreienden Mund zu. Die nasse Feder eines Reihers ist mir zwischen die Lippen geraten. Ich sauge das Wasser aus ihr. Der Seemann, der kräftiger ist als mein Bruder und ich zusammen, Ungeheuerkörper, greift in die Ruder, um uns von der Stelle zu bewegen. Und bewegt uns nicht. Im kleinen Seebecken schaukelt das Wasser wie in einer Waschschüssel.

Ich wasche Großvaters Füße darin. Auf dem weiß emaillierten Grund der Schüssel sammelt sich der graue Seeschlamm zu einem Kreis. Er läßt die Schüssel klingen. Abends setzen wir uns in die Küche und ich wasche Großvaters Füße. Ich seife den Zwischenraum seiner Zehen ein und schrubbe mit der Nagelbürste über seine Fußsohlen. Großvater schneidet mit Rasierklinge und Messer die eingetretenen Schilfblättchen aus der Haut, wickelt seine Füße in graue Lappen und steigt in die Gummistiefel, die er nur für die täglich vier Stunden seines Schlafs auszieht. Großvater spricht nie. Stumm geht er zwischen uns auf und ab, sitzt auf dem harten Küchenstuhl. Stumm wasche ich jeden Abend seine Füße.

Stumm liege ich in den Armen meines schönen Bruders. Halte den Mund um die Feder geschlossen. Höre, wie Wasser von mir herab auf die Dielen tropft. Höre den Seemann, der meinem schönen Bruder zuflüstert: Das war schon ganz nah. Junges, dünnes Schilf. Legt sich unters Boot, als wäre es nichts.

Ich öffne die Augen nicht. Ich öffne sie nicht. Ich gleite durch junges Schilf. Ich bin leicht wie ein Kind, mein Körper ist ein Boot. Die schwachen Halme legen sich unter mich, schneiden mich, streicheln mich. Langsam, scharf sickert das Wasser von unten durch. Bald ist es geschafft. Ich lasse mich ins Untrinkbare gleiten. Es soll mich hinübertragen bis morgen früh.

Als ich die Augen öffne, ist es schon Morgen, aber da ist immer noch kein Land. Ich treibe im offenen Wasser. Es ist kalt. Die Sonne, hellweiß, dampft um mich herum. Und auf einmal weiß ich, mein Schlaf hat mich getäuscht: dieses Dahintreiben unter dieser hellen Sonne ist der Tod.

Ich liege auf dem Rücken, bewege meine eiskalten Finger, das Wasser des Sees, das glatt unter mir liegt, ein graues Laken, und ich flüstere: Ich bin tot. Über mir die Dachbalken, ich sehe, ich liege auf unserem Dachboden, auf den Brettern, quer über die buckeligen Rücken der Bögen gelegt, Schulter an Schulter mit meinen Brüdern. Ich sehe es, aber ich weiß es nicht. Ich weiß um die anderen nicht. Ich bin tot, flüstere ich. Ich fühle, wie sich meine Blase zusammenzieht. Jemand berührt warm meine Finger, und mein schöner Bruder flüstert auf meine Stirn: Du bist nicht tot, Idiotin. Der Atem unserer sieben Brüder weht wie die Welle neben meinem Ohr. Langsam lasse ich die Spannung aus meinem Bauch. Aber nur für einen Augenblick, denn da legt mein schöner Bruder seine große warme Hand auf mich und flüstert: Wenn du ins Bett pißt, schmeiß ich dich vom Dach, Idiotin.

Vom Dach aus kann man in der aufgehenden Sonne den Bachlauf sehen: versteckt und doch, wenn man es weiß, ununterbrochen bis nach drüben. Aber so lange warten wir nicht. Bei Sonnenaufgang müssen wir im Wald sein. Wir haben viel Zeit durch den Mann mit dem einen Schuh verloren. Zu lange sind wir in der Küche gestanden mit ihm und haben zugeschaut. Wie weiß sein Fuß auf den Fliesen steht. Und Großvater, der sich nicht rührt. Bis Mutter schließlich, ungeduldig, aus dem Dunkel sagt: Es wird bald zu hell sein dafür.

Nein, sagt Großvater.

Und er hat recht. Als wir Stunden später, längst nach dem Sonnenaufgang, den Hügel zum Wald hinaufsteigen, ist immer noch Nacht. Der unsichtbare Bach rauscht unter unseren Füßen. Wir steigen durch den Schlamm. Wir denken an Großvaters Füße in den grauen Fußlappen, die jetzt im Bach waten. An den nackten Fuß des Fremden. Das Wasser, das auf uns herunterregnet, ist warm. Ich koste es: es schmeckt nach Tannenbäumen und Rauch. Wir kämpfen uns den Hügel hoch.

Am Waldrand wachsen Hartriegel, Hagebutten und Moorbeeren. Meine Brüder essen die Sträucher leer. Ich stehe daneben, das Salz der Backstube noch in den Zähnen.

Ich stehe dort, wo man die beste Aussicht hat: auf den See, die sumpfigen Wiesen nebenan, den anderen Weg darin, den bewachten. Aber es ist zu dunkel, um irgend etwas davon zu sehen. See, Wiesen, Wege, Bewacher unsichtbar. Unsichtbar die Grenze. Großvater verrät nicht, wo sie ist.

Das Licht unserer Backstube ist bis hier oben zu sehen. Es ist das unterste der frühen Fensterlichter, am letzten Ende des Hügels, wo alles herunterkommt: der Bach, die Erde, die Tiere. Frösche und Schlangen, wenn sie aus dem Wald zum See wandern, zurück, um sich zu vermehren, müssen durch unseren Hof. Nachts hören wir sie durch die Mauerritzen kriechen. Ich höre meine unsichtbaren Brüder hastig zwischen den Sträuchern schlucken.

Früher haben wir die Frösche und Schlangen mit Steinen erschlagen. Sie wie Nüsse mit dem Tritt unserer Holzpantoffeln geknackt. Unser Hof war bedeckt von ihren Leichen, und als sie getrocknet waren, warfen wir sie ins Feuer. Irgendwann haben wir es aufgegeben. Ihre verbrannte Haut bildete dicke, bräunliche Schlacke, die den Ofen verstopfte. So sitzen wir seitdem abends nur noch an der Schwelle und sehen ihm zu: dem silbrig-braunen Fluß aus Froschleibern, wie er vor unseren Füßen dahinrollt. Wir setzen die kleinen Feuerbauchfrösche auf unsere Handrücken, wickeln Wasserschlangen um unser Handgelenk, spielen ägyptisch, aber wir töten sie nicht mehr.

Wir haben es aufgegeben.

Wir haben uns damit abgefunden, daß alles hier herunterkommt, durch uns hindurch, als gäbe es uns gar nicht. Unsere Scheune, kaum betretbar, ist von Schwalben bevölkert, und wenn die Schwalben fort sind, ziehen die Spatzen ein, die Igel, die Iltisse, die Wasserratten, die winzigen rosa Gartenschnecken und die Wespen, und unsere Mutter bekommt jedes zweite Jahr ein neues Kind. An den Wänden des Kellers wächst besonders blumiger Schimmel, und in der Kalksteinmauer pressen sich Milliarden Tiere ineinander. Bei den Häusern der anderen ist der Kalkstein glatt und gelb. Bei uns ist eine graue Meereskatastrophe, warmer Unterwassertod in unbehauene Steine gepfercht. Urtiere. Ich höre sie im Dunkeln schlucken. Ich stehe am Waldrand und denke an den See, den unsichtbaren, den Skelettsammler. An die Körper jener vier Männer, die beim letzten Herbststurm in ihm verschwunden sind, als sie die Reusen plündern wollten.

Wir tragen unsere Beute nach Hause. Weil Weihnachten ist, ist sie heute ein Tannenbaum. Wir tragen ihn hinunter ins Tal. Auf halber Strecke, am Pranger vorbei, auf Höhe der Kirche sehen wir durch den Regen die rotfingrige Frau des Seemanns. Sie geht auf einen Stock gestützt. Sie tut so, als würde sie uns nicht sehen. Und wir tun ebenso.

Wir sitzen schon auf der Mauer mit dem Baum, als der Waldhüter kommt. Vater tut so, als würde er mit uns schimpfen: Warum habt ihr diesen Baum geklaut. Und er ohrfeigt sogar einen meiner Brüder, der am nächsten zu ihm steht. Der Bruder grinst. Aber der Schlag war echt, das können alle sehen: die Spuren der Ringe auf seiner Wange. Und Vater sagt zum Waldhüter: Was soll man machen, es sind Kinder, sie brauchen ihre Weihnacht. Der Baum ist gefällt, so oder so. Er legt zwei Hefezöpfe auf die Mauer, von der wir die Beute schon nach innen gezerrt haben, unsichtbar gemacht: was für ein Baum. Die Hefezöpfe sind noch warm, sie dampfen auf der kalten Mauer. Der Waldhüter droht uns und geht. Die goldenen Hefezöpfe läßt er liegen. Ich sehe sie im dunklen Tag hell auf der Mauer. Sie werden matschig vom Regen.

Wir schmücken den Baum mit großen Orangen und Tafelschokoladen mit Kühen darauf. Es ist wieder Nacht geworden. Wir warten darauf, daß Großvater alleine wiederkommt. Wir warten nicht auf ihn, sagt Vater, die Kinder können nicht warten. Und verteilt die Geschenke, jedem seins.

Ich bilde mit den Handflächen eine Kuppel über dem Tisch, über den Schokoladenscherben, esse sie klein für klein, vorsichtig auf. Übers Schilfdach rennen laut Regenbäche. Ich denke an flinke schwarze Aale, die leicht durch den schweren Seegrund rutschen. An die schönen weißen Socken, die ich Großvater zu Weihnachten statt der Fußlappen schenken wollte. An Großvater, der immer noch unterwegs ist mit dem Fremden ohne Schuh. Ich hätte ihm die Socken vorher geben sollen.

Großvater ist nicht mein leiblicher Großvater, aber ich fühle mich mit ihm am meisten verwandt. Und mit meinem schönen Bruder, aber mein schöner Bruder ist fort. Er ist letzten Herbst mit drei anderen Männern nach drüben geschwommen. Seitdem gibt es keine Nachricht von ihm. Man sagt, er sei tot, aber wer weiß, ob das stimmt. Man sagt auch, er und der Seemann wollten die Reusen plündern, aber das ist sicher nicht wahr, denn Fisch und Brot haben wir hier jeden Tag.

Meine Brüder kommen, stemmen meine Handkanten vom Tisch, nehmen sich ihren Teil von meinem Teil und lassen mich allein. Ich hole mir eine neue Tafel vom Weihnachtsbaum, der uns allen gehört, den wir gemeinsam gestohlen haben.

Seitdem mein schöner Bruder fort ist, sind alle meine Brüder gleich. Es sind sieben. Nur ich bin Vaters Tochter, Großvaters Tochter, und meine Brüder sind neidisch. Seit mein schöner Bruder fort ist, drüben oder tot, gibt es kaum gemeinsame Beute mehr. Wir pflücken die Weintrauben nicht, wir ziehen die Reben mit der Faust von den Stengeln, im Vorbeilaufen, im Weglaufen vor den anderen, meinen Brüdern. Jedem seins. Sie sind neidisch, sagt Vater, das ist die Wahrheit. Womit du auch ankommst, und wenn es Rosinen sind, vertrocknet am Rebstock, und wenn sie verschimmelt sind. Wir halten sie fest. Der Most fließt uns in die Ellenbeuge: das will kein anderer haben. Wir lecken ihn hastig ab.

Vater kommt zu mir. Meine Tochter, sagt er, aber ich antworte ihm nicht. Es ist wieder dunkel geworden, ununterbrochen, tagdunkel, nachtdunkel, und Großvater ist immer noch nicht zurück.

Seitdem Vater sein Geld nicht mehr mit Broten und Hefezöpfen verdienen kann, bringt Großvater Fremde, die zu uns kommen, nach drüben. Er zeigt ihnen einen Stern, dem sie durch den Schilfgürtel folgen sollen.

Er tut es nicht für die Fremden. Die Fremden bedeuten ihm nichts. Er tut es auch nicht für Vater, denn er mag Vater nicht. Er spricht nicht mit ihm. Er bringt sie für uns hinüber, für meine Brüder und mich. Und für unsere Mutter, die nicht seine leibliche Tochter ist. Deren Vater auch nach drüben geschwommen oder ertrunken ist. Zu uns sagt unser doppelt nichtleiblicher Großvater: Geht nicht ins Schilf. Im Schilf läuft man nur im Kreis, bis man verzweifelt und stirbt.

Ach was, sagte der Seemann. Ein Kompaß, und man kommt bis nach Indien.

Wer will schon nach Indien. Die Fremden, die im stürmischen Herbst kommen, wollen nur nach drüben. Nur einmal über den See, bevor der Winter beginnt. Die Fremden sind zu zweit. Sie sind über die Mauer zur Backstube geklettert und stehen in unserer Küche. Sie haben ihre Schuhe noch an.

Nein, sagt Großvater. Zu dunkel. Zuviel Wasser im See. Die Fremden bieten viel Geld. Großvater sagt: Nein.

Mit den Stummen kannst du nicht reden, sagt Vater. Sie sitzen in der kalten Backstube, mein schöner Bruder und er. Idiotin, sagt er zu mir und stößt mich mit der flachen Hand vor die Tür.

Ganz junges Schilf, sagt der Seemann. Es legt sich unters Boot, als wäre es nichts. Mit einem Kompaß kommt man bis nach Indien. Sterne, Schilf hin oder her.

Der See ist unser Auskommen, sagt Vater zu ihm. Die Fremden bieten viel Geld. Wir teilen mit dir. Jedem seins.

Laßt es bei mir, sagt Vater zu meinem schönen Bruder und seinem Freund. Und zeigt ihnen seine Hand, seine Salz haltende Hand, klein und braun. Er legt sie mir an die Wange: Warum stehst du hier draußen im Regen? Unter unseren Füßen plätschert der stinkende kleine Bach.

Einen Kompaß hatten sie, verlorengegangen sind sie trotzdem. Sterne, Schilf, hin oder her. Sie sagten ja zu den Fremden. Sie sprachen wie Vater, sie sprechen alle gleich, sprechender Menschenschlag. Der Seemann unter seinem Schlammpelz hatte goldene Haare wie wir. Wenn man uns erwischt, sagen wir, daß wir nur die Reusen plündern wollten. Ertrunken sind sie trotzdem, sagt man im Dorf, im Sturm. Wer weiß, was wahr ist.

Wir warten nicht, sagt Vater. Mit Stummen kann man nicht reden. Was willst du sonst tun, und es bringt doch nichts. Die Kinder brauchen ihre Weihnacht. *Und nur ihnen bist du treu*, klingt es in der Küche, *ein Leben lang*.

Diese Nacht ist ohne Sterne. Meine Tochter, sagt Vater zu mir, aber ich bleibe stumm. Idiotin. *Deine Sehnsucht ist die Ferne*, singt es auf Mutters Platte. Mutter selbst singt nicht. Im Dunkeln glänzen die Ringe an ihren Fingern. Maria. Und Vessela. Sie bedeuten mir nichts. Schlafe, sagt Vater zu mir. Schlaf.

Ich nehme den letzten Hefezopf, der noch übrig ist nach dem Hunger meiner Brüder. Ich lege ihn unter meinen Kopf. Das Laken unter mir ist kalt. Der Atem meiner schlafenden Brüder weht wie die Welle neben meinem Ohr.

Großvater kehrt erst zurück, als es schon wieder Morgen ist. Erster Weihnachtsfeiertag. Er bringt Karpfen und Weißfisch mit. Ich wache auf, weil ich ihn sprechen höre. Er sitzt in der Küche und spricht.

Er sagt, der Mann mit dem einen Schuh sei nachtblind gewesen. Bei jedem Graben mußte er ihn bei der Hand nehmen. Im Dunkeln konnte man hören, wie unterschiedlich seine Füße in die Pfützen platschten. Der nackte und der mit dem Schuh.

Wo hast du ihn gelassen, fragt Mutter.

Er sagt: Ich habe ihn bis zum Schilf gebracht und gesagt: Immer geradeaus.

Großvater bricht ein Stück vom noch körperwarmen Hefezopf. Dampfend blühen im gelben Teig die Rosinen auf.

DIE
LÜCKE

Links, rechts. Ich schlage zu. Zu. Ich schlage ihn. Rechts, rechts. Tanz mit ihm. Schlage ihn. Schlag zu. Keine Angst vorm Schmerz.

Es schmerzt lange nicht mehr. In der Schulter nicht, nicht im Ellbogen, nicht in der Faust. Die Seite sticht auch nicht mehr. Verdammt stark bin ich geworden. Bizeps, Trizeps, Latissimus. Der Kampf ist mir dabei zuwider geworden. Aber den Sack mag ich. Ich schlage ihn, schlage zu.

Aus dir wird niemals ein Boxer, sagt der Trainer. Du hast kein bißchen in dir. Aggressivität.

Im Bus treffe ich Mutter. Sie haben sie entlassen. Auf eigenen Wunsch etwas früher. Keiner von uns weiß etwas davon, Telephon haben wir nicht, und sie hat auch nicht telegraphiert. Sie setzt sich einfach in den Überlandbus und fährt mit ihm nach Hause. Ich steige beim Bahnhof zu. Zuerst erkenne ich sie gar nicht. Sie sitzt mit dem Rücken zu mir, über den Rädern, die Haare kastanienbraun gefärbt, Dauerwelle, ein Wunder, daß ich sie überhaupt erkannt habe. Vielleicht ist mir das Kleid aufgefallen. Dieses Kleid mit den roten Rosen auf weißem Grund, wofür sie im Dorf soviel belacht wird. Daß genau in der Mitte ihres Riesenhinterns so ein großer roter Fleck prangt. Und noch dazu so verschmiert, so mutiert, weil der Stoff nicht richtig zusammenpaßt. Und sie mag eben nur Schweifröcke, vierteilig, vorteilhaft.

Ich erschrecke sehr, als ich sie erkenne. Als hätte man

mich bei einer Schamlosigkeit ertappt, schaue ich mich
erst im Bus um, ob uns jemand aus dem Dorf sieht, jemand, der uns kennt, der sich vielleicht schon die ganze
Zeit fragt, warum ich nicht zu meiner Mutter hingehe.

Sie schaut starr durchs Fenster. Als ich neben ihr stehenbleibe, höre ich, wie mein Herz pocht. Wovor habe ich
Angst? Daß sie mich anfällt, kreischend, hier, vor allen
Leuten, was wir uns denken, gemeine Mistkerle, Bastarde,
wir beachten sie überhaupt nicht, wir holen sie nicht ab,
hier muß sie sitzen in diesem dreckigen Bus, durch diese
dreckige Scheibe starren, ihr Schweiß zeichnet Flecken
zwischen die Rosen. Das Kleid ist gar nicht weiß, sondern
gelblich. Die Schweißflecke sind auch gelblich.

Sie schreit doch nicht. Sie schaut mich an, ihr Gesicht
weiß und glatt wie nach langer Genesung. Es ist, als würde
ich sie träumen, ihr Lächeln wie noch im Schlaf. Sie schreit
nicht. Sie sagt es leise, ich muß genau hinhören, sie sagt,
man habe sie eher entlassen. Ich dachte, ich überrasche
euch. Ich nicke, ich weiß nicht, was ich machen soll, soll
ich sie küssen oder nicht. Schließlich tue ich gar nichts. Ich
presse die Tasche zwischen meine Beine, stumm zuckeln
wir dahin. Sie schaut durch die Scheibe mit diesem Lächeln wie im Traum, sie und ich im Schlaf. Auch ich
schaue durch sie hindurch. Wir schauen uns die kränk-
lichen Bäumchen an, die ausgebleichten Weinberge.
Manchmal steigt mir der Geruch von Mutters Haar oder
Kleid in die Nase. Merkwürdig. Ich bin ihr dankbar, weil
sie hier sitzt. Ich halte mich am Griff an der Seite ihres Sit-
zes fest.

Du weißt, ich liebe dich, als wärst du mein eigener Sohn,
hat Luisa zu mir gesagt. Es gibt keinen Grund, ihr nicht zu
glauben. Luisa könnte ebensogut die Schwester deiner

Mutter sein, hat Vater gesagt. Sie kümmert sich um uns. Auch um dich.

Während wir vom Bus ins Dorf hineinlaufen, denke ich daran, ob wohl einer von beiden zu Hause ist.

Ich erinnere mich nicht mehr genau, wann das mit Mutter begann. Genau erinnere ich mich nur an sehr frühe Dinge. Daß wir im Thermalbad sind und Mutter eine rote Perlenkette zu ihrem rotgeblümten Badeanzug und ihrer roten Badekappe trägt. Ihre Beine weiß und weich wie Toastbrot. An so etwas kann ich mich erinnern. Knisternde Pappeln, die das Bad im Viereck umschließen. Jedes Jahr werden die Blätter von irgendeiner Krankheit befallen, bekommen braune Flecken. Sie kleben einem am nassen Rücken, wenn man im Gras liegt. Mutters kuchenweiße Füße, sie stehen unter dem Rand des hölzernen Umkleidehäuschens. Ihre roten Zehennägel im Gras wie kleine Gelee-Eier, die man zu Ostern versteckt. Ihr Lippenstift, der am weißen Fleisch der Pfirsiche haftenbleibt. Ihr eigenes Fleisch ist ebenso weiß, die Sommersprossencreme kommt aus einem silbrigen Döschen, der Hut hat eine breite Krempe und wirft Flechtschatten auf ihr Gesicht. Der Geruch ihres Kleides. Die roten Plastikohrklipse, die wie Rosen aussehen. Aus dem Westen. Oder aus der S. U., ich erinnere mich nicht mehr. Auf alle Fälle aus dem Ausland.

Vielleicht hat Luisa sie geschickt. Sie hat sich immer schon gekümmert.

Ihr Geruch ist kalt geworden in der Wohnung. Mutter sagt nichts. Nichts, was ich erwartet habe, die Tür aufstoßen und mit lauter Stimme: Was für ein Kaninchenstall! Und dieses Chaos! Aber ich sehe ihre Nasenflügel. Daß sich etwas auf ihnen niedergeschlagen hat. Vielleicht der Geruch des kalten Lavendels, vielleicht der des Cognacs, den sie in die Flasche zurückgesperrt haben, vielleicht des Puders auf Luisas fleckigen Füßen.

Ich stelle die Taschen, meine und ihre nach Krankenhaus riechende, in der Nähe des Eingangs hin. Ich sage ihr, mein Hals ist eng, ich müsse noch einmal weg. Ruhe dich aus, sage ich. Ich würde später wiederkommen. Sie nickt. Sie schaut mich nicht an. Sie betrachtet die Wohnung. Langsam, still. Ich wische meine Hände an der Hose ab.

Ich gehe zu Maria.

Du bist zu nichts zu gebrauchen, geh mir bloß weg!

Er gibt ihr einen kleinen Schubs, gegen die Schulter. Sie, Maria, kippt einmal aus dem Gleichgewicht, zur Seite, wie gleichgültig, und dann wieder zurück, gleichgültig. Sie blickt nach unten, ihn nicht an. Mich nicht an. Sie steht von der Leiter auf, die sie festhalten sollte, geht blicklos, wortlos ins Haus hinein.

Komm her, sagt mein Bruder zu mir. Ich helfe ihm, das Hochbett fertigzubauen. Nichts, was ich versprochen habe. Ich gebe zu: Ich bin feige geflohen. Vor dem Geruch. Davor, was Mutter jetzt zu Hause tut. Was sie immer tut, wenn man sie entlassen hat. Mit Hypochlorit die Steinfußböden der Wohnung schrubben. Überall sind Steinfußböden, selbst im Schlafzimmer. Sie wird jetzt da knien und schrubben. Und sie wird reden.

Tja, sagte Mutter und kicherte. Zur Ordnung habe ich eben kein Talent. Mit der Spitze ihres nackten Fußes kickte sie ein Kleidungsstück in eine entferntere Ecke und spreizte kokett die Handflächen nach oben. Oder sie streifte den Küchentisch mit der Hüfte, die Gläser klirrten und sie warf zurück, die Worte, die Haare, über die Schul-

ter: Ich bin hier nicht die Putzfrau! Sie brauchte die Zeit
für vieles anderes. Sie putzt erst, seitdem ihre Nervosität
angefangen hat. Sie putzt, Wie könnt ihr in diesem Chaos
existieren?!, die Fugen der Steinfußböden. Ich weiß nicht
mehr genau, wann es anfing. Irgendwann. Der Geruch
von Hypochlorit.

Sie geht von Raum zu Raum. Alle Räume sind mit
Steinplatten und Flickenteppichen ausgelegt. Das ist
schön so, sagt Mutter. Und sauber. In den Fugen weißes
Chlor und rote Flecken ausgelaufenen Weins. Sie spricht
mit sich, mit den Fugen.

Oh, sagt sie, das geht nicht raus. Nein. Sie mummelt.
Kaum zu verstehen. Was denkst du? Eine Antwort? Ja,
bitte. Ja. Warum? Weil. Ja. Tatsächlich. Du hast recht.
Nein, nein, nein, das ist schwierig. Schwierig. Ja. Ich weiß
nicht. Ich weiß. Oh, dieser Schmutz, dieser Schmutz.
Wein, die reinste Orgie. Oh. Was sollen die Leute denken.
Laß sie doch denken. Die. Schön. Schön so.

Man hat sie entlassen, sage ich zu meinem Bruder.

Hm, sagt er.

Wir bauen wortlos die Leiter fertig und schaffen sie ins
Haus. Ich horche nach Maria, aber es rührt sich nichts.
Die Schlafzimmertür steht einen Spalt offen. Sehe ich ihre
Beine? In der Küche kalte Gläser. Der Linoleumfußboden
riecht nach zertretenem Eigelb. Maria ist anders. Sie faßt
nichts an, wenn sie nervös ist.

Und dann auf dem Hof stehen, wir Männer, und mein
Bruder raucht den Mond an.

Aber jetzt geh endlich, sagt er. Irgendwann mußt du
doch dahin zurück. Oder willst du hier einziehen? In die
Dreierehe. Das fehlt mir noch.

Im Gehen meine Schwägerin Maria auf der Schwelle. Sie zwinkert mir zu: Wie geht's dir, kleiner Bruder? Und dann mit einer Grimasse und lauter, damit auch er es hört: Dein Bruder ist ein Arschloch, wußtest du das schon?

Vom Tor aus sehe ich sie noch: sie steht auf der Schwelle, er davor. Entschuldige dich, sagt sie. Dann laß ich dich hinein. Sie stehen auf der Schwelle. Beide hart. Mein Bruder wird sich nicht entschuldigen. Das hat er noch nie in seinem Leben getan.

Zurück nach Hause. Ich atme ein. Der Lavendelgeruch ist stärker geworden. Der Cognacgeruch. Aber sonst ist alles unverändert. Mutter hat augenscheinlich nichts angefaßt. Kein Hypochlorit. Als ob sie sogar darauf geachtet hätte, daß der Stuhl, auf dem sie sitzt, nicht von der Stelle rückt.

Sie müssen lange so sitzen. Luisa und Vater nebeneinander auf dem Sofa. Vater, rotäugig, blinzelt. Mutter ihnen gegenüber auf dem Stuhl, die weißen Beine aneinandergestellt, aber nur locker, Haltung, ja, aber entspannt. Sie lächelt, nickt. Vater und Luisa haben eben noch gesprochen, gleichzeitig, sie verstummen gerade, als ich eintrete. Sie schauen mich nicht an. Luisa fährt sich durch die Haare, schaut zu Vater und dann wieder weg.

Wie geht es dir, fragt Luisa wahrscheinlich schon zum hundertsten Mal.

Sie haben mich früher nach Hause entlassen, antwortet Mutter wahrscheinlich schon zum hundertsten Mal.

An Vaters dünnem Hals pocht eine Ader. Man sieht es bis hierher. Seine kleinen Schlitzaugen. Luisa hat sich schon ganz zusammengerollt auf dem Sofa.

Bist du müde, Luischen, fragt Mutter. Sie sitzt mit glänzenden Augen, Wangen gesund neben dem Tisch. Geh doch schlafen.

Das geht schon, sagt Luisa und zieht ihre bestrumpften, fleckigen Füße auf das Sofa hoch.

Wenn du müde bist, geh ruhig schlafen, sagt Mutter. Seufzt. Ich schlafe nachts nicht mehr viel.

Eine Weile sprechen sie sich noch gegenseitig zu, geh du schlafen, geh du, dann, schließlich, ist es Luisa, die aufsteht und in die Nähstube geht. Vater sieht aus roten Augen Mutter an, die lächelnd, sanft neben dem Tisch sitzt, unverrückbar auf ihrem Stuhl. Die Tür der Nähstube schließt sich. Vater traut sich nicht, irgend etwas zu sagen. Er geht mit Mutter ins Schlafzimmer.

Wohin hat er wohl Luisas Nachthemd verschwinden lassen? Oder hat es die ganze Nacht zwischen ihnen gelegen?

Am nächsten Morgen geht er, wie immer, noch vor dem Frühstück. Ich gehe auch. Im Haus schlafen die beiden Frauen.

Ich weiß nicht, was wir gedacht haben. Was sie gedacht haben. Was Mutter gedacht hat. Daß man damit leben kann. Und wie. Wir sind zur Arbeit gegangen, haben sie weiterschlafen lassen. Unsere Frauen. Unsere Nähstuben- und Schlafzimmerfrauen. Sie könnten Schwestern sein.

Ich erinnere mich nicht, wann das angefangen hat. Irgendwo ist eine Lücke. Ich gehe zur Arbeit.

Aus dem roten Spencer quillt unten das Hemd heraus. Ich kann den untersten Knopf nicht schließen. Stark entwickelter latissimus dorsi. Sprengt die Livree. Aber wenn ich hinter dem Pult sitze, sieht man es nicht. Mit der Papierschere schneide ich die nächtlichen Faxe auseinander. Die meisten sind für einen einzigen Gast, manchmal scheint es mehrmals das gleiche zu sein, aber sicher ist sicher, ich lege alles in den Kasten. Er liest die Faxe hier an der Rezeption. Was zuviel ist, zerknüllt er und läßt es auf dem Pult liegen. Ich glätte die irrtümlich hier gelandeten Faxe fürs Büro in einer Mappe, dann kommen die frühstückersetzenden Vitamine dran. Ich nehme sie mit schwefeligem Wasser, unters Pult geduckt.

Na, dich hat man aber aufgepumpt, sagt der Typ und fühlt meinen Arm. Steinhart, sagt er.

Ja, sage ich. War viel Arbeit. Wäre schade um mich.

Besser, ich sag's ihm gleich, bevor er wieder damit anfängt, mit dem Body sollte ich, wie er, Bodyguard werden. Und wen er heute begleitet hat.

Gefährlich ist es so und so, sagt der Typ. Gehirnblutung. Von den Steroiden.

Ich sage ihm, das sind keine Steroide. Vitamine und Eiweiß.

Klar, sagt er, klar. Grinst. Wäre ja auch schade um dich.

Aus dem Souterrain kommt das Mädchen von der Bar. Sie winkt nur nebenbei in unsere Richtung, stößt mit Kraft durch die Schwingtür. Wütendes Absatzklopfen auf der Auffahrt. Ich sehe nach der Zeit: sie ist schon wieder eine Stunde zu spät dran, und der Barpächter bezahlt keine Überstunden. Die klauen schon ihren Teil, sagt er zu mir. Ich kann's bloß nicht beweisen. Sie bringen die leeren Flaschen zurück. Nicht dumm.

Dann nur noch sitzen, warten, empfangen, das Telephon klingelt. Ich schaue hinaus, zur Terrasse: Kastanienbäume, ein Deutscher mit neuralgieverzerrtem Gesicht sitzt an einem Tisch, schneidet jemandem Grimassen, vielleicht einem Kind, man sieht es nicht. Man bringt ihnen Eisbecher. Ich wechsle die Rolle im Faxgerät aus.

Außer mir arbeiten fast nur Frauen hier. Was bist du

für ein merkwürdiger Junge, lachen sie über mich. Da machst du so eine faule Arbeit bei deiner Kraft. Die Kellnerinnen heben mehr in einer halben Stunde als du hier im ganzen Jahr. Faxpapier. Und sie verdienen auch mehr. Mit diesem Herumsitzen kannst du keinen ernähren. Wohnst du immer noch bei deinen Eltern. Man sagt, du wohnst immer noch da. Man sagt auch anderes. Daß du die Mädchen nicht magst. Und reden magst du wohl auch nicht, was?

Nun sag schon was, wie geht es ihr?

Die Frau, die mich das auf dem Nachhauseweg fragt, hat einen gierigen schiefen Mund.

Gut, sage ich. Man hat sie früher entlassen.

Und deinem Vater? fragt der Mund. Erst jetzt sehe ich: Da ist ein Schnitt, der die Oberlippe schiefteilt.

Auch gut, sage ich.

Ich gehe schneller als der Mund, er muß mir hinterherfragen: Und was ist mit ihr?

Luisa.

Gut, sage ich. Auch gut.

Und selbst? schreit es hinter mir. Ich bin schon weit voran. Es ist nicht sicher, daß ich es überhaupt gehört habe.

Etwas war immer heikel. Wie das Eis knackt. Glas, wenn es dünner wird.

Früher nannten wir es anders. Früher nannten wir es noch nicht Krankheit, sondern nur «dieses Kaltheiß». Oder «ihr Temperament». Oder einfach nur «Mutter». Sie hatte immer etwas Steiles an sich. Ihre Figur, ihre Stimme. Steil und hoch, steil und tief. Eine Schlucht. Stolze Peinlichkeit. Kaltheiß. Oder einfach nur: Mutter. Kein anderer hat so was. Sie war schön, glaube ich. Weiß und rot, kuchenweich und steil.

Die Fröhlichkeit. Die zuerst. Und die Ungeduld. Schnell, schnell, ihr schlaft ja im Stehen ein. Die verrückte Frau des Drehers, das Dorf hoch und runter und immer in Rot, schöne Frau, sie hilft überall, versteht von so vielem etwas, und vieles besser, aber eben nur ein bißchen, weil es schnell gehen muß. Ach heute! ruft sie und erzählt ihnen etwas, was ihr an jenem Tag eingefallen ist, etwas Lustiges, denkt ihr auch manchmal solche Sachen? Oder den Traum, in dem sie sich mit zusammengebundenen Laken und dann doch wieder mit einem roten Banner aus einer Burg abseilt und man ihr sagt, sie sei dreizehn und Waise kolumbianischer Mafiosi, oder wie die da heißen, hat man's dir im Traum nicht gesagt?, sie lachen, Mutter lacht mit. Die verrückte Frau des Drehers, die ganze Familie ist so ein Schlagdrauf, na und, sagt Mutter spitz, das macht mir nichts aus, der Stolz, ja der auch, der als nächstes, das sind echte Männer und sie sind meine. Und zu Vater: Mich faßt du aber nicht an, hast du verstanden? Die Stimme. Leise.

Und dann das Lächeln. Dieses kleine mit den Mückenbeinen, die sich ausstrecken im Frauenmundwinkel. Dieses mit dem Grübchenschatten, einmal habe ich es gesehen, wie es sich hinter dem Türglas versteckte, während er schon schrie. Ich habe gesehen, sie freut sich, daß er tobt. Sie freute sich, daß er den Tisch warf und nicht sie. Denn das war ihm verboten. Er hielt sich daran. Er ahnte, sie ist klüger als er. Aber gesehen hat er es nie, selbst wenn sie mit dem Gesicht zu ihm stand, hat er das Lächeln nicht gesehen. Und er hat das Zittern nicht in ihrer Stimme gehört, dieses ängstlich-triumphierende: Jähzorn ist eine Krankheit, weißt du das?

Das Frauenlachen, gurrend.

Mutter, kaltheiß. Geht weg, laßt mich in Ruhe, ich habe zu tun. Ich habe anderes zu tun. Zeichnungen großer Meister auf Durchschlagpapier kopieren, anfangen zu nähen, anfangen zu schreiben. Anfangen, Obstbäume zu pflanzen neben diesem einen knorrigen Sauerapfelbaum, der allein auf dem glattgemähten Teppich aus Unkraut und wildem Gras steht. Es braucht zwanzig Jahre, bis die Bäume gewachsen sind, sagt Vater. Du wirst alt sein, bis es soweit ist. Dafür reicht deine Geduld doch niemals. Sie ärgerte sich. Sie hätte ihn gerne widerlegt, ihm bewiesen, daß sie die Bäume unbemerkt schneller wachsen zu lassen vermag. Feigenbäume. Rosen. Und richtigen Rasen. Aber sie wuchsen überhaupt nicht. Sie vertrockneten oder ertranken, und niemals trugen sie eine Blüte oder eine Frucht. Keine Zeit. Vater fuhr mit dem Rasenmäher über das wildgewachsene Gras und den Löwenzahn, die sauren Äpfel spritzten links und rechts davon, bis alles glatt war. Mutter hobelte die Saueräpfel und trank ihren kristallgezuckerten Saft, und ließ uns trinken. Sie blieb nicht sitzen, niemals, keine Zeit, sie kreiste um den Tisch herum, einer an jeder Seite, vier um den Tisch herum, meine!, echte Männer, und sie strich über unsere Köpfe und Rücken und küßte uns und roch an der Zitrone in unseren Haaren. Alles war gewaschen im Haus, alles fortgeräumt, die halbfertigen Sachen. Ganz für euch da, ganz für euch, ich bin eure Mutter.

Als ich nach Hause komme, ist alles noch, wie es war. Nichts berührt, außer dem Frühstückstablett. Ein Kännchen, eine Tasse, ein Teller, glänzend gewaschen. Für Luisa. Sie sind nur zu zweit da, als ich ankomme. Zu dritt mit mir.

Luisa wollte gehen, stell dir vor, gerade jetzt. Mutter ist charmant wie früher. Und mütterlich. Ihr Körper, groß geworden, hat immer noch seine Weichheit, seine Weiße. Sie legt ihn um Luisas Schulter und lächelt. Wann riecht sie an ihrem Haar?

Wie sie nebeneinandersitzen, im Rücken die Spüle, das abgewaschene Tablett. Mutter hat Luisa das Frühstück ans Bett gebracht: Das mindeste, das allermindeste. Mutters Haare wirr, sie starren zum Himmel, eine laublose Baumkrone, Dauerwelle, das einst stolze Rot braun gefärbt. Und das Lächeln: weich, kein Spinnenbein, winzig, langsam wie nach langer Genesung. Ich atme ein: kein Hypochlorit. Und trotzdem ist alles steil. Glas, das dünner wird. Mutters Haut unter den Augen. Die Bleichcreme glänzt silbern. Luisa läßt sich die Haare goldblond färben. Man sieht es. Sie trägt Blau. Rose und Lavendel. Sie sitzen nebeneinander. Schulter an Schulter. Lückenlos.

Nun, schließlich, bin ich also officiel krank, sagte Mutter beim ersten Mal. Ihre Stimme zitterte. Verlegen und stolz. Französisch. Officiel.

Mutter liebt es, sich auf diese Weise auszudrücken. Sie liebt es auch zu sagen, etwas sei très originel, und sie hat noch kein einziges Mal das Wort Flittchen gebraucht. Über Luisa sagte sie auch nur einmal: Diese Frau ist eine Prostituierte. Was nicht stimmte. Aber es war ein besonderes Wort. Du weißt schon, was ich meine. Sie spricht, wie man hier nicht spricht, nur sie war auf dem Lyceum, und manchmal, wenn man sie zu sehr erbost, drückt sie die Laute durch die Nase, spricht mit Akzent, sollen ruhig alle hören, da ist eine, die ist anders. Und jetzt ist sie anders: officiel krank. Malade. Medikamente gegen ihre Nervosität bekommen. Eine Spritze. Hier, an der Hüfte. Weiße

Haut. Sie lächelt darüber mit schiefem Mund. Dann erschrickt sie doch, die Tränen knittern sich ihr in die Augen, sie weint. Ihre Wangen, immer schon rot gewesen, zuerst wie Mädchenblut, dann wie der Wein, die Klimax, jetzt sind sie ganz weiß: ein erschrockenes Porzellanpuppengesicht. Zwei Jahre alt und fünfzig zugleich. Schrecken all ihrer Jahre auf einmal in ihr. Sie hat Angst. Veritable.

Die Patienten. Es gibt zwei Warteräume. Mutter setzt sich explicite nicht zu den anderen, sondern auf einen der beiden Stühle in der Nähe des Empfangspults. So ist wenigstens eine offene Tür zwischen ihr und den anderen. Ein eigener Geruch gehört zu den anderen, sie grübelt, was es sein könnte. Medikamente. Geruch von Parfumlosen, Geruch von in sich mit sich Einsamen. Eine Frau kommt, sieht sich nicht um, setzt sich auf den Stuhl neben Mutters Stuhl. Sie sitzt diszipliniert, mit eng aneinander gestellten Beinen, verschlungenen Händen. Mutter hält die Luft an, den Rücken gerade. Warteraum für Damen. Als die Nachbarin wenige Minuten später aufsteht, bleibt auf dem Stuhl ein Fleck zurück. Die Frau trägt eine Thermohose. Vielleicht ist eine Windel darunter. Der Geruch von Windeln. Und Mutter sitzt da neben dem Fleck, der, hartnäckig, immer noch zu sehen ist, und weint jetzt schon ununterbrochen, verbraucht die Taschentücher aus dem gelben Kartonspender, eins nach dem anderen. Ein Mann kommt, hängende Lippen und Augen, schwere Beschläge am Gürtel, Werkzeuge von unbekannter Funktion. Mutter denkt an Operationsbesteck. Operationsbesteck für Frauen. Aber dann ließe man ihn sicherlich nicht so frei herumlaufen. Vielleicht operiert er doch eher sich selbst. Sie erschauert, die Taschentuchkugel ist warm in ihrer Hand. Der Mann mit den hängenden Lippen und Augen

starrt sie an. Noch ist Zeit, wegzulaufen, denkt sie, aber da
wird sie aufgerufen, also erzählt sie, hundertmal stockend,
daß sie seit acht Wochen ununterbrochen weinen muß,
ohne Grund, nur aus Angst, verrückt zu werden. Mein Leben lang. Immer am Rande von etwas. Wovor ich mich
fürchte.

Vielleicht die Wechseljahre, meinte der Hausarzt. Früh
angefangen, früh zu Ende, mit achtzehn das erste Kind.
Ach was, dieser Schnösel, sagte Mutter mit roten Wangen,
c'est idiot, nur leise, vor sich hin, das starke Wort. Und
auch Vater: So war sie schon immer, eine Katze, heiß, hysterisch. Wie solche Frauen sind. Immer schon.

Das Geschrei. Das Weinen. Wie es hervorbricht. Wie es
aus dem Mund, aus der Kehle bricht. Aus den Rippen.
Wie es das normale Gesicht sprengt. Wie es den bisherigen
Raum sprengt. Ohne Vorwarnung. Ein Geysir, röhrend,
aus der Hölle. Seine Hitze verbreitet sich. Über ihr rotes
Gesicht. Und schlägt heraus auf uns. Plötzlich wird alles
absurd, der Käse auf dem Teller, das Wasser im Glas, das
Glas selbst. Die Tiere vor der Tür hören dieses Menschen-
geschrei. Die Hühner verharren mit regungslosen Augen.
Wir haben einen Fehler begangen, sie verletzt, wir wissen
es nur noch nicht. Mutter ist Kränkung, ist Zorn. Mit mir
machst du das aber nicht. Stolze Frau. Kippt Vater den
Teller in den Schoß. Bist du wenigstens jetzt unglücklich?
Ja, sagt er, ich bin unglücklich. Warum zeigst du's dann
nicht! Ich will sehen, daß du unglücklich bist! Du sollst
unglücklich sein, schreit sie. Ihr sollt unglücklich sein! Sie
wagt es nicht, die Pfandgläser auf dem Fensterbrett zu zer-
schlagen, seine Bierflaschen, teurer Zorn. Ihre Hand wedelt endlos in der Luft, schlägt dann gegen den Küchen-
schrank, gegen die scharfe Plastikkante, zuerst so, daß es

weh tut, dann nur noch schwach, daß es noch ein Schlag
ist, aber kein Schmerz mehr. Sie haßt körperliche Schmerzen. Unglücklich, unglücklich, sagt sie und tätschelt nur
noch mit der Handkante den Schrank.

Das war immer schon so.

Ach was, die kleine Nervosität. Das Temperament. Geht
weg, laßt mir meine Ruhe, seht ihr nicht, daß mir nicht
gut ist. Müde bin ich. Und zu mir: Du nicht. Du darfst
bleiben, mein Jüngster ist wie ich, nicht so ein Haudrauf,
du verstehst mich. Komm her, und sie zieht mich in die
Küche, zu sich, hattest du Angst?, sie kichert, hm, du
riechst gut, soll ich dir was erzählen? Dieses kleine stolze
Zittern in ihrer Stimme.

Das ist ein wiederkehrender Traum. Ich liege in einem
weißen Haus, vielleicht ein Sanatorium, ein Schloß. Vor
dem Fenster Kastanien, Platanen, aber das sehe ich nicht,
ich weiß es nur. Sehen kann ich nur den Plafond, daß sie
ihn geweißt haben, sie haben über den Stuck geweißt, in
den vier Ecken gipsweiße Obstkörbe: Birnen, Trauben,
Pfirsiche. Eine dunkelhaarige Frau in einem weißen Kittel
kommt zu mir ins Zimmer und legt ihre Hand auf meine
Stirn. Angenehm, kühl, leicht. Ich seufze in die frischen,
glatten Laken. Ich schlafe beruhigt ein. Hier kann mir
nichts passieren.

Ich frage sie, ob sie auch von uns träume. Sie blickt
mich mit ihren runden Mädchenaugen an. Von euch?
fragt sie, als ob sie das Wort das erste Mal hörte. Sie sitzt
auf dem Küchenhocker, die Knie eng zusammengestellt.
Nein, sagt sie dann und errötet. Das heißt, ich erinnere
mich nicht. Man träumt so vieles.

Mutter träumte diesen Traum über Jahre, wiederkehrend. Brav, sagte Vater, die Kur kostet nichts. Und wir lachten.

Man wußte, wann es wieder soweit war. Wenn sie anfing, täglich saubere weiße Bettwäsche aufzuziehen, summend. In einem großen Topf kochte sie Stärke aus Regenwasser, der Rücken gerade, die Dauerwelle eingelaufen, die frisch getrockneten Laken krachten. Die verrückte Frau des Drehers mit dem Sauberkeitsfimmel. Der Hof kreuz und quer gespannt mit Trockenleinen, man könnte meinen, das Haus fliegt gleich weg. Höhenflug. Man lacht. Mutter lacht zurück. Kostet nichts.

Und dann, irgendwann, finde ich sie weinend in der Küche, der Arzt schon bei ihr, mißt ihren Blutdruck, Mutter schluchzt: Heute bin ich dahintergekommen, was dieses Haus ist. Ich bin dahintergekommen. Ach wo, ach wo, sagt der Arzt. Er notiert mit unbewegter Miene Mutters Blutdruck. Alles normal, sagt er. Es ist ein Irrenhaus, sagt Mutter. Ich liege in einem Irrenhaus. Es ist angenehm, kühl, leicht. Ich wünsche mir, dort nie wieder wegzugehen. Nie wieder, sagt sie und fängt wieder zu weinen an. Wie deine verrückte Mutter, haben sie immer zu mir gesagt, gehänselt, du wirst wie die, so enden, in deiner eigenen Scheiße, mit den anderen Greisinnen in Weiß, sterben in der Öffentlichkeit.

Ach wo, sagte der Arzt, etwas müde, überspannt, und schlug für einige Tage die Klinik vor. Mutter starrte ihn aus Panikaugen an: C'est idiot. Damit's alle erfahren. Und auch Vater sagte: Wenn einer bei uns zur Kur geht, dann heißt das doch nur, daß es schon zu spät für alles ist. Flickwerk. Und wenn man einmal angefangen hat zu flicken.

Mutter schlief da schon tief, ihr verheultes Schnarchen drang bis in die Küche.

Luisa kommt, sie hat einen Koffer dabei, und sie sagt zu

mir, dem Jüngsten, der ich noch zu Hause bin, ich brauche mich nicht sorgen, sie und mein Vater wären immer für mich da. Sie ist blond und sanft, und ich weiß, sie lügt nicht. Ich will sie nicht verletzen. Ich bedanke mich.

Solche Frauen, sagt Vater, lieben die Hysterie, das Leiden. Und Luisa seufzt und nickt. Womit man auffällt. Wenn alles erschöpft ist, kommt der Wahnsinn, vornehm, bequem. Da kann man nichts dafür. Laß sie schlafen.

Es ist nicht nötig, daß du bleibst, sagte Mutter zu Luisa.

Abgewirtschaftet. Das schwere Leben, sagte Luisa, das hättest du anders haben können. Schau mich an. Wir könnten Schwestern sein.

Die unfruchtbare kleine Luisa, murmelte Mutter dunkel den Fugen zu. Könnten Schwestern sein. Sind wir aber nicht.

Sie bemühte sich sehr. Ich werde mich bessern, sagte sie. Weiß schmolzen die Chlortropfen im Wasser. Es ist nicht nötig, daß du hilfst, Luischen. Daß du dich schmutzig machst. Näh mir lieber was.

Sie begann, Schlafmittel zu nehmen, um ihren Träumen zu entgehen. Der Angst vor dem weißen Haus. Irgendwann beruhigte sie sich, sie begann sogar wieder leise zu erwähnen, daß sie sich nach so einem weißen Haus sehne, wo alles kühl und weiß war. Sie schnupperte an Tablettenröllchen.

Du solltest auf sie aufpassen, sagte Luisa zu Vater. Er sah sie an. Er ging noch vor dem Frühstück aus dem Haus.

Offiziell krank. Jetzt gibt es kein Zurück mehr, sagte Mutter, jetzt gehöre ich zu den Verrückten. Wie gerne würde ich jetzt weinen, sagte sie, aber sie konnte nicht, denn die Spritze wirkte. Sie schlief ein, ihre Hände und Füße warm, wie bei Säuglingen. Zwischendurch erwachte sie, lachte. Ich werde mein Leben verschlafen. Das ist auch eine Art Lösung.

Ich weiß, daß das keine Lösung ist, sagte Maria zu mir.

Als ich das Haus betrete, höre ich sie schon. Sie schnarcht. Gleichmäßig und leise, wie ein ferner Motor. Der schwarze Flaum über ihren Lippen kräuselt sich. Alles an ihr ist schwarz: die Haare, die Brauen, das Achselhaar, und unten sicher auch. Drahtig, fest. Ein Körper wie eine Vogeltränke. Sie schläft oft, wenn ich komme.

Du darfst mich wecken, sagt sie. Du ja. Mach die Tür zu, damit die Bälger nicht hereinkommen. Sie brauchen frische Luft. Und was zu essen. Schmierst du ihnen zwei Brote? Danach können wir reden. Falls ich wieder einschlafen sollte, weck mich ruhig auf.

Ich weiß, daß das keine Lösung ist. Manchmal denke ich, dein Bruder hat recht: ich bin zu nichts gut. Manchmal bin ich ganz gelähmt. Ihre Zunge geht schwer, als wäre sie tatsächlich gelähmt. Sie stößt an den Seiten gegen das dunkle Zahnfleisch. Alle zwei Stunden schlafe ich ein. Es setzt einfach aus. Dabei bewegen sich die Hände weiter, ich rechne ab, ich gebe heraus, dann komme ich nach Hause und falle ins Bett. Manchmal vergesse ich sogar, die Bälger abzuholen. Kannst du dir vorstellen, was das für ein Theater gibt? Sie wecken mich alle zwei Stunden, immer braucht einer was. Manchmal gewöhne ich mich so ans Aufwachen, da stehe ich mitten in der Nacht noch auf, räume hin und her. Wie eine Mondsüchtige. Sie lacht. Und du? Sie fragt mich, sie lächelt, meine Schwägerin Maria: Wie geht es dir, kleiner Bruder?

Ich stehe in der Küchentür. Luisa schaut mich fragend an.

Schwester, sagt Mutter zu ihr. Wenn er nicht kommt, kommt er nicht. Wer sind wir, daß wir auf ihn warten. Schau, sagt sie. Das rote Kleid sitzt etwas zu eng auf den Hüften. Die gute Pflege. Laß uns ausgehen, du hast doch Geld, hast du richtig gemacht. Und sie lacht. Rose und Lavendel. Luisa zögert, schaut zu mir.

Tja, sagt sie dann und nimmt die blaue Tasche mit dem Portemonnaie: Grüß deinen Vater von mir.

Ja, sagt Mutter und ihre Augen glänzen. Von mir auch. Ihre struppigen Haare kitzeln mich, als sie mich hinters Ohr küßt. Sie riecht noch wie früher.

Früher war sie noch eifersüchtig. Auf die unfruchtbare kleine Luisa. Vater lachte darüber oder stieß sie beiseite. Mit den Fingerspitzen gegen den Oberarm: Spinnst schon wieder.

Betrüger, sagt sie.

Wie du willst, sagt er. Er schließt die Finger zur Faust. Er faßt sie nicht mehr an. Er geht.

Das wagst du nicht, sagt sie.

Er zuckt mit den Achseln.

Betrüger, sagt sie. Die kleine Stimme, wie sie zittert. Sie umklammert ihn, den ganzen Abend, die ganze Nacht durch, mit dem Körper, den vier Gliedmaßen um ihn herum. Ich muß zur Arbeit, sagt er. Sei vernünftig. Wovon sollen wir sonst leben?

Und sie, dann allein, putzt die Fugen. Oh, sagt sie, schon wieder. Hätt'st sie nicht wegjagen dürfen. Die kleine Dumme. Was kann sie dir schon. Nein, nein. Kannst nicht vorsichtig genug sein. Nein. Kaum paßt man nicht auf, ist alles beim alten. Mußt aufpassen. Aufpassen. Schon wieder. Sie schrubbt am ewigen Rotweinfleck.

Warum tust du das, frage ich sie.

Ach, sagt sie und legt den Kopf schräg, auf die Schulter. Gar nicht warum. Nur um es zuzusprechen. Die leeren Lücken. Wenn keiner da ist.

Ich bin doch da, sage ich.

Oh, sagt sie. Kind. Sie zupft die Spitzen des löchrigen Putzlappens. Sie hat ein Mädchengesicht. Ihre runden Augen. Die Lippen. Oh, sagt sie.

Links, rechts, zurück, rechts, rechts.

Alles nur Geschichten über Mutter. Aber nicht die Wahrheit. Die kenne ich nicht. Leere Lücken füllen. Rechts, links.

Die Wahrheit ist, sagt der Trainer, an der Schlagkraft liegt es nicht. Dir fehlen die Nerven dazu. Das Stehvermögen. Das ist es. Aus dir wird nie ein guter Boxer.

Ich steige eine Station eher aus dem Bus, weil sonst die Strecke zu kurz ist. Ich laufe zwei Hügel hoch, zweimal fünfhundert Meter und dann hinunter ins Tal, ins Dorf, zwei Kilometer. Ich bin schneller als die fragenden anderen: Wie geht es ihr? Gut. Man hat sie früher entlassen. Wie geht es ihr? Gut. Morgens durch Kastanienbäume hinauf zum Hotel. Rucksack auf dem Rücken. In den Manschetten um die Fesseln sind einzeln anderthalb Kilo. Ich laufe. Alles eine Frage der Selbstbeherrschung.

Paß auf, sagt der Getränkemensch, ein Vierziger, tätowiert: ein ungeschickter Anker auf seinem Bizeps. Als hätten ihn Kinder mit Kugelschreiber hingemalt. Ich habe auch geboxt, siehst du das, na was ist, worauf wollen wir wetten, daß ich dich k. o. schlage? Der Anker ist tatsächlich mit Kugelschreiber aufgemalt. Was heißt das, ohne dich. Daß man das nicht darf. Was, Epos? Ah, Ethos. Na und. Natürlich weiß ich das. War auch mal Boxer. Großer Schwanz, kleine Eier, was. Hab gehört, bist schwul, Scheißsteroider. Na was, er lacht. Immer noch nicht? Ich hab auch mal geboxt. Was wollen wir wetten: ich kann dich k. o. schlagen.

Blöd kannst du nicht sein, sagt das Mädchen aus der Bar.
   Ich frage sie, wie sie darauf komme.
   Weil ich nichts zu denen sage.
   Was soll ich sagen, sage ich.
   Sie lacht. Merkwürdig bist du schon irgendwie.
   Ich schneide, verteile die Faxe. Pro Handgelenk fünfhundert Gramm in den Manschetten. Sprengen die Livree.

Es gibt immer welche, die es versuchen. Unbekannte, wenn sie hören, daß du Boxer bist. Und Bekannte, weil sie sie gehört haben: die Geschichten aus dem Dorf. Über die Uferlosen. Sie schwappen leicht über. Es reicht ein Wort. Verrückte. Links, rechts. Wessen Sohn bist du? Und noch immer auf freiem Fuß?

Mit denen hier nicht, sagte mein ältester Bruder, bevor er das Land verließ. Mit denen hier nie mehr. Zuerst kassieren sie dich ein, weil du dich gewehrt hast, achtzehn Monate für einen gebrochenen Gesichtsknochen, weil du dich hast provozieren lassen, und drinnen dann mußt du es, darfst du dich nicht nicht wehren, sonst bist du für anderthalb Jahre der Knabe von jedermann. Ich bin klein, sagte er, aber ich bin zäh, ich bin im Sattel geblieben, gute Führung hin oder her. Aber das bring ich nicht mehr, verstehst du, sagte er und hypnotisierte mich mit stechenden, gelben Augen. Daß sie mich hier draußen nur anmachen, hau doch rein, wenn du willst, wenn du dich traust, und: Was für eine Prämie?, Prämie für dich?, Sie sollten froh sein, daß Sie existieren dürfen, mein Herr, daß wir Sie beschäftigen. Legal oder illegal, sagte er. Aber hier: keinen Tag länger. Ich fasse niemanden mehr an in meinem Leben, nicht mit einem Finger, aber hier bleibe ich auch nicht. Legal oder illegal, dieses Land kann mich kreuzweise.

Und Vater. Sein kleiner, verdorrter Körper. Die Haut klebt gelb an ihm, ein Messingmörser, seine Stimme auch. Er hüpft auf dem grünen Plastikbadewannenvorleger, vor und zurück. Unter dem Vorleger ist alles voll Wasser, die Waschmaschine läuft aus, sie ist gerade im Schleudergang, sie hüpft hinter Vater hin und her, der, na, komm schon, komm schon, auf dem grünen Gummi herumrutscht. Er macht es nicht richtig, das Gehüpfe bringt ihn immer wieder aus dem Gleichgewicht, anstatt ihn zu stabilisieren. Ich drehe mich weg, meine Hand ist voller Seife. Ich könnte ihn töten mit diesem Stück Seife hier, aber warum sollte ich das tun. Na komm schon, komm schon. Seine kleine, schneeballharte Faust zuckt. Das sommers wie winters ungeheizte Badezimmer ganz in Dampf und Wasser, alles läuft aus. Und Vater hüpft auf dem Plastikvorleger. Und dann fällt er hin, schlägt mit dem Wangenknochen auf den Rand der Kloschüssel, seine Zahnprothese wackelt. Später zeigt er sich mit dem blauen Fleck stolz herum und verbreitet, er habe mit seinem jüngsten Sohn geboxt. Hart wie Stahl, sagt er. Die Faust von dem Jungen. Wie Stahl.

Weichei, sagt der Trainer nach dem Sparring zu mir. Immer in der Deckung, damit kommst du nicht weit. Du mußt in die Lücke, Muttersöhnchen.

Nur ein einziges Mal ist es mir passiert, daß ich einen angefaßt habe. Einen Mann. Damals hatte ich noch eine Freundin. Nettes kleines Ding, sagte Mutter, ganz goldig, nur eben kein Stil, im Leben noch nicht in einem Theater gewesen, hat sie mir selbst gesagt, aber wenn sie dir gefällt, dir muß sie gefallen, du kannst ja nicht immer mit Muttern bleiben, so schön das auch ist.

Wir stehen in zwanzig Grad Kälte vor dem Kino Schlange, ich halte die Eingangstür mit dem Fuß auf. Es fängt schon an weh zu tun, die Tür ist schwer, mit Stopper, aber wenn man schon einmal soweit gekommen ist, die Schwelle berührt, die Kasse in Sichtweite, muß man sie hüten, die Schwelle. Die Tür loslassen hieße die Kontrolle verlieren, abgeschnitten, wer weiß, was dann drinnen mit den Karten geschieht, was die Lippenbewegungen hinter dem Glas bedeuten.

Die Gesichter entschlossen hinter mir. Wir sind einer Meinung. Ich halte die Tür auf, Schwellenhüter, für mich, für die anderen. Und plötzlich ist da dieser Mann, hinter und schon vor mir, seinen Fuß über meinen Fuß hebend, sein Arm liegt auf meinem Rücken, als wäre er ein Freund, und das Mädchen, das bei mir ist, meine Freundin, fängt zu schreien an: Er hat in meine Tasche gegriffen! Sie drückt die Tasche an ihren Bauch und ich sehe noch, daß der Reißverschluß offensteht, auseinandergefallen, und ich packe diesen gutgekleideten fremden Mann am Mantelkragen. Sein Fuß hängt in der Luft über meinem Fuß, sein Kopf klopft auf die beschwerte Bleiglastür, und auf einmal fängt seine Nase an zu laufen, quer über seinen erschrocken grinsenden Mund und auf meine Hand. Sein Blut hätte mich nicht so erschrecken können wie diese Säuglingsrotzreaktion.

Ich lasse ihn los, er verschwindet, ich höre noch, wie die

hinter uns Stehenden ihn beschimpfen und nach ihm treten, dem Dieb, weil er sich vordrängeln wollte. Sollen wir noch rein, fragt das Mädchen, meine Freundin. Jetzt erst recht, sage ich. Sie seufzt: die Schlange vor uns ist unverändert lang. Sie solle ganz ruhig sein, sage ich zu ihr, ich komme in diesen Film rein, und wenn es mein letzter ist.

Wie sie in meinem Gesicht forscht. Und die anderen. Sie haben Angst. Sie hassen mich. Und ich kann meine Hand wischen. Noch und noch.

Blöd kannst du nicht sein, sagte das Mädchen aus der Bar.

Bevor ich gehe, werfe ich noch einen Blick ins Souterrain. Aus der Tür nur. Die Anlage ist an. Immer das gleiche Lied. Komm her, sagt das Mädchen über die Musik hinweg. Sie schenkt mir eine Flasche Sekt.

Das macht gar nichts, sagt sie. Pauschal gekauft für die Party am Samstag. Oder trinkst du etwa nicht?

So einen noch nicht, sage ich.

Tanzt du? fragt sie.

Sie dreht den Kopf, schaut über die Schulter, damit ihr nicht schwindlig wird. Mutter beim Tanz. Sie tanzt lachend, mit rotem Gesicht. Die anderen lachen auch.

Rothaarige Elisabeth von England. Die Krone, das Kostüm aus dem städtischen Kellertheater. Amateure. Amare heißt lieben, Luischen. Begleitest du mich? Zum Dorfball im vollen Ornat, die Straße hoch und runter, stolz. Das Lachen wie kleine Schreie hinter den Toren. Sie dreht sich, den Kopf, damit uns nicht schwindlig wird. Du begleitest mich, mein Jüngster, der ist wie ich.

Ich tanze mit roten Wangen. Schau über die Schulter, sagt sie und führt, dann wird dir nicht schwindlig. Und lacht rundherum alle an.

Eigentlich bin ich traurig, sagt sie und schaut mich ernst an. Und dann lacht sie wieder, mit großer Mundöffnung. Ihre Goldzähne blitzen mich an. Sie ist betrunken. Oh, sagt sie zufrieden: Ich bin betrunken. Das ist traurig, sehr traurig. Paßt nicht zu einer Dame. Sie sitzt auf dem Küchenhocker, die Beine geschlossen. Der Unterrock ist zerknittert, hochgerutscht, man sieht den Rand ihrer Strümpfe. Krone und Kleid liegen auf dem Tisch. Sie zieht die Nase hoch, die Lippen verkrümmt. Laß sie doch reden. Die. Ich bin eine anständige Frau. Luisa, das Luder, die Prostituierte. Ist nicht gekommen, kann nicht ertragen, daß ich die Königin bin.

Du machst mich lächerlich, sagt Vater, als er kommt. Er spreizt die Finger, sie taumelt vom Hocker. Aber sie bleibt hart: Und du mich. Betrüger.

Er schließt die Faust. Er zuckt mit den Achseln und geht wieder: Ich brauche meinen Schlaf. Ich stehe in meinem zerknitterten Anzug in der Ecke. Er schaut mich nicht an. Mutter zieht die Nase hoch. Sie kommt, langsam, auf Strümpfen über kalte Steinplatten. Und umklammert mich mit vier Armen und Beinen. Ihre Tränen fließen über meinen Hals.

Liebe. Raffgier. Sie faßt mich an.

Am liebsten meine Brust und meinen Hintern. Wie schön du bist, sagt sie. Du bist der einzige unter meinen Söhnen, der schön ist.

Faß mich nicht an, Mutter, sage ich.

Ich habe dir den Hintern gewischt, du Bastard, sagt sie mit tiefer Stimme. Ich habe in deiner Scheiße gewühlt. Und wenn ihr endlich sauber seid und einem nicht überall Schleim an den Fingern klebt, wenn man euch anfaßt, sagt ihr: Faß mich nicht an, Mutter.

Ich nehme ihre Hand. Sie schlägt aus wie nach einer Fliege. Ich fasse sie trotzdem an.

Oh, deine Hände, sagt sie plötzlich voller Mitleid. Wie sehen sie aus.

Sie küßt sie. Sie küßt die Ausbuchtung. Ich fühle, wie es kribbelt. Der Knochen ist gesprungen, es tat eine Weile weh, dann habe ich es vergessen. Mein Gott, sagt Mutter. Sie legt ihre Hand auf meine Hand. Sie hat kleine weiße Wurstfinger. Mein Gott, sagt sie, was für Kinderfinger ich doch habe. Die Ringe bedecken fast das ganze erste Glied.

Was ist das, fragt das Mädchen aus der Bar. Sie berührt die Beule an den Knöcheln. Es kribbelt. Ich ziehe die Hand mit der Sektflasche weg.

Nicht so wichtig, sage ich.

Dann eben nicht. Bestimmtes Absatzklopfen von Tisch zu Tisch. Sie schaltet die Lämpchen ein. Wir öffnen gleich, sagt sie. Du mußt gehen. Vergiß die Flasche nicht.

Laß sie, sagt mein Bruder.

Was ist mit ihr, frage ich.

Nichts. Er klingt ungeduldig. Sie schläft. Sie hat schon wieder was genommen. Aber, sagt er und winkt, ich habe es ausgerechnet: das reicht für nichts. Frei verkäufliches Zeug. Reine Hysterie. Sie schnarcht davon bloß bis morgen früh. Und dann kann ich sehen, wie ich sie wieder wach klopfe.

Er schnipst die Zigarettenkippe in den Hof. Verächtlicher Rauch schlägt aus seinem Mund: immer derselbe Trick. Zum Glück habe ich Übung darin.

In meinem Hals ist es eng. Rechts, links.

Warum machst du das, frage ich.

Maria steht mit dem Gesicht zu mir, als ich eintrete. Ich sehe ihr stummes, dunkelfleischiges Lachen. Und dann haut er drauf, aufs Lachen drauf, auf den Mundwinkel. Wie es klatscht. Aber das Lachen, die Zähne, das dunkle Zahnfleisch bleiben noch eine Weile dort. Sie bekommt den Tisch ins Kreuz, sinkt auf ihn nieder. Eine Weile wedelt sie ratlos mit den Armen. Soll sie sich das Gesicht halten oder die Hüfte. Da sieht sie mich, der ich in der Tür, unter dem Vorhang aus Plastikstreifen stehe. Sie lacht verlegen. Sie hält sich das Gesicht. Mein Bruder folgt ihrem Blick und sieht mich jetzt auch. Ich sehe ihn. An seinem roten Hals pocht seine von Vater geerbte Ader. Er schaut mich an, böse, dann lacht er heraus, einmal, ein nervöses Bellen: lächerlich, wie ich dastehe. Mit dieser Blume in der Hand. Er fegt mich mit dem Handrücken aus dem Weg, geht hinaus.

Er hat keinen Humor, sagt Maria. Traurig, aber wahr. Dein Bruder hat einfach keinen Humor. Sie lacht leise. Sie hält sich die Hüfte.

Du, sagt sie ernst. Könntest du nicht nachschauen, was ich da habe? Sie zieht das geblümte Hauskleid hoch. Auf ihrer dunklen Hüfte glänzen Schwangerschaftsstreifen.

Nichts, sage ich. Meine Hände warm an der Blume.

Verdammt noch mal, sagt sie. Was der immer für ein Glück hat.

Sie schüttelt das Hauskleid hinunter. Sie lächelt.

Für mich? Wie schön. Sie hält die Gerbera an ihre Haare, betrachtet sich im Fensterglas. Sie ist wirklich schön.

Warum verläßt du ihn nicht? frage ich.

Sie riecht an der Gerbera. Als sie wieder aus ihr auftaucht, bleibt ihre Nasenspitze gelb. Lachend drückt sie mal das eine, mal das andere Auge zu, um es zu sehen.

Warum machst du das, frage ich.

Mein Bruder schaut mich an. Böses, schiefes Gesicht. Das geht dich nichts an, sagt er. Das hier ist nicht dein Zuhause.

Ich liebe sie nicht, sagt mein Bruder. Früher sehr. Heute beobachte ich sie nur. Ich sehe sie, aber ich verstehe sie nicht. Das habe ich längst aufgegeben. Sie kommt mir nicht wie ein Mensch vor, eher wie eine fleischfressende Pflanze. Im Gewächshaus beim Thermalbad, weißt du noch? Wolfsmilchgewächse. Man faßt sie an und sie laufen über. Sie bleiben einem an der Hand kleben und werden braun und bitter. Milch, von der die Tiere erbrechen müssen. So fühle ich mich, sagt er. Er schaut mir in die Augen, was er nie macht. Dieser kleine, schiefe Mensch. Verstehst du mich, fragt er in meine Augen hinein, verstehst du. Ich habe Übung darin.

Nein, sage ich und trockne meine Handflächen an meiner Hose ab. Ich werde sie wecken gehen.

Er stellt sich mir in den Weg: Bist verdammt stark geworden, kleiner Bruder. Er lacht, schief. Er schaut mich nicht an dabei. Er schnipst die Kippe in den Hof.

Ja, sage ich. Hart, wie ich kann. Und rühre mich nicht.

Sie ist gegangen, sagt er schließlich dumpf.

Ich starre ihn an. Ich glaube ihm nicht.

Er lacht: Hat sie sich nicht verabschiedet? Kleiner Bruder. Lächerlich.

Im Liegen stützen. Auf den Fingerspitzen anwinkeln und halten. Die andere Hand auf dem Rücken. Senken, hochdrücken, senken. Halten. Boxen ist Balance. Ist Kontrolle. Boxen ist kein Raufen, kein Ringen. Mit den Fingerspitzen, der Faust. Alles eine Frage der Körperbeherrschung.

Du brauchst nicht in mein Zimmer zu gehen, Mutter, da ist alles in Ordnung, ordentlich, die Fugen sauber, lückenlos, hundertmal seilspringen, Liegestütze, senken, halten, auf Fingerspitzen und nicht antworten, na komm schon, komm schon, nicht antworten, absurde Gläser, absurdes Wasser, nichts sagen, was kann ich auch sagen, zu wem, Geschichten, aber nicht die Wahrheit. Die kenne ich nicht. Ich senke mich über die Fugen. Und halte aus.

Ein dunkles Loch in der Mitte, sagte Mutter, bevor man sie zuletzt einwies. Ich fühle mich wie ein Klumpen Teig mit einem dunklen Loch in der Mitte. Ich, sagt Mutter und trinkt erst einmal das Glas leer, ganz bis zur Neige, hastig, dabei drängt sie nichts, nur, als ob sie es so schnell machen wollte, damit sie dem Wasser am Ende nicht mehr folgen kann, damit es schneller ist als ihr Mund, ihr Rachen, so daß es vorbeiläuft, bis sie husten muß. Sie hustet. Sie trägt den Namen der Jungfrau, wie Maria, wie viele Frauen hier. Ich, sagt sie, war ein Marienkind. Und heute? Ich wage mich dem Priester nicht unter die Augen. Er hat zum Tode Verurteilten die Beichte abgenommen. Ich bin die Vergeudung der Schöpfung, sagt sie. Weißer Teig. Alles fällt ins Loch. Die Schöpfung, sagt sie noch einmal, wie um das Wort zu kosten. Sie wischt sich das Wasser aus dem Mundwinkel und vom Kinn.

Oh, sagt sie. Das ist mein Sohn. Der Sekt spritzt auf den Boden. Das macht nichts. Der süße, gelbe Sekt. Sie wischt ihn aus dem Mundwinkel, vom Kinn. Sie lacht. Die Küche riecht nach Lavendel, Cognac, schmutzigen Steinplatten. Darüber der Sekt. Ich fühle, wie es in mir hochsteigt, in den Hals. Mutter schenkt für alle ein. Sie lacht. Auf Strümpfen über die Steinplatten, durch die klebrigen Pfützen. Ich rieche es. Wer tanzt mit mir? Luischen? Taubenlachen. Was hältst du von der Flasche? In einer Hand der Sekt, in der anderen Luisas Taille, sie zwinkert ihm zu, Vater, der wieder hier ist, und dann mir, und dreht Luisa einmal um sich. Luisas Absätze schlittern durch den Sekt. Erschrockenes Lachen. Schau über die Schulter, dann wird dir nicht schwindlig. Luisas fleckige Hände. Sie muß sich an Mutter festhalten. Busen an Busen. Hört auf damit, sagt Vater. Hast du mich gehört, sagt er zu Mutter. Rose und Lavendel. Hör auf damit, sagt er zu Luisa. Der Absatz quietscht in den Fugen, Luisa bleibt stehen. Mutter lächelt. Sie läßt den Sekt vom kleinen Finger tropfen. Vaters rote Schlitzaugen. Oh, sagt sie. Das hätte ich fast vergessen. Sie leckt den Tropfen von der Hand. Die steilen roten Linien in ihrer weißen Handfläche, als sie sich langsam übers Kinn fährt. Sie schaut mich an: Fast hätte ich es vergessen. Jemand hat Maria gesehen. Daß sie wieder zurück ist.

Ihr Atem riecht nach Kaffee. Nach vor einer Stunde getrunkenem Kaffee. Sie ist wach, ihre Brauen rußschwarz. Darüber ein roter Fleck.

Ach, das ist gar nichts mehr, sagt sie, winkt ab, lacht. An ihrer Schläfe pocht eine maskuline lila Ader. Ach, sagt sie, ich bin feige. Sie winkt wieder, sie lacht wieder. Du gehst umsonst weg, wenn du dann nicht weißt, wohin mit dir.

So ist das, sagt meine Schwägerin Maria. Angst und Gewalt. Die Männer haben Panik, die Frauen haben Panik, alle. Gewalt ist gut, das hat Umrisse. Eine Ohrfeige, damit kann man leben. Das kennen wir. Wir kennen uns aus. Wissen, wie man's zurückzahlt.

Ihr Gaumen braun wie Kaffee. In den Zahndellen moosiges Grün. Sie streicht sich eine ergraute Strähne aus dem Gesicht, die Lippen gespannt, schaut sie mich an.

Liebst du mich noch? fragt sie. Der kleine schwarze Bart. Ich kann nichts sagen, nicht schlucken. Die Wahrheit ist, ich fühle nichts. Der kleine Bart verkrümmt sich beleidigt. Sie zuckt mit den Achseln.

Senken, halten. Ich weiß nicht, was wir gedacht haben. Was sie alle gedacht haben. Daß man so leben kann. Das ist eine Krankheit, sagte Mutter, die nicht heilbar ist. Aber man stirbt auch nicht daran. Man kann lernen, damit zu leben. Und lächelte stolz.

Es ist kalt, sagt Mutter. Laß mich zu dir.

Sie holt das Frühstückstablett vom Boden auf ihrer beider Knie. Luischen, iß, und schmiert ein Hörnchen. Sie küßt sie auf die Wange: Du hast dich immer um mich gekümmert.

Sie legt den Kopf auf Luisas Schulter. Der große goldene Ohrringknoten füllt ganz ihr Blickfeld aus. Sie sieht nur das, den verschwommen baumelnden Metallklumpen in Luisas Ohr, als sie ihr anbietet, ins Schlafzimmer umzuziehen. Mutter in der Mitte, wie früher im Bett. Weißt du noch, als Kinder waren wir auch immer zu dritt, ich in der Mitte, das vermisse ich. Und küßt den Hals unterhalb des Klumpens: Wir lieben uns doch alle.

Vaters Hand. Gespreizte Finger. Sie greifen in ihr weiches weißes Fleisch. Tief hinein. Geh weg, du ekelst mich an! Sie folgt ihm stumm von Raum zu Raum. Auf Strümpfen über Steinplatten. Ab und zu bleiben sie stehen und er greift in ihr Fleisch, stößt sie weg. Auf ihrem Oberarm erscheinen blaue Flecke.

Deine Mutter, sagte Luisa mit erstickender Stimme zu mir, ist eine arme Verrückte.

Und ist gefahren.

Und die beiden, meine Eltern, laufen von Raum zu Raum. Vaters schneeballharte kleine Faust, wie sie halt-macht vor ihrem Körper, sich öffnet und dann mit den Fingerspitzen in den Oberarm stößt. Seine langen Finger-nägel: Geh weg!

Und ich stehe nur gelähmt in der Küche. Sie sind schon draußen im dunklen Garten, ich höre nur noch, wie seine Finger auf ihrer Haut aufkommen, ihr verzweifeltes klei-nes Klatschen. Das wird dir nichts nützen, höre ich ihn. Du ekelst mich an. Es kracht. Er hat sie gegen den Apfel-baum gestoßen.

Ich packe ihn am Hals. Ich fasse um seinen dünnen Nak-ken und schlage seine Stirn gegen den Stamm des Apfel-baums. Die poröse Rinde kracht und fliegt davon, grünbe-mooste Schuppen kleben an seiner Stirn, sie haben keine Zeit, abzufallen, ich schlage sie gegen den Stamm. Er ist nicht verletzt, der Baum ist zu weich, aber er wehrt sich auch nicht. Er wehrt sich nicht einmal, als ich seinen Hals zusammendrücke, eine einzelne Ader pocht in ihm, ich sehe sie, genau in der Mitte. Sein Hals ist weich wie ein Schwamm, ich spüre meine eigenen Fingernägel in der Handfläche, seine Augen offen, seine Nasenflügel offen, hart, pulsierend. Er atmet noch. Die unbewegten roten Schlitze seiner Augen. Ich kann ihn mit einem Stück Seife töten, wenn ich nur will. Er ist in die Nacht gegangen, sage ich zu Mutter und sehe ihn noch von hinten, seinen zier-lichen Rücken, er läuft ins Dunkel, und nur er ist sichtbar, als würde er beleuchtet. Vater ist in die Nacht gegangen, sage ich zu Mutter und halte ihren Hals in einer Hand, ih-ren Hinterkopf in der anderen, im Handteller, ihr weißes Mädchengesicht mit den Kulleraugen und den zwei dikken Falten zwischen Nase und Mund, ihren zerbrechlichen Porzellankopf, lasse ihn nicht fallen. Sie hat ein Hamstergesicht. Ihre Backentaschen liegen regungslos unter mir. Alles, was ich von ihr sehe, sind diese Backentaschen in einem Nest von goldenem Haar. Es ist hart und kalt in ihr. Lebst du noch, Luischen, frage ich, lache in ihr Gesicht. Fühlst du mich, Luischen? lache ich. Die Backentaschen bleiben regungslos. Mir wird bang, aber ich kann nicht aufhören, mich zu bewegen. Die Puppe und ich machen quietschende Geräusche. Lebst du noch, Luischen? Ich schreie. Sie rührt sich nicht. Regungslos hält sie mich fest, der ich mich bewegen muß.

Die Hand mit dem gesprungenen Knochen schlägt auf dem Boden auf. Ich fühle den Strom bis in die Schulter. Ich öffne die Augen.

Ich ziehe den anderen Arm aus Mutters Umklammerung, steige aus den verschwitzten Laken. Meine Erektion heiß und schmerzlich. Wo gehst du hin, fragt sie, bleib, öffnet die Augen aber nicht. Mir ist schlecht, sage ich. Ich gehe hinaus und lehne mich an den porösen Stamm des Apfelbaums. Er sieht zerrissen aus. Rindenstückchen hängen lose an ihm. Ich lege meine Arme um mich. Meine Haut ist mit harten Äpfeln gefüllt. Ich wünschte, ich könnte sie aufschlitzen und sie herauskullern lassen und mich anfühlen wie noch als Kind, nur weiche Haut. Ich sehe hinab auf meinen Bauch und mir ist von meinen eigenen Muskeln schlecht. Ich wünschte, ich könnte mich erbrechen. Mich aus mich hinausbrechen.

Die Wahrheit ist, ich fühle nichts. Außer dieser permanenten Panik. Daß ich sie eines Tages töten werde.

Ich bin von Irren umgeben, sage ich zu Maria. Sie lacht. Lachend sagt sie: Natürlich. Wer ist hier schon normal. Verrücktheit, Volkskrankheit, wie früher die Tbc. Mindestens ein Viertel im Dorf ist so. Das ist erblich. Alle sind mit allen verwandt, guck sie dir an. Die Haare, die Augen. Alles Inzucht. Sie weigerten sich auszusterben, weil ringsum die Grenze, und von außen durfte keiner ins Dorf, nur mit Ausweis. Fünfundzwanzig Prozent heißt fünfzig Prozent der Frauen.

Aber Mutter ist nicht von hier, sage ich. Und Luisa auch nicht.

Und ich auch nicht, sagt sie. Schau mich an, meine Zigeunervisage. Und lacht wieder. Keine Chance, siehst du?

Ihr dunkles Zahnfleisch. Mir wird schlecht. In meinem Hals. Rechts, links. Ich schlage sie nicht. Ich stelle mich wankend auf meine Füße. Ihre Augen blitzen erschrocken. Sie zieht die Zähne zurück hinter die Lippen.

Mein Gott, sagt sie traurig. Ich schäme mich.

Ich schließe meine zitternden Hände umeinander, im gesprungenen Knochen kribbelt es leicht. Schon gut, sage ich.

Geh weg, sagt sie.

Wohin. Ich bin der einzige, der noch bei ihr ist.

Bleib, wenn du willst, sagt Vater. Wir werden gehen. Wir wollten die Koffer schon längst holen, wer konnte ahnen, daß sie früher rauskommt. Es hätte alles schon zu Ende sein können. Ich bin fertig, sagt er. Ich werde diese Rente bekommen, obwohl ich noch keine fünfzig bin. Aber ich bin schon fertig. Nach einer Woche, nach zwölf Stunden täglich komme ich zurück, lege mich in dieses Bett, und ich weiß, es wird anfangen. Sie wird mir Sachen erzählen. Und ich weiß, ich kann gar nicht richtig reagieren. Wenn sie sich freut, freue ich mich zuwenig. Wenn sie traurig ist, bin ich nicht traurig genug mit ihr. Ihre Träume verstehe ich nicht. Sie macht mich unglücklich. Sie schickt mich in einen unglücklichen Schlaf. Sie weckt mich: Wie kannst du jetzt schlafen? Wie kannst du schlafen, wenn ich wach liegen muß. Nimm eine Tablette, sage ich dann zu ihr, oder geh arbeiten, mach dich nützlich. Aber laß mich in Ruhe.

Ich bin fertig, sagt er noch mal, ein drittes Mal. Herz, Lunge, Augen, alles. Aber selbst wenn ich nur noch zwei Jahre zu leben habe und dann krepiere, trotzdem, nicht einmal diese zwei Jahre habe ich Lust so zu verbringen. Leute lassen sich mit achtzig noch scheiden, warum auch nicht. Ich verstehe das. Aber deine Mutter verstehe ich nicht.

Wir sind allein in der Küche, als Luisa zu mir sagt: Dein Vater ist ein sehr zarter Mensch. Vieles tut ihm weh.

Ich denke an die Ader an seinem dünnen Hals. An seine ausgestreckten Finger.

Dann sagt sie noch: Nur daß sich unsereins nicht gehenlassen kann.

Ich sage ihr, daß ich keine Zeit habe. Daß ich trainieren muß. Und stehe auf.

Die Mutter deiner Mutter, sagt Luisa, deine Großmutter, hat ihre zwei Söhne im Krieg verloren, eine Witwe, da war ihr nicht viel geblieben, nicht einmal die Nerven, gerade die nicht, verbraucht, sie hatte für das Mädchen keine Verwendung. Sie wurde viel herumgestoßen, deine Mutter, bis wir sie bei uns aufgenommen haben. Wir lagen selbst zu dritt im Bett. Sie konnte einem schon leid tun, sagt Luisa. So was zehrt, und dann noch die Veranlagung. Glücklicherweise kommt ihr Jungs nach eurem Vater. Eine Belastung weniger.

Ich sage, ich muß gehen.

Ihre dünnen, rosa Perlmuttnägel krallen sich schmerzhaft in meinen Arm.

Du magst mich nicht, zischt sie mich an.

Ist das wichtig? frage ich.

Sie gräbt ihre Nägel tiefer in mein Muskelfleisch, unter
ihrem Daumen pocht es, bevor sie mich mit einem Ruck,
ohne Antwort, losläßt.

Vater stellt die Koffer hin. Luisa wartet schon im Auto.

Du wirst hinausgehen und dich bei ihr entschuldigen,
sagt Vater zu mir. Und dann werden wir beide gehen.

Man hat sie entlassen, früher als vorgesehen. Es war nicht
so schlimm mit ihr. Aber das war nicht mehr das, was wir
wissen wollten. Insgeheim wußten wir alle, daß sie nicht
verrückt ist. Aber die Zeitrechnung ist durcheinandergera-
ten. Die Löffel schepperten permanent in den Tellern. Die
Gläser waren absurd auf dem Küchentisch. Und sie tat
nichts, sie lächelte nur stolz. Wir lieben uns doch alle.

Oh, Mama, oh-oh-oh. Sprich mit den Fugen.

Sie legt ihren weichen Schenkel auf meinen Bauch. Noch
nie, sagt sie, noch nie in meinem Leben lag ich alleine in
einem Bett. Nur in der Klinik. Zweitäglich neue Bettwäsche. Musculus transversus abdominis. Mein warmer
Bauch. Ich fühle, wie er unter ihrem Schenkel zu schwitzen beginnt. Wie es den Hals überzieht. Auch sie riecht
danach. Ihr Haar nach Schweiß, ihre Nasenflügel, ihr
Nachthemd nach etwas zwischen Urin, Schweiß und Dau-
erwellenwasser. Mein Bett. Weiß und welk. Hypo. In den
Steinfugen unter mir. Ihre Wimpernschläge an meiner

Schulter. Ich habe das Gefühl, ich löse mich auf, ich schmelze wie die Tropfen im Wasser.

Sie läßt mich los. Entschuldige, sagt sie. Leise, demütig. Sie steigt aus dem Bett. Barfuß über geschrubbte Steine. Sie schließt sorgsam die Tür hinter sich. Ich atme.

Die Atmung ist wichtig, nicht die Beine. Und meine ist regelmäßig. Der Puls ist gut. Fünf Kilometer kastanienwaldweicher Boden nach der Nachtschicht. Endorphine. Der Schweiß fließt aus den kleinen Poren am Körper. Der Kopf ist kühl.

Sie hat Sommersprossen auf der Nase und eng zusammenstehende grüne Augen. Der Repeat-Knopf an der Anlage der Bar funktioniert. Immer nur ein Lied. Immer von vorne. Es wird ihr nie langweilig. *In my life* heißt das Lied. Mein Schweiß läßt Flecken am Pult. Paß auf, sagt sie und wischt unter meinem angehobenen Ellbogen den Schweiß weg, die Erdnußkrümel und die Glasabdrücke. Sie wirft alles weg, was ihr in die Finger kommt. Sie kippt die stehengelassenen Drinks, den alten Sekt weg. Sie öffnet eine neue Flasche für uns. Ausländischen. Sie wirft zwei Päckchen Erdnüsse in ihre Handtasche.

Man muß an sich selbst denken, sagt sie. Meine Leute sind so anständig, die würden das Klauen nennen, was ich mache. Sie denken sowieso, was ich mache, ist Hurerei.

Das verstärkte Oberteil ihrer Strumpfhose lugt aus dem zerknitterten bronzefarbenen Mini. Sie macht nicht richtig sauber, sie fegt bloß den auffälligen Schmutz in die Ecken, unter Flaschen. Soviel Zeit habe ich nicht, sagt sie. Sie tritt energisch auf den Kipper des Mülleimers, wirft einen Schwall Cocktailschirmchen hinein. Wenn sie etwas Ungeöffnetes findet, wandert es in die Handtasche. Die ist

fast so groß wie ein Aktenkoffer. Sie wirft eine halb aufge-
gessene kalte Platte in den Müll, geht in die Küche. Als sie
wiederkommt, bringt sie eine neue Platte.

Sie wissen nicht, wie man lebt. Es gibt nichts, was ich
ihnen nachmachen wollte. Oder könnte. Ich glaube sowieso nicht, daß sie einen etwas lehren. Kaputt, wie sie alle
sind. Man muß immer wieder von vorne anfangen. Von
alleine.

Und, da ich nichts sage: Vielleicht nicht man, sagt sie.
Aber ich.

Sie setzt die noch unberührte Platte ab, wirft ein ge-
sprungenes Glas in den Müll, betrachtet ein anderes und
wirft es dann auch weg: War schon ganz stumpf. Sie sitzt
auf der Spülmaschine, reißt die beschlagene Folie von der
Platte, rollt kühlen Schinken auf.

Iß, sagt sie, ist ganz frisch, aus dem Kühlschrank. Vergessen. Ist keinem aufgefallen. Die haben so viel gesoffen.

Die Platte ist mit Gelatine übergossen, ihre Finger glänzen. Sie ißt schnell. *In my life* läuft das zehnte Mal von
vorne los. Man sieht das weiße Dreieck ihres Slips unter
dem verstärkten Oberteil ihrer Strumpfhose.

Wo ich früher gearbeitet habe, im Robinson Crusoe,
vielleicht kennst du es, draußen, wo früher die Fabriken
waren, so ein Teil mit lauter Bambus und Strohhütten, da
kam der Chef zwei-, dreimal am Abend vorbei, aß die Reste von den Tellern, kassierte ab und war weg. Wir haben
geschuftet und er ist gekommen und hat unsere Trinkgel-
der kassiert. Und dann hat er noch die Reste gegessen.

Sie schluckt den Schinken hinunter. Mein Gott, sagt
sie. Völlig kaputt.

Sie hat ein blasses Gesicht. Unter den Augen verschmierte Mascaraflecke. *All those memories lose their
meaning*, singt sie mit Gelatinelippen. Wir schweigen eine

Weile. Dabei pflückt sie die letzten Petersiliensträußchen von der Platte, die Buttertupfen mit der Fingerkante.

Hast du eine Freundin?

Nein, sage ich.

Bist du schwul? Viele Bodybuilder sind schwul.

Ich sage ihr, daß ich kein Bodybuilder bin.

Ah ja, richtig, sagt sie. Boxer.

Ich bin nicht schwul, sage ich.

Wir nehmen eine Flasche ausländischen Sekt mit aufs Zimmer.

Die Wahrheit ist, ich fühle meinen Körper. Und sonst nichts.

Als ich nach Hause komme, rieche ich es. Worauf ich seit Wochen warte. Die Sauberkeit. Auf dem Küchentisch liegt ein Zettel. Eine Liste von Hausarbeiten, durchgestrichen, die erledigt sind. Unten steht: Apfelkuchen. Nicht durchgestrichen. Der Backofen ist kalt und leer. Ich drehe an den Knöpfen: das Gas ist zu. Als ich das tue, fällt es mir auf. Das Gas. Der Zettel. Mutter schrieb öfter Zettel, sie pinnte sie an die Wände, die Türen, mit ihren Aufgaben, gut sichtbar. Sonst vergesse ich sie, verteidigte sie sich bei Vater, der in den Zetteln eine Anklage sah: seht, wie ich mich aufopfere. Bei jemandem wie Mutter ist alles ein Zeichen. Waschen, Bügeln, Hypochlorit, Apfelkuchen.

Keine Spur von ihr. Das Schlafzimmer aufgeräumt. Die Decke glatt wie die Klinge.

Ihre weißen Beine sind voller lila Besenreiser. Aus dieser Perspektive sieht man es. Ich weiß nicht warum, ich bin mir sicher, daß sie tot ist, daß auch das schnellste Handeln nichts daran ändern würde. Ich stehe nur noch da, an der

Tür, angelehnt, an der Schuppentür, die immer wieder zu-
fällt, von allein, gegen meine Schulter fällt. Ich sehe ihr zu.
Seltsam, wieso dachte ich, Erhängte würden schweben? Sie
schwebt nicht. Sie sieht sehr schwer aus, der Körper sehr
massig, der Rücken gekrümmt, der Busen verschwunden.
Ich sehe ihre schwarze Spitzenunterwäsche. Ihre Schuhe.
Obwohl sie sich immer zu kleine gekauft hat, hängen sie
weit um ihre Füße herum. Das war ihr sechster Versuch.
Nicht verbindbar, nicht auspumpbar. Ich stehe da und
stelle mir vor, sie würde noch leben und im Schuppen auf
mich gewartet haben, um mich jetzt anzubrüllen oder
mich anzufassen. Sie säße auf dem Holzfällerblock, die
Knie akkurat zusammengestellt, die Haare wirr in die Luft,
laublose Krone. Sie würde sich nicht aus ihrer sitzenden
Position rühren, nur schreien. Oder mich schon an der
Tür erwartet haben und sich der Länge nach an mich
schmiegen, in mein Ohr flüstern, ihr Atem heiß vom Wein
und ihre Finger hypochloritbleich. Das habe ich erwartet.
Und ich hätte sagen müssen, Mutter, halt endlich die
Klappe, ich halte das nicht mehr aus. Niemand. Wir wollen nicht mehr mit dir leben.

Was? fragt sie. Aber öffnet nicht die Augen. Sie lehnt mit
flaumigen Haaren an der Wand. Ist weiß wie sie. Ich bitte
sie mitzukommen. Aber Maria öffnet die Augen nicht.
Gottverdammt, sagt sie schwer und wankt ins Haus zurück. Ich sehe noch, wie sie über die Schwelle steigend
einen Pantoffel verliert. Sie bleibt stehen, fischt mit dem
Fuß nach dem Pantoffel. Nicht mal das, ich höre, wie sie
vor sich hin murmelt: Nicht mal das.

Der hintere Teil des Friedhofs ist verwuchert. Wildblu-
men: lila, blau, gelb, weiß. Und hinter der Kapelle zwölf

Reihen grüner Mais. Vater gibt dem Priester Geld, damit er Mutter beerdigt.

Selbstmörder werden jenseits der Mauer begraben, sagt der Priester.

Er will nur Geld, beruhigt mich Vater. Es gab schon genug Selbstmörder in diesem Dorf, und wie viele liegen jenseits der Mauer? Kein einziger. Aber der Priester wird Mutter nicht nur innerhalb der Mauer begraben, er wird sie in die allererste Reihe legen. Zwar nur im hinteren Teil des Friedhofs, hinter der Kapelle, aber wer zu Allerheiligen bis zu dem großen Kreuz geht, muß sie sehen.

Der Priester sagt, der von Vater angesprochene Grabplatz sei schon von anderen besetzt.

Ist derjenige schon gestorben, frage ich ihn. Ich will nicht, daß mir die Stimme zittert.

Noch nicht, sagt der Priester. Aber es ist zu erwarten, daß er eines natürlichen Todes sterben wird.

Vater ließ die ganze Zeit über meinen Ellbogen nicht los, er zerrte ständig an mir, aber ich schlug nicht, ich trat nur ganz nah an den Priester heran und sagte zu ihm: Jetzt passen Sie mal auf, Sie werden meine Mutter in die allererste Reihe legen oder Sie bekommen was in die Fresse.

Dummkopf, sagte Vater später zu mir. Deinetwegen mußte ich einen Packen Geld drauflegen.

Vater wurde von beiden Seiten von Luisa und Maria gestützt. Mein Bruder und ich halfen den Sarg tragen.

DER
FALL OPHELIA

Ich schwimme fünfzigmal quer. Das ist noch gar nichts, ruft die Schwimmbadputzfrau. Letztes Jahr, da war hier ein Mädchen, das schwamm fünfzigmal längs. Die Schwimmbadputzfrau ist dick wie ein Buddha.

Längs sind es fünfundzwanzig Meter, quer zwölf. Längs ist mir zu lang. Ich schwimme erst seit diesem Sommer. Nach fünfzigmal Querschwimmen ruhe ich mich aus. Ich lege mich aufs Wasser, breite die Arme aus. Das ist noch gar nichts, ruft die Schwimmbadputzfrau, aber ich höre ihr nicht zu.

Ophelia hatte mich der Meister genannt. Ich mußte Meister zu ihm sagen. Ophelia, sagte der Meister, was schwebst du dahin? Ist das alles, was du kannst?

Die Bilder, die ich sehe, sind immer andere. Gesicht nach oben, sind sie orange, gelb, dann grün, lila, wie die Sonne, wie Feueröfen, Brandflecke. Nach unten sind sie alles, was ich will. Silberne Schriftzeichen auf schwarzem Grund. Gebäude, Straßen, Tiere, die es nicht gibt. Nach unten liegt mein Gesicht im Wasser. Ich halte die Luft an: Mississippi eins, Mississippi zwei, Mississippi drei ... vier ... Ich schwebe. Still. Das Wasser greift mir in die Ohren, drückt und hält mich fern vom Rand. Meine Arme und Beine fliegen wie Wasserpflanzen. Ich sehe, wie mein Herz unter dem Badeanzug schlägt. Ich höre die Luftblasen, die aus meinem Mund hinaufsteigen, an der Oberfläche zerplatzen und Kreise ziehen. Ihre Wellen kratzen hell an der Beckenwand. Der Wind stößt sie an: sie fallen in den Abfluß, in die Rohre zurück, gurgeln hinunter in die Kanalunterwelt. Ich sehe sie: silberne Spuren auf schwarzem Grund. Sie verlassen mich. Das Schweben schrumpft, fließt aus den Fingerspitzen, zieht sich zurück in die Brust. Die letzte Luftblase steigt aus meinem Mund. Ich drehe mich ihr hinterher: vom Gesicht auf den Hinterkopf. Hinter geschlossenen Lidern ist der Himmel rot. Kühl. Ich atme hinauf. Es schmerzt ein wenig. Ophelia, ruft mich der Meister, aber ich höre ihn nicht.

Eine Kneipe, ein Kirchturm, eine Zuckerfabrik. Ein Schwimmbad. Ein Dorf.

Niedrige, zweiäugige Häuser, grüne Tore, und hinter jedem der Tore ein Bastard an die Kette gelegt. Die Ketten sind unterschiedlich lang. Zehn Monate im Jahr Dauerregen, Wind und Melassegeruch und Fabrikruß, der auf die Weißwäsche fällt. Der Rest ein weißer Sommer, Puderzukkerwinde und schmelzender Straßenteer. Frühmorgens, unterwegs zum Schwimmbad, gehe ich barfuß darüber. Am Ende der Straße kurz umgeschaut und unter dem Schlagbaum durch, die Abkürzung über die Bahnschienen nehmen, den Geranienbahnhof rot-weiß-grün rechts liegenlassen und mit hohen Knien über das ölige Gleisbett gestakst. Mein morgendlich schlanker Schatten springt stufig über das Schienenpaar. Ein Strichmännchen mit Knubbel als Knie. Die Gleise teilen sich vor und hinter dem Dorf, hier gibt es nur zwei davon, wie es Züge gibt am Tag. Die Drähte neben den Schienen summen. Ich denke an Strom und hebe die Knie hoch. Meine Schattenhaare schweben wie Flügel um mich.

Wackersteine in die Taschen, sagte der Meister immer

zu mir. Sonst bläst dich mir der Wind noch davon. Er
konnte meine Knöchel mit zwei Fingern umfassen. Du
solltest fliegen lernen, Ophelia, nicht schwimmen.

Sie ist zu schwach, sagte die Krankenschwester, als wir
hierherzogen, und griff mir an Wangen, Augenlider, Waden, Brust. Irgendein Sport wäre gut.

Eine Kneipe, ein Kirchturm. Fußballplatz habe ich vergessen. Quadratisch neben dem Quadrat des Schwimmbads,
je von einem genauen Viereck einreihiger Pappeln und
einer Mauer umfaßt. Einmal zwei Fußballtore und einmal
zwei Wasserbecken, einmal warm, einmal kalt, in genauen
Quadraten aus Gras. Drüben die Jungs von Tor zu Tor,
und hier ich von Wand zu Wand. Quer. Frühmorgens bin
ich mit dem Meister allein.

Ein Dorf. Ein Schwimmbad. Das hat mich dann doch
überrascht.

Man bohrt nach Wertvollerem und findet: das Wasser.
Es kommt gelb unter dem Moor hervor und riecht danach: Schwefel, Chlor, Salz, Kohlensäure. Wasserstoff.
Temperatur: vierzig Grad. Es heizt das warme Becken,
fließt durch die Rohre unter uns, durch das Gewächshaus
neben dem Bad. Hinter den niedrigen Fenstern dichtge-
drängt fleischblättrige Pflanzen. In den Badepausen drückt
das Dorf seine Gesichter an die Scheibe. Unbekannte Blü-
ten atmen von innen, sie von außen die Scheibe feucht.

Schwefel, Chlor, Salz, Kohlensäure. Ich gehe nie ins
warme Becken. Nichts für Leute wie wir, hat der Meister
immer gesagt. Er ist ein Säufer, sagt man über ihn, aber
Schwimmen habe er bisher jedem beigebracht. Im zweiten
Becken ist Leitungswasser, Temperatur: vierzehn Grad.

Ich schwimme darin fünfzigmal quer. Frühmorgens kalte Luft, mein Körper darin fühlt sich lau an, später heiß. Ohne Schweiß kein Preis, Ophelia, sagt der rotgesichtige Meister neben mir. Er sitzt, die Bierflasche steht am Beckenrand. Das beste Bier auf dem Kontinent. Aus unserem Wasser gebraut. Jetzt weiß ich auch, wieso es so gelb ist. Davon verstehst du nichts, Ophelia. Paß lieber auf, daß du mir nicht untergehst. Am besten, du hältst die Klappe, solange du schwimmst. Fünfzigmal quer, aber schnell. Die Füße des Meisters hängen ins Wasser, ich schlage neben ihnen an. Die letzten Tropfen aus der Flasche fallen auf seine Zunge, er zieht sie hinein. Jetzt komm mal wieder zu Atem, sagt er, ich hol mir ein neues Bier. Und geht.

Ich schwebe mit roten Augen himmelwärts, bodenwärts. Ich bin leicht und heiß. Das Wasser trägt mich kühl.

Scheiße schwimmt oben, sagt der Sohn der Krankenschwester zu mir. Er ist groß und weiß wie sie. Er kommt mit den Jungs über die Mauer geklettert. Er ist mein Feind.

So, sagt er, und preßt Zeigefinger und Daumen zusammen. So könnte ich dich zerquetschen. Der Apfelkern quillt zwischen seinen Nägeln hervor, stülpt sein weißes Inneres heraus. Er schnappt es mit den Lippen auf und zerkaut es. So, sagt er. Und weißt du auch, warum? Weil ihr Faschisten seid. Darum, sagt er und spitzt den Zeigefinger gegen mich.

In der Geschichtsstunde drehen sich alle um und starren mich an. Die Lehrerin hat es gerade erklärt: Wer spricht, wie man in meiner Familie spricht, ist ein Faschist. Wer bei meiner Mutter in die Privatstunde geht, lernt die Sprache des Feinds. Die muß man doch als erstes wissen, sagt meine Mutter. Und: Mach dir nichts daraus. Wir sind die einzige fremde Familie im Dorf, wenn man das eine Familie nennen kann, diese drei Generationen Frauen, und alle geschieden, erzählt man sich, kommen hierher, Kommunisten wahrscheinlich, christlich auf keinen Fall. Sprechen fremd und beten nicht. Man dreht sich um zu uns und ist ganz still.

Hier ist Ruhe, sagte Mutter, als wir kamen. Das brauchen wir. Eine Kneipe, ein Kirchturm. Ein Schwimmbad für den Sport.

Ich gehe barfuß dahin. Der Straßenteer ist weich, er klebt in Flecken an meinen Füßen. Priester, Lehrerin und Postfräulein im voraus grüßen, hat mir Großmutter gesagt. Guten Tag, sage ich zu Herrn Priester, aus Versehen in unserer Sprache. Er versteht es trotzdem, bleibt stehen, über mir. Und fragt mich, warum ich ihn denn nicht lobe, anstatt ihm einen guten Tag zu wünschen. Ich stehe vor ihm, mein Badeanzug ausländisch und lila, seine Soutane schwarz und schwer. Ob er wohl schwimmen kann? Wie mag es sein: sein weißer Körper mit dem ärmlichen schwarzen Haar, die dünnen Waden im Wasser. Der Glatzkopf wie eine Boje darauf. Der Teer unter meinen Füßen kocht, die Sonne über mir sehr weiß, Herr Priester trägt sie statt eines Kopfes am Hals, und sein Hals ist kein Hals, nur ein Kragen, um die Soutane gelegt. Ich muß ihn loben dafür. Er drängt darauf.

Ich verstehe nicht, sage ich in unserer Sprache. Guten Tag.

Das Geräusch, wenn sich meine Füße aus dem flüssigen Teer reißen. Und dann bei jedem Schritt etwas weniger.

Schneller, Ophelia, ruft mir der Meister zu. Meine Teerfüße treten das Wasser. Der Meister grinst. Das hast du gut
gemacht.

Mein Badeanzug ist ausländisch und lila. Im kalten
Schwimmbecken bin ich damit allein. Umsonst hat der
Meister alle schwimmen gelehrt. Das Dorf bevorzugt das
warme Schwefelbad.

Sie kommen mit dem Gongschlag, im Puderzuckerge-
ruch, im Laufschritt aus der Fabrik und über das Schienenpaar, ihrem kurzen Abendschatten hinterher. Schnell
noch für eine Stunde in die Brühe, bevor das Becken geschlossen wird. Und sonntags nach der Messe in aller
Ruhe. Das Wasser frisch eingelassen bis Dienstag, und
dann wieder bis Donnerstag. Wenn sie kommen, bin ich
schon da und bin fünfzigmal quer geschwommen. Ohne
Gebet. Ihr werdet in die Hölle kommen, sagt der Sohn der
Krankenschwester und macht den Streichholztest mit mir.
Denn nur gottesfürchtigen Menschen ist es gegeben, rot-
köpfige Streichhölzer an schwarzer Reibefläche zu entzün-
den. Zur Erschwerung hat sie der Krankenschwestersohn
ins Wasser getaucht.

In Schwefel, Salz, Chlor, Kohlensäure, Wasserstoff.
Sie sitzen alle darin. Das Wasser ist gut, gut wie Hüh-
nersuppe. Es hat die Farbe davon und den Geschmack.
Der Geruch weht aus der Kantine der Fabrik herüber.
Dünne, helle Suppe, man trinkt es wie Heilwasser hier.

Sonntags nach der Messe Picknick am Beckenrand: pa-
nierte Hühnerkeulen, saure Gurken und Quittenkompott.
Die Männer fassen sich nur an den Fingerspitzen an, um
genau einmal, schwingend, die Hand zu schütteln. Für
nichts davon steigen sie aus dem Wasserleib. Eine große

Familie, eine Familienbadewanne, alle in der Fabrik, alle zur Messe. Abends gehen alle Kinder mit Einkaufsnetzen: aus den Löchern der Netze lugen Bierflaschenhälse. Warum ihr nicht, fragt mich der Junge, mein Feind. Warum müßt ihr alles anders machen, nicht in der Kirche, nicht im Bier, nicht in der Badewanne, fünfzigmal quer, fleißig, was Besseres.

Atmen, Ophelia, hat der Meister immer zu mir gesagt. Du mußt atmen, sonst machst du schlapp. Siehst du nicht, wie ich es mache? Luft aus dem Himmel beißen und hinunteratmen. So tief es geht. Los, fünfzigmal quer.

Das Wasser im Schwimmbecken ist azurblau. Es ist azurblau, weil man Boden und Wände des Beckens azurblau gestrichen hat. Jeden Tag blättert etwas mehr Farbe ab und sinkt hinunter auf den Grund. Das Becken schuppt sich, die Ränder seiner Abszesse zerschneiden einem Fingerkuppen und Fußsohlen. Ich schwimme trotzdem bis zum Anschlag, als wäre es ein Wettkampf, ordentlich, ich sehe alles, was du machst, Ophelia, bloß keinen Meter zuwenig, Hände und Füße fleißig an Rasierklingen legen und zurück. Und hinterher auf Hacken laufen, die blutenden Zehen in die Luft gereckt, meine blauen Finger hängen neben mir. Der Junge, mein Feind, wartet schon mit Streichhölzern auf mich.

Du bist dämlich, sage ich zu ihm.

Ich weiß es von Mutter: Der Sohn der Krankenschwester hat kein Gehör, er kann keine Sprachen lernen. Die Worte kehren sich um in seinem Mund. Darüber lachen wir. Die Eingebildeten, sagt die Krankenschwester mit verzerrtem Gesicht und notiert meinen Atem literweise. Dürftig, sagt sie. Äußerst dürftig. Kein Wunder, diese alleinerziehenden Frauen.

Wenn's nur das ist, sagt der Meister, immer her damit. Ich werde deine Mutter heiraten. Sie macht sich nichts aus Männern, sage ich. Dann deine Großmutter, sagt der Meister, die paßt sowieso besser zu mir. Auch sie nicht, sage ich. Deshalb sind wir hier. Fünfhundert Seelen, ein Dorf. Wo die Auswahl klein ist, bleibt die Enttäuschung gering. Dann dich, Ophelia, sagt der Meister und lacht. Das wollen viele, sage ich.

Mein Badeanzug ist ausländisch und lila, an meinen Füßen Blasen und Teer. Ein Mann nimmt mich auf die Fahrradstange: Du bist die Schwimmeisterin, hab ich gehört. Er schafft es, zu fahren und mich dabei mit den Knien an Schenkeln und Armen zu streicheln. Er fährt langsam und schafft es, daß wir nicht umfallen. Als ich absteige, verlangt er noch einen Kuß.

Die alte Schwuchtel, sagt der Meister. Und du, sagt er zu mir, bist dämlich, Ophelia. Los, schwimm mit den Füßen voran.

Bevor er mich anschiebt, seine Hand unter mir, biegt er, langsam und tief, den Daumen ein, dorthin, wo Platz ist, am Ende der Pobacken. Noch mal, sagt er. Noch mal. Schwimmen mit den Füßen voran. Langsam und tief.

Betrunkener alter Bock, schreit die Schwimmbadputzfrau. Sie hat die Ausmaße eines Buddhas. Sie sitzt, ihr Körper sitzt im geblümten Kittel in der Gluthitze unter einem Schirm. Die überreifen Aprikosen, die sie verkauft, faulen vor ihr im Gras. Und sie schreit nach mir. Ihre Stimme zersägt mich, und ich glaube nicht, daß sie mich mag. Aber irgendwie gehört sie doch dazu, zum Schwimmbad und allem. Sie ist so groß und laut, man kann sie nicht übersehen oder vergessen, man muß sie immer anstarren, ihren feisten Körper, dem stetig Hitze entströmt und ein Geruch nach Schweiß, Nylonhauskittel und Aprikosen. Und ihre Ellbogen, diese zwei rissigen Kreise in der Mitte ihrer Arme, die so schwarz sind wie der Teer an meinen Füßen. Die Frau, von der ich das erste Mal in meinem Leben das Wort bodymilk gehört habe. Komm her, schreit sie. Was ist das, was ihr da sprecht? Kroatisch? Ich sagte ihr, es sei Deutsch, und sie ruft: Das ist wenigstens eine anständige Sprache. Nicht so, wie was meine Kinder lernen müssen: Russisch, die Sprache des Feinds. *Mir – eta nadjeschda narodov*, denke ich. Und Buddha von den Ausmaßen einer Schwimmbadputzfrau versichert mir, gegen Fremde wie wir habe sie nichts. Danke, sage ich. Aber das bin ich nicht. Ach was, sagt Buddha und lacht.

Wir sollten es vielleicht tun, hat Großmutter gesagt. Was auch die anderen tun. Das Abzeichen unter den Kragen gesteckt. Die Sprache des Feinds sprechen, die zuallererst. Der Zuckerrübensilo ist hellblau, der Kirchturm kanariengelb.

Herr Priester steht in der Mitte, zwei große Schwingen sind an seine Schultern geklebt. Die Schwingen sind golden und weiß: sieben Ministranten im Meßgewand. Sie singen wie Engel, aus Kehlen wie Feueröfen, laut wie geschmolzenes Eisen. Es weht aus ihnen heraus, klingendes Erz, es weht über die Köpfe der schwarzen Mütterchen hinweg, die sich mit zittrigen Stimmchen im Fluß des Engelsatems mühen, um mit ihm vorangetragen zu werden, vielleicht, zum Himmel.

Ich schwebe.

Großmutter konnte sich an manches noch erinnern. Wie das Vorausgrüßen der Dorfmächtigen aus der Kinderzeit. Aber die Worte kehren sich uns um im Mund, wir verfehlen das Gebet. Unter dem kanariengelben Turm drehen sich alle um und starren uns an.

Zur Hölle, sagt Herr Priester, zur Hölle werdet ihr alle fahren. Vor ihm und seinen Schwingen sind noch zwei goldglänzende Engel aufgestellt. Allein, sie sind aus Kupfer, und in ihre Rücken sind, zum Geradehalten, Holzpflöcke gerammt.

Himmelsakrament, sagt der Meister, aber nur leise. Warum gehst du da hin, wenn du nicht mußt. Sei froh, daß du Kommunistin bist. Bin ich nicht, sage ich. Ist auch egal, sagt er. Eins wie das andere.

Mutter winkt ab: Versucht haben wir es, was soll's. Versammlungsfreiheit gibt es bei uns nicht, aber Glaubensfreiheit sehr wohl, und Nichtglaubensfreiheit auch.

Der Herr Priester hat der größten Ministrantin zu seiner Rechten, der mit den blonden Engelslocken, einen roten Badeanzug geschenkt. Sagt man.

Hhhh, ein-n-n-s, zwa-a-a-a-i, hhhh, ein-n-n-s, zwa-a-a-ai, hhhhh, eins, zwei. Und Luft beißen, wie es der Meister getan hat. Sein großer roter Mund. Zu einer Fratze verzogen steigt er aus dem Wasser. Luft aus dem Himmel abbeißen. So mache ich es auch. Herabbeißen und hinunteratmen. Vom Himmel in die Hölle.

Zwischen den Pappeln weht der Geruch von Schienen, Öl und Zuckerrüben herein. Die Fabrik liegt zwei Schritt über die Gleise. Über dem warmen Becken hebt sich die

Wolke des Schwefeldampfs. Zwanzig Minuten nur, um das Herz zu betäuben. Hier hält man es tagelang aus. Für nichts verläßt man den Wasserleib. Hinter der Mauer die Stimmen der gruppenbildenden Jungs, von den Häusern her heiseres Hundegeheul. Wenn die Jungs nicht Fußball spielen, gehen sie die Bastarde quälen. Sie ärgern sie, bis sie sich erhängen an ihren Ketten. Einmal im Monat ein neuer Fall. Manchmal geht es schnell und manchmal über Wochen hinweg: die Ketten sind unterschiedlich lang.

Das Wasser greift in meine Ohren, ich höre nichts von dem, was im Dorf passiert. Ich höre, wie mein Atem geht: von Wand zu Wand ist es unterschiedlich lang. Meine Arme heben sich, noch mal, noch mal, zäh. Der Himmel kriecht dahin. Die letzten zehn Längen vom Rücken endlich wieder auf den Bauch und kraulen. Noch zehn Längen, noch neun.

Atmen, Ophelia, sagte der Meister immer zu mir.

Mississippi eins, Mississippi zwei, Mississippi drei ... vier. Luft anhalten. Das Leitungswasser hat vierzehn Grad, aber es erwärmt sich schnell. Der Wasserspiegel im Schwimmbecken ist nicht gespannt. An den Seiten schwappt das Wasser durch kinderarmhohe Schlitze in die Rohre hinunter, die kreuz und quer überall sind, ihr Inneres von scharfgelbem Schwefelstein überzogen, wie die Ränder des warmen Beckens auch. Gelb wie Urinstein, sagt der Meister und zwinkert mir zu: Nichts für Leute wie wir. Wenn ich schwebe, höre ich sie, die Kanäle, weiß, wo sie unterm Becken liegen, ihr Leichenröhren dringt durch die Schlitze herauf. Mit Gesicht nach unten sehe ich sie genau: gelbes Geflecht auf schwarzem Grund. Ich werde flach, wie eine Comicfigur. Ungespannter Wasserspiegel. Ich schlüpfe mit ihm durch den Spalt.

Buddha schreit nach mir. Endlich, schreit sie. Ich dachte, du kommst nie. Sie steht in ihrem Kittel am Rand des Kanals. Ich treibe an ihr vorbei, die runde Decke des Abflußrohrs über mir. Oh, sage ich, wie komme ich hier wieder heraus. So, sagt Buddha und zeigt mit ihrem Mop in den Kanal. Plötzlich stehe ich neben ihr. Mit meinen Blasenzehen umklammere ich den Rand, um nicht hineinzufallen. Die Gruppe der Jungs kommt vorbei. Sie treiben auf dem Rücken im gelben Wasser auf dem Grund des Rohrs, winken uns zu. Buddha lacht und winkt zurück. So, sagt sie. Der Junge, mein Feind, ist auch dabei. Er winkt mir und lacht und dreht sich aufs Gesicht, wie ins Kissen, ins Wasser hinein, Luftblasen steigen auf, danach rührt sich nichts mehr. Die Gruppe der Jungs treibt unter einer Wand hindurch. Was ist draußen, frage ich die Frau neben mir, die Aufseherin, dick wie ein Buddha. Du weißt, was draußen ist, sagt sie. Die Belohnung. Das Leben. Sie ertrinken doch, sage ich. Ja, sagt sie. Hier ist es Ertrinken und draußen ist es Leben. Nun spring. Meine Knubbelknie zittern am Rand. Die Jungs fließen unten dahin. Unbeweglich unter der Mauer hindurch. Ich denke, das kann kein Wasser sein, was sie treibt. Das ist sicher Gift. Du hast nicht mehr viel Zeit, sagt Buddha neben mir. Ich kann nicht springen, sage ich. Ich konnte es noch nie. Der Meister ist enttäuscht von mir. Ich kann nicht zu Wettkämpfen, weil ich den Kopfsprung nicht kann. Ach, sagt Buddha und fängt an aufzuwischen. Kopfüber ist kein Gesetz, plump wie ein Stein ist eins so gut wie das andere. Meine Zehen umklammern den Rand des Kanals. Ich sehe, wie die letzten hinaustreiben und daß das, was da unten floß, ob Wasser oder Gift, langsam versiegt. Tja, sagt Buddha, so bricht sich der Feigling das Genick. Sie geht weg und läßt mich da stehen, alleine am Beckenrand, und ich würde so gerne ertrinken wollen, wie die anderen, aber ich kann es nicht.

Was bist du für ein Schwächling, Ophelia, sagt der Meister. Das hätte ich nicht von dir gedacht. Jemand, den ich unterrichte. Los, hol mir ein Bier.

Achtundneunzig, neunundneunzig, Mississippi hundert. Luftanhalten ist wichtig. Ersticken ist der schlimmste Tod. Ich öffne die Augen: chlorrot.

So, hat der Sohn der Krankenschwester gesagt und den Kopf der Maus unter Wasser gedrückt. Ihre Füße traten vorne das Wasser, hinten die Luft, nur der Kopf war eingetaucht. Eine Pfütze voll Wasser reicht für eine Ratte aus, hat der Junge, mein Feind, gesagt. Als sie tot war, ließ er sie los. Sie trieb in die Beckenmitte zu mir.

Die Nacht im Dorf ist lauter als der Tag und fast so hell. Die Lichter der Zuckerfabrik fallen durchs runde Akazienlaub in die Schlafzimmer, zeichnen schattig die Bettdekken. Die Hunde bellen bis in die Früh. Die Jungs haben sich für die Bastarde etwas Neues ausgedacht: ein Rohr, das, wenn man hineinbläst, Wolfsgejaul imitiert. Die Hunde werden verrückt davon, sie brechen sich die Zähne an den Ketten ab. Früher sind die Jungs nachts über die Mauer zum Schwimmbad geklettert. Aber das hat aufgehört: man ist vorsichtiger, seit die Sache mit dem Meister passiert ist.

Keine Zeit für dich, Ophelia, sagte er. Er schleppte hinkend einen Kasten Bier. Ich habe einen wichtigen Gast. Der Gast des Meisters soll ein berühmter Turmspringer gewesen sein, und der Meister sprang auch selbst: vom Startblock ins kalte, azurblaue Becken. Die Zuckerfabrik ist zwei Schritte über die Gleise, ihre Lichter hinter der Pappelreihe zeichnen wellig die Beckenwand. Alles nur Ausreden, sagte Buddha hinterher zu mir. Der alte Bock war betrunken, wußte nicht mehr, ob er wacht oder schläft. Es war die Nacht zum Dienstag, da wird nachts das Becken aufgefüllt. Es waren vielleicht zwanzig Zentimeter drin, als der Meister kopfüber sprang. Er hatte einfach vergessen, daß es Dienstag war, wie er mich oft vergaß. Ich schwamm dann alleine. Man sagt, der Halsstarrige hat es überlebt. Aber man sagt auch, er wird nicht mehr zurückkommen. Der betrunkene alte Bock, sagt die Schwimmbadputzfrau. Den würde ich auch nicht wieder zurücknehmen.

Ich nehme mich zurück. Ich schwebe. Ich bin flach wie eine Comicfigur.

In der Nacht, als die Jungs das erste Mal die Wölfe heulen lassen, gehe ich zum Schwimmbad. Die Knie hochgehoben über singende Schienen. Der Schatten meiner Mondhaare springt stufig über sie. Ich klettere über die Mauer.

In den Lichtern das Viereck der Pappeln, die Graskante, der Beckenrand scharf und kalt. Das Wasser im kalten Becken sieht wie Quecksilber aus. Gefährlich, blind. Ich stecke einen Finger hinein. Es fühlt sich zu leicht, zu samtig an. Eine Bettdecke, die im Fieber aus den Fingern läuft. Ich ziehe die Hand zurück: da traue ich mich nicht hinein. Der Wind fährt darüber, über Quecksilber, Pappeln und Gras. Ich rieche es wieder: Puderzucker und kaltes Hühnersuppenfett. Es weht aus dem Dorf herein, wo sie, ich höre es, schreiend umherrennen: sie jagen die Hunde, die Wölfe, die Jungs. Ich stecke den Fuß in die braunen Kräusel des warmen Beckens. Das Wasser wie ein stacheliger Ring um meinen Knöchel herum. Es brennt auf der Haut. Heilwasser. Im Mondschein sieht man: Kleine Teilchen schwimmen darin. Das Heil. Ich ziehe meinen Fuß wieder heraus.

Ihr seid Faschisten. Und Kommunisten. Ich habe versprochen, dich zu töten, sagt mein Feind.

Deine Mutter hat was mit dem Priester, sage ich. Ich habe es von Buddha gehört.

Sein Gesicht verzerrt sich. Ich habe es versprochen, sagt er. Wenn du noch einen Fuß ins Schwimmbad setzt.

Eine Kneipe, ein Kirchturm, ein Bad. Wo die Auswahl klein ist, bleibt die Enttäuschung gering. Das Wasser ist gut, gut wie Hühnersuppe. Schwefel, Chlor, Salz, Kohlensäure, sonntags nach der Messe sitzen alle darin. Zwanzig Minuten, um das Herz zu betäuben. Der Schwefel krönt ihre Häupter mit Dampf. Ihre Glieder sind glitschig und weiß, gelb die Ablagerungen darauf. Sie sitzen nah bei nah und fassen sich unterwasser an. Aus den Rohren rülpst die Quelle hoch, sie halten ihre Rücken darunter, lassen sich peitschen und schreien vor Glück. Herr Priester ist nicht dabei. Er hat seine eigene Badewanne. Ich bin im kalten Becken allein. Ich treibe auf dem Rücken, horche: die Wellen kratzen hell an der Beckenwand und fallen in die Rohre zurück. Ich höre sie. Ich höre meinen Herzschlag, eingeschlossen in meinem Kopf. Ich atme in den Himmel hinauf. Hinter meinen Augenlidern Rot.

Und dann kalt und schwarz: das Wasser schlägt zusammen über meinem Gesicht. Ich habe dich gewarnt, sagt der Krankenschwestersohn. Meine Teerfüße treten das Wasser, ich winde mich an der Oberfläche, zehn Zentimeter Wasser nur über mir, aber für eine Ratte reicht's. Ich höre, wie die Luftblasen nach oben brechen und zertreten werden von mir, von den Jungs. Das Wasser greift in meine Ohren, drückt und hält mich fern vom Rand. Ich höre, wie die Wellen am Abfluß kreischen. Warum sinke ich nicht hinab. Warum nicht, wie in den Träumen, majestätisch ins Meer. Ich trete sie, ihre Körper verrutschen an mir. Die Kraft schrumpft, fällt zurück in die Brust, ins Herz. Meine Arme und Beine fliegen mir weg.

Einen Traum habe ich dem Meister vor seinem Sprung nicht erzählt. Ich lag auf dem Grund eines Sees und sah hinaus. Von unten war das Wasser süß und klar, ich konnte sie von innen nach außen sehen. Sie standen mit flachen Gesichtern über dem Wasserspiegel und sahen herab, aber sie sahen nur sich selbst. Sie ist tot, sagten sie und liefen weg. Und ich lag da, am marmeladeweichen Grund des Sees, und atmete hinauf. Aber es war nur ein Traum.

Das Wasser hält mich fern vom Dorf, vom Geräusch. Die Jungs verschwunden, die Laute nach oben geschlüpft. Hier ganz schwarz und still. Silberne Zeichen auf schwarzem Grund. Häuser, Tiere, die es nicht gibt. Ich bin alleine hier. Frühmorgens, spätabends. Das Wasser ganz nah bei mir, meinem Körper, meiner Membran. Ich sinke, ich schwebe. Ophelia.

Hier ist es Ertrinken, da draußen Leben, sagt Buddha zu mir. Mit dem Kopf voran. Mit einem zögernden Klopfen auf den himmelblauen Boden kommen. Zuerst der Schädel, dann die Knie. Und dann das Sprunggelenk. Kein Kopfgesetz, aber die Freiheit des Instinkts. Ich stoße mich ab. Ich breche durch. Die Luft scharf, kalt und schmerzlich wie der erste Atemzug. Aus dem Himmel gebissen.

Ich tropfe vor die Füße meines Feinds. Ich sage zu ihm, und das Sprechen schmerzt in der Brust: Selbst dazu bist du zu blöd.

Er schaut mir hinterher, die ich barfuß über die geschmolzene Straße gehe. Im Puderzuckerduft. So schwach und dünn im weißen Sonnenschein, daß ich bald nur noch ein Strich vor seinen Augen bin, der über dem Teerspiegel schwebt.

Und Mutter sagt: Du hättest ihn nicht so erschrecken sollen.

AM DRITTEN TAG
SIND DIE KÖPFE DRAN
Langsam. Dann schnell

Am dritten Tag sind die Köpfe dran. Sie werden in porzel-
lanenen Terrinen und auf metallenen Tabletts zwischen
Blumenkohl und Reis serviert. Sasas Trio spielt der Ziege
einen Tusch und zieht sich zur Pause zurück. Sie spielen
schon den dritten Abend mit dem Csicsa-Duo im Wechsel. Das Csicsa-Duo ist wie die meisten Hochzeitskapellen,
ihr Programm reicht kaum für einen Abend. Das heißt,
eigentlich sind sie noch schlimmer als die meisten: bei
ihnen reicht es nur für vier Stunden. Sasa spricht gar nicht
mit ihnen. Er spricht kaum. Er schüttelt die weißen Hemdrüschen über seinen Handrücken und spielt mit der
Geige in der Ellenbeuge. Die zwei Csicsa-Brüder, E-Gitarre
und Syntheziser, spielen gleich alles zweimal hinterein-
ander. Zehn Minuten geht so ein schwindlig-schmalziges
Lied, immer langsamer zum Ende hin. Die Hochzeits-
gäste drehen sich benommen auf dem Platz, halten einander vorm Fallen, ein Pärchen, habe ich gesehen, hat
geweint.

Letzte Nacht habe ich von Wolken mit Rosenmuster ge-
träumt. Sie schwammen über einen rosafarbenen Himmel. Auf meinem Rock sind auch Rosen, auf meine Weste
Schellen genäht. Ich tanze mit Sasas Trio. Damit es
volkstümlicher wirkt, sagt Sasa hinter seiner verächt-
lichen Oberlippe und lächelt mich an: Na, kleine Kreolin.

Sasa ist ein verdammter Künstler. Der Brautvater ging am ersten Abend überall herum und erzählte: Die Zigeuner-kapelle ist von uns, die beiden anderen von den Bräuti-gamsleuten. Sasa ist ein verdammter Künstler, kostet in der Stunde soviel wie die beiden anderen für die drei Tage. Er hat noch nie eine Hochzeit gespielt, er macht es nur für uns, für seine Cousine, die Braut, ein wahrer Künstler. Er wechselt zweimal am Abend das weiße Rüschenhemd und wäscht sich in jeder Pause die Füße. Seine weißen Hand-tücher trocknen hinter dem Laubzelt auf der Leine. Beim zweiten Brautraub flüchteten sie nach hinten hinaus, durchbrachen die Wäsche des Künstlers, die Braut lachte, streifte sich Sasas Fußtuch von der Schulter in den schwar-zen Hof hinunter und lief weg. Sie ist eine sehr schöne, sehr spöttische Braut mit kastanienbraunem Rücken. Die Jungs aus Sasas Trio, Zimbel und Kontrabaß, spielten un-berührt weiter, während Sasa mit der Geige unter dem Arm in den Hof ging. Er sammelte sein Handtuch in Ruhe ein und hängte es wieder auf die Leine.

Sasa kommt einen Tag vor der Hochzeit an. Ich sitze mit Großmutter in ihrem Zimmer. Wir sehen uns die Wieder-holung der Schlagerparade im Fernsehen an. Durch die schwarzen Vorhänge sticht punktweise weißes Licht. Wie glitzernde Teilchen aus dem Sand. Sonnengeriesel, sagt Großmutter dazu. Sie mag solche Wörter. Sie sagt auch krümellaut und feuerschwarz. Ihr großer Zeh wippt zur Musik. Im Zimmer riecht es nach Großmutter: ein wenig nach Urin und nach dem klebrigen gelborangen Pulver-brausengetränk, das wir langsam trinken. Wegen der Vit-amine. Du und ich, sagt Großmutter zu mir, wir brauchen Vitamine, und wir brauchen schwarze Vorhänge. Ich, weil ich alt bin, du, weil du jung bist. Meine Haut ist trotzdem nicht weiß genug. Ich will auch nicht weiß sein. Ich will draußen sein. Im Sonnengeriesel. Krümellaut. Feuerschwarz. Noch ein Jahr, sagt Großmutter zu mir. Höchstens. Dann wird es auch bei dir soweit sein, und sie zupft an den kleinen Zipfeln, die sich hinter meinen Brustwarzen gebildet haben.

Sasa kommt nicht bis zu unserem Zimmer. Er bleibt am Auto mit den Instrumenten in der prallen Sonne stehen. Eine Dreitagehochzeit, hat der Brautvater gesagt. Damit sie sehen, daß wir keine Zigeuner sind. Das halbe Dorf eingeladen, aber niemanden aus der Zeile. Nur Sasas Künstlertrio für teures Geld aus der Hauptstadt.

Der Brautvater ist nicht da, als das Trio eintrifft. Er ist drüben in der Rodung. Er würde es sehen, wenn die Künstler ankommen, hat er gesagt. Und er hat recht. Kaum hat Sasa die Hand aufs Tor gelegt, um in unseren Hof zu sehen, hält drüben in der Rodung das ewige Kreischen der Tellersäge inne. Wir hören es im Schlafzimmer, und noch bevor wir Sasa gesehen haben, wissen wir jetzt: Er ist da. Die Säge läuft wieder los und läßt uns wissen: Der Brautvater hat sich nach erteilten Befehlen auf den Weg gemacht, gelbstaubend in seinem Jeep über die Serpentinen nach unten und dann wieder zu uns in die Zeile hoch.

Unsere Zeile liegt oberhalb des Dorfs, in die Seite des Sandsteinfelsens geschnitten, mit dem Rücken zum See. Der Felsen, auf dem wir wohnen, ist hohl, unter uns der alte Steinbruch mit seinen großen grauen Hallen. Vom Dorf und von der Straße aus kann man uns nicht sehen: die Zeile ist auf der abgewandten Seite des Felsens, mit Blick auf den Wald, wo früher gar nichts war und jetzt die

Rodung ist, viereckig herausgeholzt. Ganz oben an seinem Rand steht ein einzelnes Haus, groß wie das Haus eines Zahnarztes, lila, mit weiß umrandeten Fenstern. Es steht so hoch am Hügelkamm, damit es später als einziges der Häuser knapp über unsere Dächer hinweg noch den See erspähen kann. Es ist das erste Haus auf der Rodung, vom Brautvater erbaut, für sich, für die schöne Braut, die meine Cousine ist, welchen Grades, habe ich vergessen. Es wird das einzige bleiben, sagen manche, wer kommt auf so eine verrückte Idee, mitten im Wald, und gegenüber nichts als der alte Felsen mit der Zigeunerzeile. Abwarten, sagt der Brautvater. Das Schrillen der Säge dringt in den Abend hinein, hinunter ins Dorf. Allein schon das Holz, sagt der Brautvater. Das allein schon. Die Säge schrillt.

Ssssschriii-iiii-iii, macht Sasas Geige.

Die Männer sitzen im Hof. Wer ist die Kleine? fragt Sasa. Deine Cousine zweiten Grades, sagt der Brautvater. Wie alt? Elf, sagt der Brautvater. Bist reichlich klein für elf. Mit elf hatte ich schon einen Bart. Ich bin ein Mädchen, sage ich. Ich möchte gar keinen Bart. Er schaut mich einen Augenblick an und beginnt dann furchtbar zu lachen, und mit ihm alle anderen: die Jungs aus dem Trio, der Brautvater. Sie wollen gar nicht wieder aufhören. Die Augen des Brautvaters glänzen, er zwinkert Sasa zu, sagt undeutlich etwas über einen Ziegenbart, ich verstehe es nicht, und sie lachen noch mehr. Ich zucke mit den Achseln und gehe wieder hinein zu Großmutter. Was machen sie, fragt mich Großmutter. Keine Ahnung, sage ich. Sprich gefälligst anständig! Was gibt's da so zu lachen?

Wo ist deine Frau, fragt der Brautvater im Hof. Wo ich sie gelassen habe, sagt Sasa. Zu Hause. Ich bin zum Arbeiten gekommen. Und der Junge? Ich bin sein Vater, sagt Sasa und leckt am Rand des Zigarettenpapiers.

Der Junge ist erst acht und sehr weiß. Er ist nicht dick, aber sonderbar weich, puppenhaft, sein Rumpf, seine Arme und Beine, sein Kopf sind Wülste, zusammengebunden, sein Gesicht aufgemalt. Er steht bei Großmutter auf der Schwelle. Komm her, sagt Großmutter. Es stinkt hier, sagt er. Und es ist schmutzig. Halt die Klappe, sage ich.

Während des Tages, als er bei uns auf den Beginn der Hochzeit wartet, übt Sasa kein einziges Mal. Er spielt sich am ersten Hochzeitsabend warm. Am ersten Abend sind noch alle betrunken. Sie sitzen an den Tischen und schauen zu, ihm, der Künstler ist. Der spielt, wie es ihm gefällt, hoch und runter, Lieder, die keiner kennt, gar keine Lieder, nur Töne, grad gefunden, sie kommen wie der Wind, langsam, und dann schnell, schneiden sich wie die Säge durch. Ich tanze allein. Die Gäste trinken viel, drängeln sich benommen zum Doppelwalzer des Csicsa-Duos und anschließend wieder zurück zu den Tischen, denn dann kommt Sasa wieder, der verdammte Künstler. Sie trinken weiter. Viel. Die Jungs aus dem Trio, Zimbel und Kontrabaß, sagen seit Tagen nichts dazu, zu mir nicht, kein Wort, sie spielen unbewegt, nur mit den Händen. Profis, sagt Sasa. Der Brautvater nimmt Gratulationen entgegen: tolle Kapelle. Der Brautvater setzt sich zu Sasa an den Musikertisch, fragt ihn, erinnerst du dich?, wie er als kleiner Junge Volkslieder gespielt habe. Sasa sagt, er konnte gar nicht spielen, er habe nur so getan, das hat die Leute gerührt. Er sagt: Tue ich bis heute so, das fällt keinem auf, das ist modern, wenn die Leute etwas nicht verstehen, sagen sie, es ist Jazz. Das steht auf Sasas Platten.

Jazz. Schrriii-iii, wie die Tellersäge. Der Brautvater hat veilchenblaue Augen, sie hüpfen zwischen Sasa und den Jungs hin und her. Die sitzen mit unbewegten Gesichtern über ihren Tellern und essen. Profis. Die Gäste, betrunken, wie man es am ersten Tag ist, singen mit dem Csicsa-Duo: *Qué sera, sera*. Was soll das werden, beugt sich der Vater des Bräutigams ans Ohr des Brautvaters, drei Tage lang? Er trägt eine lila Hose und kichert. Ich bezahle, sagt der Brautvater. Iß, trink. Es ist genug da.

Hühner, Schweine und das Kalb sind aus dem Dorf. Wachteln und Fasane von der Wildhüterei. Die Ziege kommt gefroren am Morgen der Hochzeit. Der Brautvater trägt sie persönlich durch das halbfertige Laubzelt in die Küche der Gaststätte.

Oben in der Zeile fragt mich der Junge, wann es was zu essen gebe. Er steht ganz nah bei mir mit seinem Körper und riecht nach Milch. Warte bis heute nacht, sage ich. Da kannst du fressen. Drei Tage lang. Ich mache einen großen Schritt weg von ihm. Aber ich will jetzt was, sagt er und ist mit zwei Schritten wieder bei mir. Sein Gesicht. Dein Problem, sage ich.

Ich lasse den Finger an der Wand des Schmalztopfes entlanggleiten und lecke ihn ab. Es schmeckt rauchig, die kleinen Rußkrümelchen im Bratenschmalz knirschen zwischen den Zähnen. Der Junge riecht an meinen Haaren und sagt, sie riechen nach Rauch, nein, nach Wurst. Und daß er das mag. Frauen, die nach geräuchertem Fleisch riechen. Ich betrachte meinen glänzenden Finger, auf dem noch Reste von Schmalz und Speichel kleben. Ich wische ihn an meinem Rock ab. Du bist eklig, sage ich zum Jungen. Er schiebt sein gemaltes Gesicht nah an meins heran, he, sagt er. Ich stoße ihn weg.

Draußen im Hof putzt Sasa seine Schuhe. Er putzt sie schon seit einer Stunde ununterbrochen. Es sind schöne Schuhe, ledrig, weich, spitz. Wie Sasa selbst. Fuchsgesicht, sagt die schöne Braut heimlich. Alles liegt eng an ihm an, genau, die Haut an seinem Hals, an seinen Händen mit den sehr weißen Nägeln, den Sehnen. Er zeigt mir die Hornhaut an seinen Fingern. In ihren Ritzen ist Schuhcreme, sie riechen nach Öl, als hätte er eine Maschine zerlegt. Kannst du das, frage ich Sasa. Er sagt: Ich wollte es mal können, aber ich bin Künstler geworden. Er fragt mich, was ich werden möchte. Ich sage: Ein Künstler. Die schöne Braut lacht. Kinderchen, sagt die Großmutter, nicht zu wenige, nicht zu spät, und füttert den Jungen mit gezuckerten Semmeln. Sasa achtet nicht auf die drei. Er fragt mich: Was kannst du. Ich sage: Tanzen. Ich soll es ihm zeigen. Ich drehe mich. Dich nehmen wir mit, sagt Sasa, das gibt mehr Folklore. Kannst du das? Drei Abende tanzen?

Vor der Gaststätte, im Laubzelt, ein viereckiges Stück Tanzfläche aus Beton. Der gegossene Boden hat eingewachsene Spuren, Wurzeln, Risse. Ich spüre sie mit den Fußsohlen. Ich tanze barfuß. Auch Sasa hat seine schön geputzten Schuhe beiseite gestellt. Er hat dicke graue Hornhaut an seinen Füßen, sie schlagen den Takt auf dem Beton, genau. Ich drehe mich auf rosa Sohlen in einer rauhen Hundespur.

Drei Abende spielen. Volkslieder. Takt halten. Der Brautvater hat uns darum gebeten. Und wenn ihr was Spanisches könnt. Sasas Geige schnauft wie ein Stier. Langsam, dann frisch. Wie es sich gehört. Das kommt an. Die Zigeunerkapelle ist von uns.

Vater und Mutter des Bräutigams tanzen neben mir.

Die Frau hat goldene Troddeln an ihrem schwarzen Kleid. Wie siehst du denn aus, raunt der Mann in ihr Ohr. Schau dich um, du bist die Häßlichste hier. Die Allerhäßlichste. Die Zimbel trillt. Die Geige kratzt. Der Mann schwingt sein lilabehostes Bein um die Frau, sie drehen sich weg.

Du, kleine Kreolin, sagt die Frau mit den goldenen Troddeln in der Pause zu mir. Schelle mal. Ich kann meine Augen nicht von ihr nehmen. Ich drehe mich langsam einmal herum. Meine Schellen geben winziges Geklimper von sich. Die Frau mit den goldenen Troddeln ißt.

Wie schlank du bist. Ich war auch schlank. Ich war ein schönes Mädchen. Geprahlt hat er mit mir. Er hat meinen Schrank geöffnet, als ich eingezogen bin, und hat allen meine Minikleider gezeigt. Wie sexy sie sind. Dabei waren es nur ein paar bunte Säcke, weißt du, selbstgenäht. Aber ich war sexy darin. Dabei war ich Jungfrau, als ich geheiratet habe. Damals war man noch Jungfrau. Sie schaut mich zwischen ihren gepolsterten weißen Lidern an. Und fragt, während sie die Nase hochzieht: Bist du noch Jungfrau? Sie wartet die Antwort nicht ab. Sie zieht den nächsten Teller vor sich. Als ich ein Mädchen war, sagt sie, vor meiner Heirat, da bin ich in die Stadt gegangen. In die Teppichfabrik. Die Männer in die Ziegelfabrik. Die Ziegel waren graugrün, zum Trocknen haben sie sie in Holzgestelle gelegt. Du kannst sie noch sehen. Sie liegen immer noch da, die letzte Fuhre. Graugrüne Ziegel. Eine staubige Arbeit. Die Männer haben viel getrunken. Ich ging in die Teppichfabrik. Damals waren Blumenmuster modern. Rot, gelb, schwarz. Aus den Garnen haben wir uns zu Hause Wandteppiche geknüpft. Mit so großen Häkelnadeln. Ich habe gehört, du stickst gerne, hat er zu mir gesagt und gelacht. Und ich hab auch gelacht, weil ich gar nicht wußte, was er meint. Nicht sticken, sagte ich. Knüpfen. Jemanden sticken. Häkeln. Nadeln, sagte er, verstehst du jetzt? Ich habe es aber lange nicht verstanden. Ich war noch Jungfrau, als ich geheiratet habe. Das Kino war gleich nebenan. Alles alte Fabrikhallen, ein Kino, ein Kinderheim. Da, in dem Heim, waren die Mädchen mit elf alle schon keine Jungfrauen mehr. Schöne Zigeunermädchen. Sind ins Kino gegangen wie ich. Bist du auch aus dem Heim?

Ich sage, ich bin mit den Musikern verwandt. Ich ging oft ins Kino, sagt sie. Ich war ein Mädchen, sagt sie. Sie ißt weiter. Sie ißt Fleisch ohne Beilage, dann Beilage ohne Fleisch, eine Zitronentorte mit Aprikosen. Ich war ein Mädchen, sagt sie. Bevor ich geheiratet habe.

Das wehmütige Lied klingt aus. Es ist der dritte Abend. Die Köpfe werden serviert. Sasa begleitet das lange Singen der Männer am Tisch zu Ende, er hält den Ton, sie halten mit: gemeinsames Ersticken am Ende der Strophe. Am dritten Abend sind alle schon nüchtern, sie singen trotzdem zu zäh. Das Trio muß warten. Ich drehe mich vorsichtig. Das ist kein Tanz mehr: dieses taumelige Trudeln eines Brummkreisels. Sanft zur Seite fallen. Gemeinsames Luftholen nach dem letzten langsamen Ton. Die Köpfe auf den Tischen warten atemlos.

Der Bogen fällt. Zimbel und Kontrabaß setzen ein. Sasa stimmt Montis Csárdás an. Etwas Bekanntes, hat der Brautvater gesagt. Ich stehe da, ausgetrudelt, verblüfft: darauf kann man nicht tanzen. Ich schaue zu Sasa, der die Geige unters Kinn preßt und mir zuzwinkert: Wir wollen auch mal zeigen, was wir draufhaben. Seine Finger genau und fest auf den Saiten. Und schneller als das Herz schlägt. Bravo! ruft jemand aus den Tischen. Ich höre, sie lachen. Ich stehe da und denke an das Öl in den Ritzen der Fingerhornhaut. Künstler geworden. Sasas Fuß schlägt den Takt. Genau. Ich höre, wie hinter mir an den Tischen viele Stühle gerückt werden. Sie lassen die dampfenden Köpfe stehen. Tanzen, worauf man nicht tanzen kann.

Die schöne Braut sitzt mit spöttischem Lächeln zwischen den Köpfen am Tisch. Sie tanzt an jedem Abend nur einmal mit ihrem weißen Bräutigam, mit gerader Haltung, wunderschön in ihrem teuren weißen Spitzenkleid, das ihren kastanienbraunen Rücken freiläßt. Sie tanzt zu *Braut und Bräutigam, wie schön sind sie beide*, das Sasa jeden Abend einmal spielt. Langsam und dann schnell, wie es in unserer Musik üblich ist.

Eine Dreitagehochzeit, sagte der Brautvater, wie es nicht üblich ist. Damit sie sehen, was das Holz wert ist. Sie hören die Tellersäge herunter, jetzt hören sie dafür unsere Musik, echte Kunst.

Auf jeden Ton ein Schritt, schneller, als man atmen kann. Sie drehen sich, trippeln, schlagen sich gegen lilabehoste Beine, machen Figuren, jeder für sich. Sasa erhöht das Tempo. Sie hüpfen und schreien ihm zu.

Sie müssen uns ertragen, jetzt werden wir sie belohnen. Nicht wahr, sagt der Brautvater und berührt Sasas Schulter, als wollte er es schon lange tun, vorsichtig. Warmes Leinen. Höfliches Nicken. Dämmerung. Rauch. Sie blicken hinüber zur Rodung.

Bravo! ruft der Vater des Bräutigams. Der letzte Ton schlittert hinaus: Sasa endet mit einem Peitschenschwung des Bogens. Er schüttelt die Rüschen des Ärmels vom Handrücken. Sie schlagen sich in die Hände, rufen ihm zu. Er verneigt sich zur Tanzfläche.

Alles anständig erworben, sagt der Brautvater mit Blick

nach vorn zur Rodung. Abwarten, sagt er. Es gibt schlim-
mere Aussichten.

Zum Applaus kommen die Polizisten.

Am dritten Abend ist das Holz der Rodung bis auf die
Köpfe aufgegessen. Sie warten zwischen Reis und Blumenkohl. Vergebens. Wir fangen gleich wieder an. Es ist ein
bekanntes Lied, wie der Brautvater uns darum gebeten
hat. Die Gäste ordnen sich zu einem Kreis und drehen sich
gleich, als hätten sie es einstudiert. Ich bleibe stehen: das
muß ich mir ansehen.

Zwei der Polizisten tragen Zivil. Der Uniformierte aus
dem Ort ist bei ihnen. Ich sehe sie, als einzige, die ich mich
nicht drehe, am äußeren Rand der brüchigen Tanzfläche
stehen. Sie strecken die Hälse, um über den Tanzkreis zu
sehen. Wo Sasa steht, die Augen geschlossen: noch zwei
Töne aus der Einleitung, schwebendes Ausstreichen des
Bogens, ein Atemzug. Und dann kraftvoll: schneller Tanz.
Der Kreis geht mit, verengt sich, spaltet sich auf. Pärchen
gehen mit großen Schritten außen, innen vorbei, Sasa, die
Augen zu und schneller, beugt sich mit Knien, Ellbogen,
Geige zur Erde, verschwindet vor den Augen der Zivilen.
Das Auge des Kreises rotiert hinkend um sich selbst. Der
Uniformierte zeigt, wo es um die Tanzfläche herumgeht.
Sie rasen herum. Die Pärchen rasen um das Viereck herum, ein Schwarm ohne Ordnung, eine Wolke mit beschla-
genen Hufen, nah an unseren Füßen vorbei. Der Beton
quietscht und dröhnt, zittert in meinen Füßen. Ich ziehe
mich ganz nach hinten, zum Kontrabassisten, zurück, sein
beständiges Zupfen an den immer gleichen zwei Saiten vibriert mein Rückgrat hoch. Der Zimbalist läßt es trillern,
lange, als wollte er gar nicht mehr aufhören, er schaut gar
nicht hin, er schaut zu mir, verwundert, warum ich denn

stehe. Der Tanzwind zerrt an meinen Haaren, ich wische sie mir aus den Augen. Ich sehe, was der Zimbalist nicht sieht und auch der Kontrabassist nicht, denn er hat die Augen geschlossen, und auch Sasa nicht, denn Sasa ist irgendwo sehr tief, versunken hinter den Tänzern. Sie sehen nicht, daß der Brautvater aus den Tischen gekommen ist und mit dem Uniformierten spricht, während ein Ziviler besorgt über mich hinwegsieht, über die Tanzfläche hinweg, wo Sasa nicht zu sehen ist.

Unsichtbar. Die Töne schlagen unsichtbar in ihm. Flügelfall der Fledermäuse, Fiepen der Vögel, Quietschen der Ratten. Grimmen der Stollen. Der Junge erschrickt. Wir stehen unter hohen grauen Säulen des Steinbruchs. Die Töne kommen aus Sasas Hals. Er lacht. Er bewegt die Finger, den Arm, als hielte er eine Geige, aber die Töne kommen woanders her, von innen, unten, aus dem Hals, unsichtbar. Er steht im Dunkeln unter den Säulen, sie werden gleich stürzen, der Felsen ist hohl, Tiere buchten ihn aus. Klingender Körper. Sasas Hände. Sein Hals.

Ich sehe es genau. Ich sitze auf seinem Schoß. Ich sehe, wie der Rauch Wellen schlägt in seinem Hals. Er hält ihn lange unten. Als er ihn schließlich herausläßt, riecht sein Atem nach Getreide. Sasa nimmt die Hand von meiner Taille, zieht an der Kippe. Die Jungs ziehen. Wir sitzen im Hof. Der Junge bei Großmutter im Bett. Sasa legt die Hand wieder um mich, etwas herum, weil ich so dünn bin, auf den Bauch. Ich habe das Gefühl, er ist zu groß, er wölbt sich. Sasas Finger warm. Es zieht. Innen. Es schlägt. Sasa bewegt die Finger, aber die Töne kommen woanders her. Das Lachen. Das Kaumsprechen. Zu mir. Kleine Kreolin.

Ich sitze am Musikertisch, meine Tanzfüße hängen unter mir. Die Jungs aus Sasas Trio essen eine Hühnersuppe. Ich esse nicht, ich schaue zur Tür, die zum Flur, zur Küche, zu den Waschräumen führt. Hinter der Sasa nach nur drei Liedern mit Brautvater und Polizisten verschwunden ist. Die Tanzfläche noch heiß und leer. Das Csicsa-Duo spielt eine langsame Doppelrumba. Am dritten Tag wird wenig getanzt. Die Füße schmerzen. Die Kehlen. Sie singen kaum mehr. Sie sitzen an den Tischen und murmeln. Ich weiß nicht, wer es gesagt hat, wie es herumgekommen ist, aber ich weiß, sie wissen es alle: die Polizei ist wegen der Musiker gekommen. Sie murmeln. Die Jungs aus Sasas Trio sprechen, wie immer, nicht. Der Kontrabassist löffelt rasch seine Suppe aus, stopft sich Brot in den Mund, schaut auf die Uhr, gleichgültig. Der Zimbalist wirft mir, die ich immer noch auf die Küchentür starre, zwischen zwei Löffeln Suppe einen Blick zu und sagt: Iß, es wird noch eine lange Nacht.

Sasa kommt heraus mit seinem weißen Handtuch über der Schulter. Lächelnd geht er zwischen den Tischen durch. Die schöne Braut schaut ihm hinterher und ihr weißer Bräutigam, aber Sasa beachtet sie nicht. Er zieht den Teller mit meiner stehengelassenen Suppe vor sich und ißt sie auf. Der Brautvater zeigt auf die große Tafel, aber die Zivilen setzen sich abseits an einen Tisch, der ungedeckt in der Ecke steht. Der Brautvater winkt einer Bedienung, sie wischt den Tisch vor ihnen mit einem nassen Tuch. Ich rieche das Tuch, als sie an uns vorbeigeht.

Ich drehe mich allein. Wir spielen wieder. Im Gemurmel der Tische, in der Hundespur allein. Ich sehe da jemanden, sagt der Uniformierte zu den Männern in Zivil, und ab sofort sitzt er am großen Tisch. Er sitzt an allen Enden, schüttelt Hände, spricht. Er erzählt, die Polizisten aus der Hauptstadt seien wegen des Geigers gekommen. Dem Zigeuner. Eine ernste Angelegenheit. Mehr sagt er nicht. Polizeigeheimnis. Es sei dem Brautvater zu verdanken, daß Sasas Trio die Hochzeit zu Ende spielen darf. Verhandlungsgeschick. Das könne man dem Mann nicht antun. Aber streng im Auge behalten wird man sie, und nachher, wenn alles vorbei ist, werden sie ihn mitnehmen. Den Geiger. Oder vielleicht alle drei. Sicher ist sicher. Der Polizist zittert beim Reden mit dem rechten Bein, bis ihm die Mütze vom Knie rutschen will, dann fängt er sie auf und zittert eine Weile nicht. Dann fragt man ihn etwas Neues und er beginnt von neuem. Mit dem Reden. Mit dem Zittern.

Der nächste Wechsel mit dem Csicsa-Duo fällt aus. Sasa spielt einfach weiter. Die Jungs tauschen Blicke. Das Csicsa-Duo tauscht Blicke mit dem Brautvater. Der Brautvater setzt sich zu ihnen an den Tisch, redet still auf sie ein. Die Brüder hören mit ungläubigen Gesichtern zu, zucken mit den Achseln, stieren heraus zu uns. Wir arbeiten weiter, ich mit den Profis, unbewegt, ich frage nichts und wechsle keine Blicke, mit dem Csicsa-Duo nicht, mit den Jungs nicht und nicht mit den Gästen, die nur darauf warten, auf einen Blick von uns. Auch nicht mit Sasa.

Er spielt wieder wie am ersten Tag. Pferdegewieher und Donnern. Dann wieder der Wind, wie er in leeren Waggons ein und aus geht, dann wie das Vogelzwitschern, wie das Wasser. An den Tischen still. Ich beginne. Langsam, langsam. Ich wiege mit den Hüften. Ton um Ton. Augen zu. Nicht sehen, wie sie mir zusehen. Meinen Bewegungen. Der Rhythmus kommt. Sasa läßt ihn kommen. Von fern zwischen Windheulen, Schienen, schlitternden

Wagen herbei. Tata-tamm, tata-tamm, schnell, tief, die Jungs fallen ein. Frisch. Ich hüpfe, ich drehe mich, die Schellen fliegen um mich. Ton für Ton, ich höre alles ganz genau.

Wein, sagt jemand an den Tischen und alle wiederholen es. Wein, sagt der Brautvater. Man bringt weißen Wein in dickwandigen Wasserkrügen.

Wir spielen das nächste Lied, wieder eins, das ich nicht kenne, wieder eins, das keinen Rhythmus hat und dann doch wieder einen, die Bögen, die Schläger pochen ihn auf die Saiten, das Holz. Meine Füße klatschen ihn auf den rauhen Beton. Takt halten. Sie schauen uns alle zu, leeren ein Glas nach dem anderen. Endlich kommt Stimmung auf, sagt der lilabehoste Vater des Bräutigams, als der immer gleiche Rhythmus des Trios nur noch ein einziges Schaudern ist. Mir wird schwindlig. Ich höre, daß Sasa mir zuruft, ich drehe mich in die andere Richtung, und ich sehe ihn auch, kurz, ich ändere die Richtung, ich sehe ihn vorbeischwimmen, seine weiße Hand flattert, sein Fuß wippt. Wein, sagt der Vater des Bräutigams zum Brautvater und schlägt den Rhythmus auf der Tischplatte mit der Faust.

Der Brautvater steht mit weißem Gesicht in der Tür zum Flur, winkt nur. Neue Krüge werden gebracht. Die schöne Braut schaut zu ihrem Vater in der Küchentür, aber er schaut sie nicht an. Er schaut nirgends hin, er nickt dem Vater des Bräutigams nur zu, als dieser noch mehr Wein und Stimmung fordert, und lacht. Von den Tischen lacht man zu ihm zurück. Sasa spielt ein Spottlied, ein zwölfstrophiges, er läßt den Bogen hüpfen, läßt es wiehern, an den Tischen, in den Füßen zuckt es. Ein Pferd! schreit es. Es ist die Stimme des lilabehosten Vaters des Bräutigams. Und man lacht. Ein Pferd. Jemand pfeift. Ein Pferd

geklaut. Haha! Man schaut herüber zu uns. Der Brautva-
ter reißt sich von der Küchentür los, nimmt selbst zwei
Krüge in die Hand, geht zu den Tischen. Trinkt, sagt er zu
ihnen, ihr werdet mir doch nicht nüchtern von einer Dreitagehochzeit nach Hause gehen? Sie trinken. Sie ziehen
Hühnerfüße und Hälse und erkaltete Köpfe aus den
Schüsseln, einem Ferkel wird das Ohr abgerissen, und das
andere, eine Frau saugt lachend am salzigen Hautfetzen.
Ihre Lippen, ihre Finger glänzen. Und Sasas Haut wie das
Rauschgold, genau auf seine Wangen gelegt, seine Hand.
Die Frau läßt das Ohr aus den Zähnen fallen und starrt ihn
nur an, der plötzlich so nah vor ihr steht und den Bogen
zieht. Zwischen den Hemdrüschen, den Sehnen, den Fingern, ruhig. Langsam hinaus. Und dann.

Schnell. Schnell. Wie man atmen kann. Die metallbe-
schlagenen Stöckelschuhe der Frauen quietschen auf dem
Beton. Sie fassen sich an den Schultern, aufeinander zu,
untereinander durch. Sie drehen die Knie, eins, zwei, drehen, drehen, vor dem Fuß, hinter dem Fuß, sie laufen im
Kreis ums Viereck herum, ganz in meine Spur, sie drängen
mich ab. Auch Sasa steht schon hinter der Zimbel, spielt
mit ernstem, genauem Gesicht. Alles ist gespannt an ihm.
Rauschgold. Ich sehe, wie die Sehnen der Hände abwech-
selnd die Haut spreizen. Innen. Außen.

Zwei Kreise, innen, außen. Der dritte in ihrer Mitte bin
ich. Sie tanzen um mich herum. Töne neugeborener Tiere.
Sie tanzen, ein Kreis rechts, einer links vorbei wie Tellersä-
gen. Schweißige rote Gesichter, weiche, müde Haare fallen
hinein. Der Uniformierte steht in der Tür, wippt mit dem
Kopf, mit dem Wein im Glas. Die Csicsa-Brüder am Musikertisch schielen beleidigt zu uns heraus.

Das junge Paar am Tischende steht auf. Bleibt hier, sagt der Brautvater zu seiner Tochter. Er hat Krüge in der Hand. Danke, sagt das junge Paar, Hand in Hand gehen sie durch die Tische, durch die Tanzenden, nicken, danke. Niemand beachtet sie, protestiert, keiner fordert wenigstens noch einen Kuß. Man winkt ihnen lachend, über die Schulter, zu. Der Brautvater stellt seine Krüge vor den zivilen Herren ab. Die schütteln mit dem Kopf. Die Braut geht.

Es wird schon hell. Ich drehe mich. Ich stelle die Arme aus, ich hebe sie über meinen Kopf, ich tanze mit dem einen Fuß um den anderen herum. Staubkörner knirschen unter meinen Sohlen, metallig, zwischen meinen Zehen glitzert es und sticht. Kannst du das, drei Abende tanzen? Die Frauen stellen die Arme aus, sie heben sie über ihren Kopf, sie tanzen mit dem einen Fuß um den anderen herum. Ihre Halsketten schellen, ihre goldenen Troddeln. Und weiter: einmal vor den Fuß, einmal dahinter, innen, außen, drehen, drehen. Mir ist schwindlig. Ich ändere nach jeder zweiten Drehung die Richtung und trotzdem ist mir schwindlig. In der Mitte ist es heiß, ich rieche die Frauen, sie riechen süß, ihr süßer Geruch züngelt mich an, sie rutschen kreischend auf dem feucht gewordenen Beton. Ich bleibe stehen. Der Schweiß läuft mir neben der Nase herab. Ich kann den Hals des Kontrabasses sehen und zwischen den Tänzern ab und zu auch ihn: wie er dasteht, das Gesicht, der Körper regungslos, nur unterhalb der Ellbogen rührt er sich, rührt er den Bogen, die Finger. An seinem Mundwinkel ein kleiner glitzernder Speichelpunkt.

Ich halte meinen Mund offen, ich spüre meine Zähne und seine kleinen, harten Lippen, seinen Bart. Er schmeckt bitter, nach Tabak, nach Bogenharz. Seine Zunge ist langsam, seine Augäpfel hinter den kurzbewimperten, geschlossenen Lidern schnell. Er hat mich geküßt, im Hof, zwischen Zisterne und Plumpsklo. Ich hielt die Augen offen. Grüne Augen, sagte er, wunderschön, wie der Ozean. Das Wasser der Zisterne zittert: eine grüne Fliege hat es mit dem Fuß berührt.

Sie sehen uns zu. Der Ziegenkopf im Safranreisrand hat blaue Augen. Sie sehen uns zu: die drei Gäste, die bis jetzt geblieben sind. Sie blinzeln von den Tischen in die Sonne heraus, zum zerfetzten Laubzelt, der schwarz verschlierten Betonfläche, auf der ich tanze, humpelnd, allein. Ein kleiner Mann, der als einziger an einem Tisch sitzen geblieben ist, ist so unter die Tischkante gerutscht, daß er selbst aussieht wie ein servierter Kopf. Auch er schaut zu. Sasa, der nicht aufhört zu spielen, seinem geschlossenen, genauen Gesicht. Den Zivilen, die jetzt in der Tür stehenbleiben und warten. Wir schauen alle zu.

Durch das welke Dach des Laubzelts sticht die Sonne. Sasa hält die Geige in der Armbeuge und singt. *Auf der Landstraße, der Landstraße kommen zwei Gendarmen. Was, lieber Gott, soll ich nur tun. Wenn ich bleibe, schlagen sie mich, wenn ich laufe, töten sie mich. Was, lieber Gott, soll ich nur tun. Wenn ich bleibe, fangen sie mich, wenn ich laufe, töten sie mich. Töten sie mich.*

Ich bleibe stehen. Mein Rosenrock schaukelt noch einmal mehr, bevor er auch stillsteht. Der Brautvater lehnt in der Küchentür, seine Veilchenaugen schwimmen rot. Die Mutter des Bräutigams sitzt am Tisch vor dem Ziegenkopf, ißt. Der kleine Mann, der eben schon ganz abgerutscht war, wacht plötzlich auf: Bravo, ruft er. Bravo!

Bravo! Das Trio hat schon zu spielen aufgehört, alles steht, die Jungs mit den Instrumenten in der Hand, man hört nur noch den kleinen Mann, sein heiseres Rufen: Bravo! Bravo!

Sasa legt die Geige sorgfältig in den Kasten. Er wischt seine Hand mit einem weißen Tuch. Hier, kleine Kreolin, sagt er und wirft mir das Handtuch zu. Er lächelt mich hinter seinem schmalen Bart freundlich an.

Der Brautvater hat den Jungen kommen lassen. Großmutter begleitet ihn, aber sie schaut nicht ihn an, auch nicht Sasa, als wäre er gar nicht da, sondern mich, die ich mit dem Fußtuch in der Hand bei den Musikern stehe. Sasa geht in die Knie, küßt den Jungen zärtlich auf die Wangen. Ich sehe seinen Mund, der sich vorstülpt und die rosa Haut berührt. Sasas harte Lippen, diese weiche Haut. Ich spüre, wie es weh tut. Es sticht hinter den Warzen. Der Schmutz an meinen Füßen fühlt sich so dick, so pelzig, so schwer an, als hätte ich Klumpfüße. Es brennt. Ich wage nicht hinunterzusehen. Sasa hat das Instrument unter dem Arm. Ich kann nicht mehr am Bogen lecken, um das Harz auf der Zunge zu spüren. Jetzt erst sehe ich, er hat graue Strähnen in seinem Bart.

Die Zivilen begleiten Sasa hinaus. Großmutter nimmt den Jungen an der Hand. Der Zimbalist legt die Schläger zusammen. Der lilabehoste Vater des Bräutigams kommt herein, geht zu seiner Frau. Was ist, sagt er. Willst du hier überwintern? Sie will etwas sagen, aber das Gebiß klappt in ihrem Mund zusammen. Sie zieht es mit einem Schluchzen hinter die Lippen zurück und nimmt den Arm des Mannes.

*

Sasa hat seine Frau lautlos, mit bloßen Händen gewürgt. Er hat sie langsam auf den Fußboden gleiten und in der Küche liegenlassen. Sie war nicht tot, aber sie konnte sich nicht rühren und nicht rufen. Sie wurde von den Nachbarn gefunden. Sie lag auf den Fliesen und tat immer wieder den Mund auf wie ein Fisch.

BUFFET

Er sieht wie eine Vogelscheuche aus, wie er so dasteht in der schwarzen Erde. Und schwankt, mit ausgestellten Armen, wie eine Kiefer, und der Anzug hängt in Fetzen von ihm. Meine eineiigen Zwillingsschwestern lachen. Es ist schon ganz hell geworden.

Ich muß das Buffet öffnen, sage ich. Die Gäste werden bald kommen.

Wie willst du das machen, fragen meine Zwillingsschwestern und lachen wieder.

Ich muß, sage ich. Es wird Zeit, daß ihr nach Hause geht.

Ich wende mich von ihnen ab, die sie da in ihren Ballkleidern zwischen Holzbänken und Tischen stehen. Ich will mich von ihnen abwenden, aber es gelingt mir nicht. Unter der roten Bluse wölbt sich schwer und hart mein Bauch. Ich kann ihn nicht von der Stelle bewegen.

Woher hast du das, fragen meine Zwillingsschwestern. Wo du doch noch Jungfrau bist.

Ich höre, auch meine Mutter lacht jetzt leise irgendwo.

Ich weiß es nicht, sage ich. Vielleicht das viele Essen auf der Feier.

Da lachen wieder alle. Nur mein Bruder, der Förster, lacht nicht. Er schwankt wie die Kiefer, der schwarze Feiertagsanzug hängt herunter, ein verschwitztes, gerissenes Nachthemd, totenkleidgleich, mit offenem Bauch, und er zeigt mir seine Narbe: ein großes Pluszeichen rechts neben dem Nabel. Ich werde rot, ich schäme mich. Ich würde gerne sagen, ich war es nicht, ich weiß nicht, was das ist, in meinem Bauch, ich habe ihm nichts weggenommen. Aber ich sage es nicht, denn ich bin mir selber nicht mehr sicher. Ich wende mich meinem Bruder, dem Förster, zu, zeige ihm meinen steinharten Leib, vielleicht sagt er etwas dazu. Aber er sagt nichts, er sagt nie etwas, er blickt mich nur an, zornig und betrunken, mit seiner Narbe. Ich zerre an meiner Bluse, ich versuche sie hochzuziehen, ich will sehen, was darunter ist, was dieser Bauch ist.

Hör auf zu träumen, höre ich meine Mutter. Du mußt.

Es ist eine Hütte. Aus Holz, wie alles hier. Oben mit Schilf gedeckt, wie alles hier. An der Stirnseite steht in roter Schleifchenschrift: BUFFET. Hier arbeite ich.

Zigeunerpritsche! Er spuckt gelb auf die Erde. Der Förster, mein Bruder, ist nicht mehr gut beisammen. Er spuckt Galle auf die Erde vor dem Buffet, er spuckt aus der offenen Tür, in den Windzug, er spuckt nicht vor mein Pult.

Der Förster, mein Bruder, ist seit seiner Gallenoperation und seit letztem Wochenende nicht mehr gut beisammen. Seit der Priesterschüler, unser fröhlicher Bruder, geheiratet hat. Eine Zigeunerpritsche. Er zieht an seinem hohlen Zahn. Dieses zippende Geräusch, wenn seine Zunge herausrutscht.

Ja, sage ich. Trotzdem bist du die ganze Nacht neben ihnen sitzen geblieben. Das war nett von dir.

Das ist wahr. Er ist ein netter Mensch. Auch wenn er seit geraumer Zeit, seit der Galle und insbesondere seit der Hochzeit, nichts Nettes zu niemandem mehr gesagt hat.

Er fragt mich, wo ich die ganze Zeit gewesen sei, und es klingt wie ein Vorwurf.

Ich war da, sage ich, und es klingt wie eine Verteidigung, und ich nenne ihm meinen Platz bei Tisch, links. Er war betrunken. Er wird mich nicht gesehen haben. Ich trug eine rote Bluse, sage ich und nehme sofort ihre Farbe an. Aber er, als hätte er es gar nicht gehört. *Braut und Bräutigam, wie schön sind sie beide*, summt er, oder eher: er knirscht es mit den Zähnen.

Das Buffet steht in der genauen Mitte des Nationalparks, in dem mein Bruder und ich arbeiten, am höchsten Punkt, aufgeschüttet im flachen Land, von zwei Aussichtstürmen flankiert. Von hier aus kann man fast alles sehen: das Vogelreservat, zu dem der Zutritt für Besucher verboten ist, die Graurinderweiden, die Weinfelder, das Weißwasser und jeweils ein Stück vom Moor und den Wildwäldern, zu denen der Zutritt ebenfalls nicht gestattet ist.

Es ist ein windiger Arbeitsplatz, auf dem höchsten Punkt, der Wind pfeift durch, die dünnen Servietten flattern im Halter, die Preisliste an der Scheibe macht zirpende Geräusche. Ich muß mir, wie die alten Frauen, Schals um die Nieren wickeln. Ich schäme mich dessen, weil es so aussieht, als würde ich nichts auf mein Äußeres geben, als würde ich hier, vor den Gästen, in meinem häuslichen Schlendrian stehen wollen. Aber das stimmt nicht. Ich nehme die Arbeit einer Buffetfrau ernst: Respekt vor den Gästen und die Tür als Willkommensgruß immer offen, und um die Warteschlange durchzulassen, und den Wind. Die Schals um meine Hüfte betonen nur noch, daß ich dick bin. Freiwillig würde ich sie niemals tragen.

Dünne Beine, und dann um die Hüfte herum drei dicke Schwimmreifen, hochgepolstert bis unter die Brust. Früher sagte man mir, die Dickheit würde vorbeigehen, aber sie ging nicht vorbei. Das macht nichts, sagte Mutter, aber: Du bist zu weich für diese Welt, zu fromm, du willst Lehrerin werden, also schön, wie willst du das machen, was machst du, wenn du sprechen mußt?

Die Verlobte meines Försterbruders sprach immer wie ein Wasserfall, böse Zungen behaupten, sie habe eine böse Zunge. Als wir sie noch mochten, mochten wir das an ihr. Sie redete an unserem Küchentisch mit böser Zunge über andere, und wir lachten. Haare, wenn schon nicht genug auf dem Kopf, spärliches Geschöpf, wenigstens auf den Zähnen, sagte Vater. Und du, fragte sie mich, was ist deine Meinung. Und alle lachten schon im voraus, weil ich nur rot wurde und nichts sagte, und sei es, daß es nur am Küchentisch bei uns war, ich brachte keinen Ton heraus und schon gar nicht woanders, im Geschäft, auf der Straße, in der Schule.

Ich weiß, es wirkt dumm, wenn ich nur dastehe und kein Wort hervorbringe, und das macht mich wütend, denn ich bin nicht wirklich dumm. Vom Gehirn her könntest du schon Lehrerin sein, sagte Mutter. Manchmal wirkt es auch nicht dumm, man sieht nur, daß ich verlegen bin, und ich glaube, die Gedanken der Leute zu wissen, wie sie zu Hause zueinander sagen: Sie ist so verlegen, kein Wunder, wo sie doch so dick ist. Und das ärgert mich noch mehr, weil man sich gegen das Mitleid der Leute nicht wehren kann. Es ist mir lieber, sie sind neidisch, sagte Vater. Binsenweisheiten, sagte mein Bruder, der Priesterschüler, und sie hatten beide recht. Alle hatten sie recht: Wie willst du denn unterrichten, sagten sie zu mir. Selbst Sechsjährige können dich noch mundtot machen.

Sie hatten recht damit, ich bin froh, daß es so gekommen ist, ich bin gerne im Buffet. Es ist gut, woanders zu sein, nicht immer im Dorf, fünfhundert Seelen, fünfhundert Schritte bis zur Zuckerfabrik und zurück, bis zur Schule sogar nur fünfzig. Ich kann meinem Försterbruder dankbar sein, und ich bin es.

Hierher kommen viele Fremde, Fahrradfahrer, sie kennen mich nur als die fremde Buffetfrau und sie sind meist höflich. Mit den Jahren habe ich auch gelernt, wie man energisch auftritt, das ist leicht, wenn man nur wenige Brocken in ihrer Sprache spricht. Autorität, ja, was man braucht, aber stets auch aufmerksam, eine gute Buffetfrau sein, ich finde, das gehört dazu, nicht wie manch andere, die ich kenne, Buffetfrauen, die, keine Macht kann so klein sein, einen ewig nicht anschauen.

Mit dem Zug ist es auch nicht immer schlimm: Im Winter bleibt die Tür geschlossen, die Heizung wird angeworfen, das Buffet riecht nach Holzbeize und Harz, der Schal um meinen Hals nach nassem Waschpulver, dem Jeep, mit dem mein Bruder und ich zur Arbeit fahren, dem Glühwein, den ich in Pappbechern ausschenke.

Sie sind schnell und wohlorganisiert, lobt mich der Direktor, Sie überraschen mich. Das bringt auch die Gäste dazu, sich von selbst ordentlich in die Reihe zu stellen, von rechts, und gleich das Geld in der Hand zu haben, passend, wenn's geht. Der Umsatz hat sich enorm erhöht, seitdem die Schwester des Försters hier arbeitet. Manche, die gummibestiefelten Männer aus dem Park, sagen aber auch: Nur, weil sie zu dumm ist, zu fromm zum Klauen. Und wennschon. Ich wüßte gar nicht, wie ich es anstellen sollte, fromm, na und, selbst wenn ich es wüßte.

Ich hätte auch die Möglichkeit gehabt, das Buffet im Gefängnis zu betreiben, aber man wollte dort lieber ein Ehepaar, einen Mann. Eine Frau ist zu gefährlich, selbst eine, er blickte mich an, egal wie, sagte der Mann an unserem Küchentisch, und die Anwesenden nickten. Ich stand am Herd und stellte mir vor, wie es wäre mit den Mördern. Manche Mörder sollen charmant sein. Frauen verlieben sich in sie. In das Gefängnis hier bringen sie nur Schwerverbrecher: Mörder und früher Politische.

Das Gefängnis war aber doch zu weit weg, um täglich zu fahren, und wohnen hätte ich auch nirgends können. Einer von denen, die um unseren Küchentisch herum saßen, warf ein, ich könnte mir ein Zimmer im Knast geben und mich dann vorzeitig pensionieren lassen wegen Knastkoller. Man lachte. Dann wurde man ernst, dachte über die Möglichkeit nach. Ein etwas neidisches Schweigen. Viele sprechen hier offen von Frührente, außer denen, die drüben, jenseits der Grenze, arbeiten; der eine hat sogar schon mit Ende Zwanzig einen Rückgratbruch und hört nicht auf. Mein Bruder, der Förster, spuckt gelb auf die Erde des Nationalparks. Die Galle, sagen wir. Er hat eine Narbe über Länge und Breite des ganzen Bauchs. Ein großes Plus.

Aber dann hieß es zu aller Erleichterung doch noch: der Buffetbetreiber sei Kleinunternehmer und würde nicht verbeamtet wie die Wachen, also würde Knastkoller nichts nützen. Sie saßen zusammen um unseren Küchentisch und lachten wieder, und ich begann plötzlich, mich zu schämen, nicht wegen des Knastkollers, sondern weil ich das Gefühl bekam, sie lachten über mich, über mein Kleinunternehmertum, wie willst du das machen. Aber es stimmte nicht. Sie lachten nicht über mich. Sie hatten mich längst vergessen. Sie saßen zusammen, so eng beisammen, daß ihre Knie und die Spitzen ihrer Gummistiefel sich unter dem Tisch berührten, und sie lachten über den Knast. Die Gedanken an Schließzeit, Gefangensein elektrisierten sie, selbst meine Mutter ging mit einem verschwörerischen kleinen Lächeln zwischen ihnen ein und aus, wie sonst, wenn anzügliche Witze erzählt werden. Wieso trägst du diese beiden Brote unterm Arm? Meine Frau hat ihre Tage und keine Tampons mehr ... Sie sprachen nicht über den Knast, das nicht. Aber sie blieben beieinander sitzen, tranken und stellten es sich vor. Was man davon hört. Die Hackordnung. Wo wohl ihr Platz wäre unter waschechten Verbrechern. Sie schoben sich auf der Bank vor und zurück, als säßen sie nicht richtig, rekelten, räusperten sich und lachten wieder. Wie wenn man über die Armee spricht. Ihre Zeit dort. Es scheint mir, besonders die niedrigen Ränge erinnern sich gerne, erzählen von ihren Demütigungen und was sie gemacht haben zur Revanche: Colaflaschen vollgepißt. Und wahrscheinlich teilten sie einander in Gedanken die Plätze auf der Knastliste nach der ehemaligen Rangfolge zu – ein ähnliches Spiel in einer anderen Uniform.

Nein, das Gefängnis wäre nichts für mich. Es wäre mir peinlich, in einem Gefängnis zu arbeiten und dort jemandem zu begegnen, den man kennt und dessen Familie die Sache womöglich ebenso verschweigen möchte wie unsere die Geschichte von diesem Onkel. Diesem fernen, angeheirateten Onkel, den ich kaum kenne, der für fast ein Jahr gesessen haben soll, weil einem fremden Kind etwas Weißes aus dem Mund gelaufen kam, nachdem er mit ihm gesprochen hatte. Er war betrunken und urinierte an einen Weinstock, das Kind stand offenen Mundes daneben. Ich weiß nicht, ob es wahr ist oder nicht. Es wäre mir jedenfalls unangenehm, jemandem, den ich kenne, im Gefängnis Zigaretten zu verkaufen, weil es seiner Familie unangenehm wäre. Weil sie nicht wüßten, daß ich es nicht weitererzähle. Vorsichtshalber würden sie mich nicht grüßen, als könnten wir dadurch vergessen, was ich weiß oder daß wir uns kennen. Und ihr Haß auf mich würde weiterwachsen, denn nicht zu grüßen ist auch gefährlich, ich könnte beleidigt sein und aus Rache reden. Aber da wäre es schon zu spät.

Paß auf, sagt Mutter. Aber es ist zu spät. Die Grießsuppe läuft über, in die blauen Flammen. Weiße Spuren auf dem roten Topf. Ich beeile mich, das Gas niedriger zu stellen, und puste hastig in die Suppenblasen. Die Brühe spuckt weiß nach mir. Und wieder lachen alle. Nur mein Bruder, der Förster, lacht nicht.

Du träumst schon wieder, höre ich.

Worauf wartest du, fragt Mutter. Der Topf ist hoch und tief, der weiße Dampf nimmt mir die Sicht, ich höre nur, wie viel Grießsuppe pufft. Die Kelle, soufliert meine Mutter unsichtbar, da habe ich es schon geschafft, ich halte die Schale in der Hand, ich gebe sie ihm, der darauf wartet, mein Bruder, mein afrikanisches Kind, auf seine Grießsuppe. Ich bin stolz auf dich, höre ich Mutter. Sie spricht ernst, nur für mich, mich zu ermutigen, egal, ob in der Nähe anzügliche Witze erzählt werden. Hör nicht hin, sagt Mutter zu mir, die ich sowieso nichts höre, die ich die Schale halten muß, sehr warm in meiner Hand, viel zu heiß. Der Grieß spuckt nach mir, aber ich verliere nichts davon, alles fällt wieder in meine Schale zurück, das Hochgespuckte, ich bin stolz auf mich, meine Geschicklichkeit, so heiß sie auch ist, ich werde sie nicht fallen lassen, ich gebe sie ihm, schonende Kost.

Doch dann, wo war ich unaufmerksam?, er wartet, die Hand ausgestreckt, aber die Schale ist plötzlich kalt in meiner Hand, brennend kalt und schwer, kaum haltbar, und der Grieß steif wie alte Farbe. Verzweifelt schaue ich auf die aufgehaltene Hand meines Bruders, den ich nicht füttern kann.

Weine nicht, sagt meine Mutter. Im Nationalpark kommen die Hühnerkeulen aus der Mikrowelle. Kann man nichts falsch machen. Mein Bruder, der Förster ist, besorgt mir die Arbeit im neuen Buffet. Der Direktor mit seinem weißen Tellergesicht schaut mich skeptisch an, die kaum zwanzigjährige Schwester des Försters, durchscheinende Haut unter den Augen wie sehr unausgeschlafen, aber ich mache nichts falsch, kaum ein Dutzend zerbrochener Gläser, ich bleibe, schon seit vier Jahren, im Zug.

Im Winter fahren mein Bruder und ich mit dem Försterauto zur Arbeit, einem militärfarbenen Jeep, kaum zu starten, nicht wieder auszumachen, der Nationalpark hat kein Geld. Seit letzten Winter klafft ein Rostloch in der Unterseite, darunter die einschläfernde Straße, ich schaue meist die ganze Fahrt durch dieses kleine Loch auf sie hinab. Bis er mich fragt, ob ich wolle, daß Schneematsch ins Auto spritzt. Ich schiebe mit dem Fuß die Gummimatte übers Loch, die Straße.

Am Anfang der Saison sprechen wir noch. Wir sagen, daß das Wetter schlecht geworden sei und daß ich wieder mit ihm fahren muß. Daß ich dafür dankbar bin. Daß es für ihn nicht mehr als ein verlegenes Knurren wert ist. Später fahren wir schweigend. Manchmal sagt er Wörter wie: Rehe. Oder: Verdammtnochmal. Und tritt aufs Gas. Angekommen, reißt er an den Drähten, der Motor bleibt gurgelnd stehen, und er schmeißt wütend die quiekende Tür ins Schloß.

Und dann sprechen wir wieder am letzten Tag, am Tag vor Saisonbeginn. Wir erkennen diesen Tag daran, daß wir anfangen zu reden. Wir reden die ganze Fahrt über. Wir machen einen Umweg, durch den Wald, weil ihm etwas eingefallen ist, er muß es nachprüfen, oder weil er mir etwas zeigen möchte. Er schenkt mir einen von den Äpfeln, die er vortags für die Wildschweine ausgelegt hat, das letzte Mal. Wir sprechen über den vergangenen Winter, den kommenden Sommer. Er scherzt, ich scherze auch, er lacht über meine Scherze, wir lachen über Leute, über unsere Eltern, seine beginnende Glatze, meinen Wildschweinsapfel, der so kalt in meiner Hand, an meinen Lippen liegt. Es herrscht Vertrautheit zwischen uns, wir lachen sogar noch, wenn ich vor dem Buffet aus dem Auto springe. Er winkt mir zu, bevor er davonfährt.

Danach sehe ich ihn lange Zeit kaum. Im Sommer fahre ich mit dem Fahrrad zwischen Dorf und Nationalpark, der Förster, mein Bruder, kommt nicht mit. Er schläft in der Wildhüterhütte. In der Hütte gibt es kein Bett. Ich frage ihn, wo er denn schlafe. Er sagt, in der Hütte könne es kein reguläres Bett geben, weil man hier nicht übernachten dürfe. Wo er dann schlafe, frage ich ihn. Er sagt: Das geht schon.

Aber dann ging es doch nicht, vieles nicht in diesem Jahr, von Anfang an ging etwas schief. Seitdem mein Bruder, der Förster, kurz nach Neujahr beschloß, nicht mehr nach Hause zu kommen. Keine Erklärung. Er nahm sich drei Pferdedecken mit in die Hütte, und wir sahen ihn lange nicht mehr. Ich zuckte dem Direktor die Achseln, im Buffet kein Grund zur Klage, alles wie gewohnt. Bis der Förster, mein Bruder, eines Nachts mit schiefem Leib und gelben Zähnen den Jeep gegen das Krankenhaustor fuhr und anschließend für weitere lange Monate verschwunden blieb und erst zu Saisonbeginn wieder seinen Dienst aufnahm.

Darauf war ich nicht vorbereitet, gänzlich ohne ihn. Denn er kam mich trotzdem jeden Morgen holen, wenn er auch nicht sprach und von Tag zu Tag schlechter aussah, verwildert, wie er war. Wer weiß, zwinkerte Vater, was da vor sich geht. Das Blut wird sie ihm aussaugen, sagte Mutter, und beide meinten sie die Verlobte meines Försterbruders, aber es war schließlich nicht das Blut, oder nicht nur, es war die Galle und ein aufgeschlitzter Bauch. Aber das kann ihre Schuld nicht gewesen sein. Das nicht.

Glücklicherweise war es ein milder, verregneter Winter und Frühling, als er weg war. Der Junge, der da immer am Ortseingang steht, trug ein Regencape über seinem sonst nackten Oberkörper, melancholisch lugte er unter der Kapuze hervor, vor seinem Gesicht tropfte es, und seine Hand zitterte unter dem Cape. Oft nahmen mich auch die gummibestiefelten Männer mit.

Wir mögen dich, sagten sie, du bist unsere Buffetfrau, und deinen Försterbruder bemitleiden wir. Mein Fahrrad schepperte quergelegt im Laderaum. Was ist passiert, fragten sie. Aber ich konnte es ihnen nicht sagen. Die Frauen, sagten sie, immer die Frauen.

Die Männer mögen mich, sagen sie, häufig: Sei nicht traurig, Rehauge. Ich ziehe den Schal über meine Nase und sage nichts, nachdenkliche Rehaugen, die Männer machen ein schuldbewußtes Gesicht.

Das einzige Problem mit der Dickheit ist, sagte Mutter, als ich im Park anfing, daß manche denken, einen respektlos behandeln zu können, und sie machte ein sorgenvolles

Gesicht. Aber ich dachte damals, sie will mich nur abhalten, nervös, wie willst du das machen, und tat so, als wäre ich mit den Gedanken woanders. Was träumst du schon wieder zusammen, seufzte Mutter.

Und dann: einzige Frau im Park, und mein Bruder, der Förster, damals noch gesund, aber ebenso wortkarg, ließ sich tagelang nicht blicken, er kam nicht zum Essen, nicht zum Reden. Ich stand alleine hinter dem Pult, mit den dicken Nierenwärmern, selbstgestrickt, und dem rosa Schal um die Ohren, es zog, einzige Frau, der Direktor kaum da, und wenn, hatte er einen Ausdruck von Peinlichkeit im Gesicht, er weiß nicht, wie mit Menschen reden, die einem untergeben sind, na, gibt es Gäste. Und sommers die Blümchenkleider, zu eng, nichts zu machen, dieses Herumstehen und Zeitunglesen macht es nicht besser, der Förster kommt nicht vorbei, nur seine gummibestiefelten Männer zum Pausenhähnchen aus der Mikrowelle. Sie bestehen darauf, an den Tischen bedient zu werden.

Was ist das denn für eine Blume, fragt der eine und sie lachen. He? Er fragt noch etwas, aber es ist nicht zu verstehen, er hat etwas in der Backe, Essen, und er lacht auch. Ich starre ihn nur an, und wir stehen da, sein Finger sticht eine Beule in das geblümte, zu enge Kleid, in die Schoßfalten, in die Mitte, in die Falte hinein, der Finger, genau auf dem Punkt, dem Kitzler, ich stehe nur da. Was für eine Blume? Warm kreist es in meinem Kopf. Was für eine Blume? Ich stehe da. Warum kann ich nie antworten? Was für eine ... Die Männer lachen nicht mehr, der eine dreht das Fleisch im Mund, hustet, der andere wartet mit seinem Bier vor den Lippen, sachte zittert es im Pappbecher, und einer hat einen Zeigefinger in meiner Scham.

Endlich merke ich es, reiße die Hüfte herum, zur Seite,

durch die Bewegung noch tiefer hinein, zur Seite, zur Falte und dann sirrend über den Stoff, er bewegt den Finger nicht. Muschi, sagen sie, schau, sie wird rot. Verstehst du keinen Spaß? Und wieder können sie lachen.

Ich renne ins Getränkelager und weine. Der Bierkasten drückt mich hart, und obenherum fühlt sich alles warm an und wie eingeschlafen, zwischen den Beinen wie gequetscht, stromgeschlagen, zusammengeengt, nach innen, innen, außen, und ich schluchze und höre, daß die Männer draußen lachen. Vielleicht gar nicht mehr über mich. Vielleicht nur so, weil sie lustig sind, weil sie das Peinliche schon vergessen haben. Und vielleicht ist bei ihnen nicht einmal eine Fingerspitze stromgeengt.

Plötzlich muß ich daran denken, daß mein Geruch am Finger des Mannes geblieben sein könnte. Ich höre auf zu weinen. Wie ich so sitze, kann ich mir unter den Rock riechen. Es riecht warm, nach Schenkel, nach Seife. Namenlos beblümt. Ich rieche an meinen Fingern. Sie riechen nach den sauren Gurken, die ich angefaßt habe. Darüber muß ich wieder weinen. Makrele, sagte einmal ein Neger zu mir, Frauen riechen nach Makrele. Weißwasser. Männer schmecken nach Wildkastanie, sagte er. Er war Vertreter für Süßwaren. Ich werde ins Geschäft einsteigen. Ich werde Bonbons mit Wildkastaniengeschmack machen, sagte er und lachte weiß in seinem schwarzen Gesicht.

Mein Bruder, der Förster, kommt herein und sagt, das Buffet sei verlassen und wie ich mir das vorstelle. Und dann: Wieso gehst du ins Getränkelager, um zu weinen?

Da werde ich wütend: Soll ich draußen am Pult weinen?

Du sollst überhaupt nicht weinen, sagt er. Du bist doch kein Kind mehr.

Ich schäme mich zu sehr, um ihn anzusehen oder ihm zu sagen, warum ich weine. Nach einer Pause sagt er dann, ich solle nichts auf diese Typen geben. Mit denen hier habe das keinen Zweck.

Er geht. Ich wische mir die Augen mit den gurkigen Fingern und stelle mich wieder hinter das Pult.

Ach, sagte auch die Verlobte des Försters, am Anfang heult man in jedem Job, nichts drauf geben. Denk an was anderes.

Oh, dachte ich und schloß die Augen.

Ich halte die Augen geschlossen, um es besser zu spüren. Er streichelt mich. Er schmiegt sich mir um den Hals. Wenn ich die Schultern hochziehe, kann ich ihn riechen. Er riecht wie Karamel. Ich werde diesen Schal ins Buffet mitnehmen, ich werde ihn dort um meinen Hals tragen. Ein heiteres Rosa unter meinen roten Wangen. Die Zugluft wird mir nichts anhaben können. Ich öffne die Augen, und da bin ich auch schon, gehe durchs Buffet, ich suche nach dem kleinen Spiegel hinter dem Pult, in dem sich unsere Spirituosen doppeln: ich will mich zwischen ihnen sehen mit diesem schönen rosa Schal. Ich streichle ihn.

Und plötzlich habe ich Finger zwischen den Fingern.

Es ist ein Arm. Ein weicher Arm ohne Knochen. Ein Arm ohne Ende um meinen Hals gelegt. Ein liebenswürdiger Arm ohne Muskeln, er würgt mich nicht. Trotzdem verabscheue ich ihn. Ich werfe ihn von mir.

Nichts auf sie geben, hat mein Bruder, der Förster, gesagt, auf die Männer, auf die Träume. Die Knie schief stellen beim Fahrradfahren, damit man nichts sieht, Montag, Dienstag, Samstag, was für eine Blume, «Kiss me» vorne auf den Schlüpfer gestickt. Ich bin alleine zu Hause mit meinen Eltern, ich gehe früh zu Bett.

Nachdem das alles passiert war, in meinem ersten Sommer im Nationalpark, besorgte ich mir diese Jägeruniform. Damit trage ich nun dieselbe Kleidung wie die Männer, die hier arbeiten. Die Haare stopfe ich unter einen weichen Försterhut, eigentlich ein Käppi mit einem flotten Schild vorne und einer Nackenklappe. Seitdem ich das getan habe, seitdem ich die Uniform trage, ist vieles besser geworden. Das Feldgrün steht mir gut, ich sehe nicht mehr dick aus, nur kräftig, obenherum, das Hemd hängt über den Nierenschal, verdeckt, der Busen wölbt sich, lenkt ab. Der Direktor kommt vorbei, nickt mir zu, und die Männer stellen mich ihren Inspektoren vor, es hört sich nach Stolz an: Das ist die Schwester des Försters, sagen sie, unsere Buffetfrau! Und unter sich: Die Kommissarin!, und lachen. Sie sagen es so, daß ich es hören kann, sie schielen aus den Augenwinkeln, sehen, ich lache auch, da zwinkern sie: Na, Kommissarin Rehauge? Wir wirken wie eine fröhliche Truppe, ganz aufgeblüht, sagt meine Mutter, ganz aufgeblüht. Ich lache öfter, ich lache, wenn die Männer lachen, manchmal lachen sie auch mir nach. Mein Försterbruder schaut mich verwundert an, sagt nichts dazu, aber der Direktor lobt mich, uns, für unsere fröhliche Truppenhaftigkeit, die gut auf die Besucher wirkt, und daß ich dabei trotzdem darauf achte, meine Gäste nicht zu vernachlässigen. Adrette Pünktchen Ketchup und Senf auf Papptellerchen.

Traurig, daß man sich so anbiedern muß. Ich schäme mich. Auch dafür.

Die Männer also sind besonders freundlich zu mir, seitdem wir das überlebt haben, den Finger, die Galle, aber die Zeit ohne den Förster, in der es pausenlos weiterregnet, bis in den Sommer hinein, den wir dadurch erst gar nicht merken, da auch die Gäste ausbleiben, ist trotzdem eine lange und langweilige Zeit für uns alle. Meine einzige Zerstreuung, die ich außer den Buffetgästen habe, das Freiluftkino, fällt wegen Regen oft aus. Die Freiluftkinos hat man nur für die Touristen wiederaufleben lassen. Die Dorfjugend geht lieber in den Nachbarort, dort gibt es einen Kinosaal, in dem es immer sehr dunkel wird, und im Dunkeln werfen die Jüngeren mit Pfefferminzdrops nach denen, die in den hinteren Reihen knutschen und vögeln. Man hört das Blopp-blopp der auftreffenden, über Rücken rollenden, herabfallenden Bonbons.

Das Freiluftkino, Freitag bis Sonntag im Sommer, ist nichts weiter als eine große auf dem Feld aufgestellte Leinwand, davor ein kleiner grasbewachsener Damm, aufgeschüttet, um das Industriewasser der Zuckerfabrik von den Wiesen zu halten. Wir sitzen stufig auf diesem Damm, der sich ein wenig nach außen wölbt, ein uriges Amphitheater, lachte einmal ein Mann mit Knirps. Es kommen nur die Touristen hierher und ich. Das Licht fällt von der Leinwand zurück, hinter uns dampfen die Industrieseen, es weht hier herüber, der süßliche Geruch der Seen nach Puderzucker, nach Melasse. Dann drehen sich alle um, weg von der Leinwand, um die rauchenden Seen zu sehen, ein wenig mit Angst, dieses Wasser im Rücken, und dieser Dampf, der so merkwürdig riecht, er könnte uns ersticken, noch bevor wir es bemerkt haben, und dann käme das Wasser. Sie zeigen in diesem Freiluftkino fast nur Filme über Naturkatastrophen. Der Mensch, der das Kinoprogramm zusammenstellt und vorführt, ein langhaariger Exrocker, der eine Weile auch die Bibliothek im Nachbarort mehr geschlossen als offenhielt, hat eine Vorliebe für diese gruseligen, schlechten Filme.

Auf Hawaii reißt die Lava vor dem großen, lilafarbenen Nationalparkshimmel eine Brücke aus Streichhölzern mit sich, die Touristen lachen. Ich lache auch. Ich liebe Kino, und wenn es schlecht ist.

Wie geht es deinen Zwillingsschwestern? fragt mich der Exrocker.

Hm, sage ich und radle davon. Schnell.

Als mein Försterbruder zurückkehrt, abgemagert, schiefschultrig, in den verregneten Sommer, fahren wir wieder oft zusammen und sprechen wieder wenig. Ich bemühe mich, ich frage ihn, ich sage, erinnerst du dich, mir sei etwas aus unserer Kindheit eingefallen, aber er gibt nur selten ein bestätigendes Knurren von sich. Meistens sagt er, er wüßte nicht, was ich wolle, er wüßte von nichts. Und schließlich auch: er pflege so etwas nicht. Pflegen, ein seltsames Wort dafür. Ich verstumme. Er setzt mich ab, er holt mich ab.

Und seit letztem Wochenende ist auch das vorbei mit uns, vorbei mit meinen verlegenen und sinnlosen Anstrengungen zu fragen, wie es ihm geht. Ich weiß, wie es ihm geht. Mein Bruder, der Förster, ist zornig. Er sagt Zigeunerpritsche, reiche Zigeunerpritsche, aber ich weiß, so etwas ist ihm egal. Er redet wie die anderen, ihre Knie berühren sich, aber ich weiß, er meint es nicht, vielleicht ist es deswegen, daß er so wütend ist. Er fährt mit dem rostigen Jeep absichtlich in die Schlaglöcher am Straßenrand, es wirft uns hin und her, mit dem Kopf gegen die Seitenscheibe, es schmerzt, die Zähne verrutschen aneinander, ich frage ihn, ich schreie, was das soll. Er antwortet nicht, er lenkt den Wagen wieder auf die Straße, läßt ihn rollen, ich halte mir den Kopf. Dann sagt er, der Regen habe aufgehört, ob ich es nicht bemerkt habe. Ab morgen schlafe er wieder in der Hütte, er habe seine Ruhe verdient, es sei ihm zu eng, Scheißregen, alles durcheinander. In Ordnung, sage ich. Da stehe ich schon alleine zwischen den Holzbänken vor dem Buffet, der Wagen buckelt längst Richtung Wald davon. Ich lege mir einen Pullover um die Hüften und öffne die Türen als Willkommensgruß, und die Fenster, damit die Nässe hinauszieht.

Daß es zu eng ist, stimmt nicht. Früher ja, da waren wir zu siebt in zwei Schlafzimmern, immer anders gelegt, wer zu wem, nie die richtig gute Kombination des Zusammenschlafens gefunden, schließlich ich mit meinen beiden Brüdern, Bett neben dem Hochbett, meine Zwillingsschwestern, die Eltern nebenan, ich höre, wie sie kichern, höre, wie die Jungs heimlich Radio hören, da war es eng, ja, aber nicht jetzt. Jetzt sind wir nur noch vier Erwachsene im Haus, seitdem unsere Schwestern verstreut und der Priesterschüler, unser fröhlicher Bruder, verheiratet ist.

Er sollte Priester werden, der zweite Sohn. Das war der Traum der Mütter und Großmütter. Ihm war es egal. Er war sich bloß sicher, selbst keine fünf Kinder haben zu wollen. Das sagte er jeden Abend vorm Einschlafen, er sagte es seltsamerweise über mich gebeugt, er sagte es in meine Augen, die Probe war, ihn zu halten, den Blick. Idiot, sagte mein älterer Bruder, der erste, der später Förster wurde, herunter vom oberen Bett, Laß das!, zog sich die Decke über den Kopf und hörte Radio, und wir mit. Das katholische Internat war für kinderreiche Familien umsonst, sollen die Pfaffen zahlen, meinte Vater und trug in den Fragebogen ein: Letzte Beichte: Vor meiner Hochzeit. Hochwürden sah darüber hinweg, stolz und mild legte er die Hand auf den Kopf meines Bruders, der den

Namen des Zweiflers trägt, und die andere auf meinen, die ich einen Schleier trug wie eine Braut, versprochen einem schönen toten Mann. Und ich mußte immer den Arm nach unten schütteln, denn ich hatte das Gefühl, ein Säugling sitzt darauf, immer noch, wie im Traum letzte Nacht, und dabei bin ich noch Jungfrau, aber es ist meins und ich kann es nirgends hinlegen. Ich halte den Arm angewinkelt.

Hochwürden ist nicht gekommen zum Tanz. Eine Heidenhochzeit ist das, drei Tage, mit oder ohne Segen. Denn den Segen hat er noch erteilt, es ist besser mit als ohne, aber bleiben bleibt es, was es ist; der Priester singt ein langes Miserere, für meinen Priesterbruder, der nicht Priester werden wollte, für die drei Tage, die die Hochzeit dauern sollte: eine Heidenhochzeit. Mit oder ohne Segen, es bleibt, was es ist: Hochmut kommt nach dem Sündenfall. Nach der Frau, sagte mein Vater, er war nicht mehr ganz nüchtern und machte eine Handbewegung über seine drei Töchter. Mein Bruder, der Förster, hielt die kreuzförmige Narbe an seinem Bauch, und den Mund fest geschlossen, und stieß durch die Tür.

Diese pickelige kleine …, sagte mein Försterbruder und meinte es ernst. Du fromme, dumme Kuh, sagte Mutter zu mir, weil ich erzählte, ich hätte sie getroffen, sie, die einstmals Verlobte meines Bruders, nicht schön wie das Zigeunermädchen, klein und pickelig, aber stolz trotzdem, Hochmut kommt, sagt Hochwürden, sie hat meinen Försterbruder verlassen. Sie traf ihn auf der Hochzeit und sagte warum. Sie traf mich und sagte warum. Die Enge, sagte sie, drei Jahre Verlobung und kein Platz zum Vögeln, nichts Menschliches, die Hütte, ich bitte dich, Pferdedecken. Sie sagte, die Vielsprachige, sie spräche das jetzt aus.

Sie sagte, sie erzähle das jetzt allen. Jetzt, wo sowieso keiner mehr mit ihr rede. Sinnlos, Rücksicht zu nehmen. Es gäbe eine Menge zu verbergen, aber nichts für sie, aus Trotz nicht. Sie sagte, sie habe aufgehört, sich auszuschweigen, Ministrantin, na und. Sie erzählte, sie habe meinen Bruder verlassen und sei jetzt die Geliebte eines verheirateten Mannes. Das sollen ruhig alle wissen.

Wo macht ihr's denn, fragte ich.

Bei ihm im Büro, sagte sie.

Bei uns gibt es nur in der Zuckerfabrik Büros. Und im Bürgermeisteramt. Und eins im Nationalpark. Aber das wüßte ich. Der Direktor mit seinem Tellergesicht. Nein, nein. Die Freundin meines Bruders wird von allen verflucht, ein christlicher Leib, und dann diese Gier, nur du sprichst noch mit ihr und erzählst es auch noch, du Vertrauensselige, sagt meine Mutter, du bist zu dumm für diese Welt.

Es tut mir leid, sage ich zu meinem Bruder, als wir wieder auf der Straße sind, der Schmerz im Kopf läßt nach.

Schon gut, sagt er, laß mich allein.

Sein Atem weht sauer, er spuckt aus dem Fenster des Jeeps, sein Speichel blitzt gelb in der Sonne, bevor er zu Boden fällt.

Seit letztem Wochenende, seitdem mein Priesterbruder geheiratet und der Regen aufgehört hat, kommen plötzlich wieder Gäste. Vom vielen Regen steht der halbe Nationalpark unter Wasser. Das Vogelreservat reicht bis an die geteerte Straße heran, die Fahrradtouristen stehen in zwei Reihen, wer Glück hat, oben auf dem künstlichen Damm, und rundherum nur Wasser und Vogelschwärme und Feldstecher. Auch das Weißwasser ist wiedergekehrt, der Alkalisee vor dem Moor, seit etlichen Sommern ausgetrocknet, ein blasser Fleck nur zwischen toten Schilfresten. Die Touristen hoben die weiße Erde auf und ließen sie fallen und fühlten sich betrogen, denn der Nationalpark heißt nach diesem toten Fleck, er heißt: Weißwasser. Jetzt haben wir endlich wieder das, wonach wir benannt sind. Die Touristen stecken einen Finger hinein, lecken ihn ab und sagen, was auf den Tafeln steht: sauer, metallig.

Der Direktor macht ein verwirrtes Gesicht, soll ich mich nun freuen oder nicht, wir haben das Weißwasser zurück, sind aber trotzdem ruiniert, schlechtes Wetter, den Sommer über kaum Besucher, wer radelt gerne im Regen, und mit Auto darf man in den Park nicht hinein, tolle Idee. Mein Bruder, der Förster, zuckt mit den Achseln, er hat für die Radfahrer nichts übrig. Ich kann den Direktor verstehen. Das Buffet hat auch Verlust gemacht, die Schokoriegel sind alt geworden, die Sandwiches ausgetrocknet, die Hähnchenkeulen, alles in den Müll, dazu mein Gehalt, wo ich doch nichts tun konnte als unter dem Pult in den Zeitschriften lesen.

Diese Zeitschriften, sie sind mir etwas peinlich. Daß ich, die ich Lehrerin werden wollte, darüber lese, wie es ist, mit einem Massai zu schlafen, Krieger küssen nicht, und was der Mondstand sagt, und die Symbolik von Krankheiten: schwarze und gelbe Galle. Aber einerseits denke ich, heimlich interessieren sich alle dafür und andererseits: ohne diesen Zeitvertreib würde ich mir nur Gedanken machen wie Alpträume, ich kann nichts dagegen, ich denke an meinen Bruder und daß er nicht mit mir spricht, Vertrauensselige, und ich habe ein schlechtes Gewissen. Oder ich denke, noch schlimmer, an die Träume, die ich habe.

Über den Jungen.

Er steht wieder ohne Kapuze da, wenn ich mit dem Fahrrad ins Dorf einfahre, zwischen dem Willkommen!-Schild und dem blauschlammigen Bach, nur mit einer flauschigen Trainingshose bekleidet, sie sieht sehr warm aus, seine Hand unter ihrem Bund, sie bewegt sich sehr schnell, er starrt einen an, er grüßt, laut, dann bewegt er die Hand weiter, schnell. Er wird «der Junge» genannt, aber er ist keiner mehr, andererseits bleibt er es immer, im Kopf, ein Trottel, meine Mutter lacht, gehört dazu, das ist ein Dorf. Die Hand abhacken, sagen andere. Er soll mit dem Luftgewehr auf den Kleinbus der Archäologen geschossen haben, die in der Nähe des Freiluftkinos gebuddelt haben, aber niemanden getroffen, sie sind auch wieder gegangen und die Ausgrabungen wurden geflutet, Industriewasser, uriges Amphitheater auf dem Damm. Der Junge ist sonst harmlos, sagte der Bürgermeister den Archäologen, steht im Winter auf der anderen Seite, in der Bushaltestelle, da ist mehr los und Windschatten, und seine Hand bewegt sich.

Ich fahre an ihm vorbei, eilig, ich sehe ihn nie an, ich weiß nicht, ob sein Idiotengesicht das eines Jungen oder das eines Mannes ist, ich sehe nur unterhalb meiner Augen seine Hand vibrieren, er schaut mir nach und sagt nichts, er grüßt mich nicht, *mich* nicht, ich fahre schnell.

Ich beeile mich, es wird rasch dunkel. Drei Straßenlaternen und dazwischen die geöffneten Garagen, kaputte Autos, oder gar nicht kaputt, aber man repariert sie eben, und überall laut die Radios: *The summer of 69*, als ich noch gar nicht geboren war.

Schau, sagt der Junge freundlich zu mir und bewegt seine Hand. Sonst zeigt er mir nichts. Ich schäme mich. Ich versuche, das Kissen zwischen den Beinen herauszuziehen. Aber es geht nicht. Mein Schweiß klebt an mir.

Als die Geschichte mit dem Wurm erzählt wird, ist es gerade der zweite sonnige Tag nach dem ersten sonnigen Wochenende in einem verregneten Sommer. Ich wische mehrmals am Tag die durchweichten Holzbänke, aber sie sind immer noch naß, von innen, die wenigen mutigen Gäste, die auf ihnen Platz nehmen, um nicht im zugigen Buffet stehen zu müssen, bekommen dunkle Stellen auf ihrer Kleidung. Aber es ist noch zu früh am Tag für Gäste, im fleckig trocknenden Schlamm vor dem Buffet stehen nur die Männer aus dem Park in ihren Gummistiefeln und erzählen die Geschichte vom Wurm. Von einem, der fünf Jahre nachdem er aus Afrika wiedergekommen war, an einem Wurm starb. Er war, obwohl man ihn gewarnt hatte, es nicht zu tun, am Indischen Ozean barfuß durch den Sand gelaufen, und der Wurm, damals noch ein winziges Ei, setzte sich unter seinen Zehennagel. Er fraß sich in den Fuß, ein leichter Juckreiz nur, innen, als würde das zirkulierende Blut einen kitzeln, was man kennt, ganz leicht nur, sauer, wie Kriechstrom, man nimmt es hin, bis er sich durchgenagt hat bis zum Herzen. Mein Bruder, der Förster, zieht an seinem Zahn und fragt, wo sie das denn gehört hätten. Die Männer zucken mit den Achseln, sie wissen nicht mehr genau, woher und wer die Geschichte des Wurms gehört hat, jetzt gehört sie ihnen allen, sie alle glauben daran, keiner kennt den Mann, aber solche Geschichten gibt's, Kugeln, die einem für Jahre über dem Herzen stecken und dann, ticktack, das Blei lähmt das Pendel, der Rost frißt den Draht, Zellen werden verrückt, doch, so was wie den Wurm muß es geben, bei Schlangenbissen schnitzt man einem das Fleisch von den Unterarmknochen, doch, so was gibt's. Menschen fallen auseinander. Frührente hin oder her. Mein Bruder spuckt gelb auf den Boden, zuckt seine dünne Schulter. Die Narbe, die zwei Narben, die sich kreuzen rechts neben dem verschorften Nabel, teilen seinen ganzen Bauch.

Fett werden darfst du nicht, sagt mein Bruder, der Priesterschüler, zu ihm. Die Narben bleiben tief und das Fett hängt in Polstern darum, in vier Polstern, als hättest du eine Reihe Titten mehr, sagt er und lacht, mein schöner Priesterbruder, sein Bauch glatt und schlank. Oder noch schlimmer, sagt er, die Narben brechen auf, dann hast du's erlebt.

Du solltest nicht in der Hütte schlafen, sagt meine Mutter, die neue Zähne hat und jünger aussieht als jemals. Mein Försterbruder zuckt mit den dünnen Schultern. Er zieht an seinem hohlen Zahn. Der Eckzahn vorne fängt auch schon an, seine Farbe zu verändern, er wird gelb wie von Tabak, dabei raucht mein Bruder nicht. Es ist von der Galle, sagt er, ich trage sie im Mund. Ich denke an den Jungen, der mich als erster geküßt hat. Er schmeckte nach Zigarettenrauch und hielt ein schwarzes Halsbonbon in der Backentasche, um den Rauch in seinem Mund zu überdecken. Mein Bruder, der Förster, darf keine Bonbons essen, wegen der Galle. Bis zur Frührente sind es noch zweiundzwanzig Jahre, er preßt die Zahl zwischen zusammengebissenen Zähnen hervor, neben dem Grashalm hervor, dann spuckt er den Grashalm, die Galle aus.

Gelbe Lava kriecht über Steine. Der Exrocker zeigt wieder einen Vulkanausbruch.

Magst du meine Filme? fragt er mich, die ich als einzige aus dem Dorf gekommen bin.

Deine Filme? frage ich.

Ich muß, und wenn ich es nicht will, weil das für die Familie eine Sache ist wie mit diesem fernen Onkel, doch immer wieder an die Verlobte meines Försterbruders denken. Daß wir manchmal gemeinsam ins Kino gegangen sind. Nicht in das des Exrockers natürlich, sondern hinüber ins Nachbardorf. Wir haben uns meist Horrorfilme angesehen, die kommen hier am häufigsten, wer weiß warum. Sobald es dunkel wurde, fingen sie schon mit dem Kreischen an, noch bevor es überhaupt losging, einfach weil es dunkel war, das machen sie immer. Die Verlobte meines Bruders verzog den Mund. Ein Wesen mit großen Krallen lief durch die Straßen einer Großstadt, griff den Menschen in den Rücken, zog ihre Eingeweide heraus. Eine Frau im Film wurde ohnmächtig, als es neben ihr passierte, huuuuuh, ging es durch den Saal. Die Verlobte meines Bruders verzog den Mund.

Das glaub ich nicht, sagte sie. Daß man da gleich ohnmächtig werden muß.

Wenn einem die Eingeweide herausgerissen werden, sagte ich.

Das ist unglaubwürdig, sagte sie. Irgendeiner hat das verbockt, der Regisseur, oder ich weiß auch nicht. Ich würde da nicht ohnmächtig werden.

Ich werde auch nie ohnmächtig, sagte ich.

Ich habe es einmal vorgetäuscht, sagte sie. Es war in der Klavierprüfung, ich bin steckengeblieben, ich fiel unters Klavier. Aber mein Vater hat es bemerkt und schlug mich. Es war auf dem Flur der Grundschule. Ich trug so eine bestickte Folklorebluse, weißt du, wie das in der Klavierprüfung üblich war, sie rutschte mir aus dem Samtrock, als er mich über den Flur schleifte. Ich erinnere mich, wie es am nackten Streifen um die Taille zog. Es zog immer schrecklich auf dem Flur der Grundschule. Sie bauen das extra so, daß es in Schulen zieht. Damit es nicht stinkt. Die Klos, weißt du noch? Wer hat sie nur immer in so einen furchtbaren Zustand versetzt? Man konnte sie überhaupt nicht benutzen. Den ganzen Vormittag nicht.

Darüber kann sie lachen, mit scharfer Stimme.

Viele mögen das nicht, sie, daß alles scharf an ihr ist, die Stimme, das Gesicht, die Worte. Es scheint, sie hegt keinerlei Gefühle niemandem gegenüber. Gefühle gerade hege ich auch nicht, aber ich habe einen gewissen Respekt für sie, wie man ihn vor Menschen hat, die so ganz anders sind als man selbst. Viel Angst und etwas Respekt. Weil sie nichts vergißt. Und weil sie sich nicht schämt. Für nichts. Nichts ist ihr peinlich oder macht sie verlegen. Es scheint ihr egal zu sein, ob etwas weh tut. Sich selbst oder den anderen.

Du, sagt sie, noch im Kino sitzend, während mein älterer Bruder im Krankenhaus liegt. Dein Bruder, sagt sie, irgendwie mag ich ihn schon. Wenn er nur nicht so verstockt wäre.

Es klang resigniert, wie sie das sagte, ich hätte sie vielleicht etwas fragen sollen, weiterfragen, damit sie hätte weitersprechen können, aber wie immer brachte ich keinen Ton heraus. Ich sagte einfach nichts und sie auch nicht mehr. Ich dachte nur: Sie hat eine böse Zunge. Sie kümmert sich nicht darum, ob etwas weh tut oder nicht. Bei sich nicht und bei anderen nicht.

Du weißt, es hat keinen Sinn mit uns, sagte sie später zu meinem Bruder, dem Förster. Es macht keinen Spaß mehr mit dir. Wir sind fertig miteinander, noch bevor wir angefangen haben. Du bist fertig. Ihre Stimme war ungerührt. Ich langweile mich. Mit dir, mit allem. Ich bin zweiundzwanzig und ich langweile mich. Ich weiß nicht, was ich will, aber das will ich nicht. Diesen sauren Atem.

Der weiße Grieß riecht süßlich, nach viel Wasser, nach wenig Milch, und er spuckt nach mir. Ich koche Schonkost für meinen Bruder.

Du solltest heiraten, sagt Mutter plötzlich hinter mir.

Ich muß an den Rock 'n' Roll denken, den sie immer gespielt haben. An das einzelne Pärchen, das da tanzte unter dem verglasten Dach, auf dem Beton. Ein Mann mittleren Alters mit Zigarette im Mund und ein kurzhaariges Mädchen in sehr engen weißen Jeans. Sie hielten sich bei der Hand und tanzten aufeinander zu, dann stieß der Mann das Mädchen von sich und es ging von vorne los. Das Palmenhaus. Heiratsmarkt, geht mir ja da hin, sagte Vater und lachte spöttisch. Meine Zwillingsschwestern gingen zu Fuß ins Nachbardorf, auf Stöckelschuhen. Und zu Silvester, weil der Rock 'n' Roll so schlimm war, bliesen sie ununterbrochen die Tröten, bis wir alle taub waren.

Bist du taub oder träumst du schon wieder, fragt mich Mutter.

Sie ist taub. Und sie träumt wieder, sagt mein Bruder, der Förster, am Küchentisch.

Die ersten Worte, die er seit Wochen in meiner Gegenwart sagt. Ich schaue mich verwirrt um. Meine Mutter seufzt.

Ja, er ist etwas zu alt für dich, aber, sie zögert, er paßt zu dir. Irgendwie. Und sie sagt den Namen eines Mannes. Eines dicken Mannes mit Bart, den ich vom Sehen kenne. Ich fühle, wie die Röte in meine Schläfen steigt, wie ein Schlag meine Augen von innen trifft.

Mutter sagt etwas von Übrigbleiben, was willst du tun,

aber ich höre es kaum mehr. In meinem Kopf ist es zu laut. Die Worte meines Försterbruders wie Gongschläge, metallisch-undeutlich: Halt die Klappe, Mutter.

Mutters neue Zähne klappen verletzt in ihrem Mund zusammen.

Ich höre es kaum mehr. Den Atem. Nicht im Ohr. Die Schwere auf mir drückt das Blut hinein. Ich höre nur mich selbst. Mich selbst schlagen. Atmen. Ich höre ihn nicht und ich sehe ihn nicht. Ich spüre, er ist schwer, liebenswürdig, ohne Muskeln, ohne Knochen, er legt sich um mich. Wir passen gut zusammen, er ist dick, wie ich, sein Bauch im karierten Hemd, ich bekomme ihn nicht zu sehen, er liegt eng an mir, meinem Bauch, meinen kleinen grauen Brüsten, ein Mehlsack, schwer.

Wie willst du das machen, du bist noch Jungfrau, höre ich jemanden sagen. Wer ist es? Meine Zwillingsschwestern? Sie stehen neben uns. Wir machen es auf einer geblümten Gummimatratze. Nichts drauf geben, knurrt mein Bruder, murmelt der Mann mit dem Bart, eine gelungene Operation, narbenlos, ohne Bauch, kein Schmerz, keine Geburt, dünn, heiß und klein zwischen all dem vielen Fleisch, seins und meins. Geschafft, sagen meine Zwillingsschwestern. Geschafft, sagt meine unsichtbare Mutter.

Es schmerzt in der Stirn, die Zähne verrutschen aneinander. Steine fliegen weg. Ich halte den Lenker, ich halte ihn. Ich beiße die Zähne zusammen. Laß sie knirschen. Am Wegesrand, durch die Schlaglöcher. Einen Unfall haben, sich perforieren, Lenker, Sattel, warum nicht, Schmerz, die aufgeschürften Schenkel reiben aneinander, wenn ich zwischen Tischen und Bänken hin und her gehe.

Der Jeep fährt an mir vorbei, ich trete durch die Schlaglöcher, ich blicke nicht hoch. Ich höre seine Bremsen vor
mir, und dann, daß er wieder anfährt, ohne daß ich sein
Gesicht sehen mußte. Besser so. Ich werfe das Fahrrad hinter die Holzbaracke.

Die Männer kommen, sie erzählen, sie hätten die Verlobte
des Försters gesehen. Sie hat eine rote Narbe quer über der
Stirn. Man sagt, von einem Stöckelschuh. Christliches
Zeichen, sagen sie und lachen. Weiber untereinander.

Na und, sage ich. Wen geht's was an.

Eine Weile Schweigen. Was ist los, Rehauge?, doch ich
sage nichts. Nichts weiter. Da verstummen sie auch. Bier
in Pappbechern, sie bringen sie ordentlich zurück.

Eine Schulklasse kommt, ich lüfte kräftig, Kinder riechen nach schmutzigen Bonbons, ein Glück, daß es zieht,
die Lehrerin beklagt sich, ich sei unfreundlich, na und, be-
schweren Sie sich doch. Kopfschüttelnd davon. Zwei Dutzend zerquetschte Pappbecher, was für ein Tag. Ich schäme
mich. Ich werfe die Zeitungen in den Müll.

Auf dem Nachhauseweg sehe ich ihn. Er sitzt neben dem
stummen Auto am Wegrand. Ich steige vom Rad. Er sitzt
mit dem Rücken zum Sonnenuntergang, schaut dem aufgehenden Mond zu. Er sieht mich nicht.

Die Kette läßt sich leicht lösen. Ich setze zart, leise
meine Finger unter öligweiche Glieder, hebe sie an und
lasse sie fallen. Das Platschen, als die Kette auf den Asphalt
trifft. Ihr schönes, ehrliches Kinderspielzeuggeräusch, als
ich sie hinter mir her über die Straße ziehe.

Hallo, sage ich. Ich zeige ihm meine öligen Finger nicht.
Ich lasse sie auf dem Lenker zittern. Was für ein Tag, sage
ich. Ich frage ihn, was er mache. Er sagt: Nichts, zum

Mond. Ich nehme meine Finger vom Lenker und halte sie ihm hin. Sie sind ölig. Schwarz im Mondlicht. Ich sage ihm, die Kette wäre mir wieder abgesprungen und ob er mich auf der Ladefläche mitnimmt.

Er schaut auf meine Finger und sagt, der Jeep, der Rostkübel sei im Eimer, lasse sich nicht mehr starten, deswegen sitze er hier.

Ich sage ihm, wenn er mein Fahrrad repariere, könnten wir beide damit fahren.

Er schaut mich an, die ich dastehe mit der hängenden Kette. Auch mein Fuß ist ölig geworden. Er grinst. Ich werde rot. Ich auf der Stange. Da kämen wir nicht weit.

Dann, stottere ich, laß uns beide zu Fuß gehen. In zwei Stunden sind wir da.

Da, wo?

Setz dich, sagt er.

Da sitze ich schon.

Ich lag heute den halben Nachmittag auf dem Rücken auf der Weide zwischen zwei Kuhfladen, sagt er.

Ich weiß nicht, was ich sagen soll. Plötzlich fühle ich, daß meine Beine und Hände eingeschlafen sind. Meine öligen Finger fühlen sich sehr kalt an. Sie bewegen sich langsam, ziellos.

Das ist der Vollmond, sage ich, was ich gelesen habe.

Unsinn, sagt er.

Schau dir die Rinder an, sage ich.

Sie stehen auf der Wiese und pendeln langsam mit Kopf und Schweif.

Sie schlafen, sagt er.

Nein, sage ich.

Weiber, sagt er.

Ich kann es nicht genau sehen, aber ich glaube, er lächelt. Aber dann, als er spricht, ist die Stimme doch wieder tief und rauh. Er knirscht es zwischen den Zähnen hervor:

Sie gehören überhaupt nicht hierher. Sie stopfen den Park mit Viechern voll, die überhaupt nicht typisch sind. Graurinder für die Touristen.

Sie sehen nicht unglücklich aus, sage ich.

Er sagt, weil Rinder dumm sind.

Ich schweige. Ich denke über das Wort «dumm» nach.

Am Ende, vielleicht Stunden später, friere ich schrecklich, alles ist voller Tau, der Rücken, die Nieren schmerzen. Schließlich bringen wir das Auto wieder zum Laufen, ich muß ihn nur eine Weile anschieben.

Es ist wieder besser mit uns. Wir sprechen nicht. Aber es wird besser mit uns. Das wird schon.

Ende August feiert der Förster, mein Bruder, seinen dreiunddreißigsten Geburtstag. Enges Sitzen um den Küchentisch herum. Anstoßen mit Dessertwein.

Messianistisches Alter, sagt einer, jetzt kommen die großen Taten. Ihr kurzes Lachen geht in ein Murmeln über, sie nicken alle, ihre Knie berühren sich fast unter dem Tisch.

Na ja, sagt mein Bruder, der Priesterschüler, das war eher mit dreißig. Mit dreiunddreißig hat man ihn gekreuzigt.

Für einen Moment ist es jedem etwas peinlich, ich spüre, wie ich rot werde, weil mir nichts einfällt, das ich sagen könnte. Dann sagt meine Mutter: Das meiste Gute hat er nach seinem Tod getan.

Aber das macht es nicht besser.

Was macht es besser? Wir sitzen auf der Treppe.

Laß mich allein, sagt er. Er ist betrunken.

Nein, sage ich. Ich bin auch betrunken.

Er schaut mich an. Er lacht.

Mann, sagt er, du fängst ja früh an.

Ich bin vierundzwanzig, sage ich.

Er schwankt im Sitzen. Mann, sagt er, ja. Und ich bin schon halb tot.

Wir schweigen betrunken. Übriggeblieben. Die Feier ist vorbei. Unsere Eltern schlafen hinter uns mit neuen Zähnen.

Vorbei, sagt er und rülpst leise, sauer. Zwischen Kuhfladen liegen. Große Taten erst nach dem Tod. Und in diesem Leben: nicht mal was zum Ficken. Weißt du, sagt er, aber es ist kaum verständlich: swaiunswansig ist ein schweres Wort. Zweiundzwanzig Jahre noch, wiederholt er, damit ich es verstehe. Und dann adieu. Geschafft. Aber, sagt er: Nur für sich allein. Für unsereins. Keiner da. Weißt du, sagt er. Er ist betrunken. Darum spricht er mit mir.

Ich bin doch da, sage ich. Die Zunge geht schwer, es hört sich an wie dahingehaucht. Rauhe, fremde Stimme. Ich werde rot.

Du, sagt er und es klingt so, als würde er gleich sagen: du vertrauensselige, fromme Kuh, und plötzlich könnte ich weinen. Ich rieche nach Wein, ich friere, ich zittere neben ihm auf den Treppen, die immer naß sein mußten, wenn Vater von der Arbeit kam, wie frisch gewischt, nicht eine Stunde früher, nicht irgendwann am Tag, nein, genau zum Schichtende naß. Jetzt fühlen sie sich auch naß an, speckig, viele saßen auf ihnen, auch Stein wird speckig, dieser Beton ist aus grobem Kies, ich spüre sie, die kleinen Dellen. Ich zittere, ich denke daran, daß wir in fünfzig Jahren nur noch zu zweit in diesem Haus leben werden. Und ob er mich so behandeln wird wie der alte Schneider seine Schwester. Die Schwester war in einem Orden, bevor man ihn auflöste, wie man sie hier alle auflöste. Sie haben eine Nonne an die Wand gestellt und den Putz um sie herum von der Wand geschossen, den gelben Putz von der Wand des königlichen Klosters, die Russen, natürlich, und dann sagten sie: Lauf zu Mama, aber sie brach nur zusammen. Jetzt ist sie Haushälterin ihres Bruders. Er schimpft auf sie, die Nonnen und Pfaffen, sie betet für ihn, er giftet, sie solle es nicht wagen, er pißt auf ihren Sauerampfer: Nu bete für mich.

Ich denke daran, daß ich an ihrer Stelle lieber eine Hure geworden wäre, ich könnte mich an eine Straße stellen in der Stadt, an den langen geraden Weg, der zur Grenze führt, manche Männer mögen so was, große Brüste. Aber ich habe ja gar keine großen Brüste, es sieht nur so aus, weil ich obenherum so füllig bin. In Wahrheit sind sie klein, sie liegen auf meinem Bauch auf, sie sind weiß, ein wenig grau.

Ich merke erst jetzt, daß ich seit einer Weile meine Lippen, die Zähne an mein Knie presse und daran sauge wie als Kind an den Stuhllehnen. Ich spüre, wie sich das Holz anfühlte, faserig an den Zähnen, nach Lack am Gaumen. Und mein Bruder, der Förster, lacht neben mir. Erschrokken ziehe ich den Speichel in den Mund zurück. Dadurch wird es noch schlimmer, das schmatzende Geräusch, wie ich mich von meinem Knie löse. Ich denke daran, daß er wissen muß, daß ich so meinen Handrücken küsse, meine Ellenbeuge, allein in unserem ehemals gemeinsamen Zimmer. Er lacht betrunken, schluchzend, er faßt mich an den Nacken. Ich springe auf, sein Arm rutscht über meinen Rücken und bleibt auf der Treppe liegen, muskellos, ich müßte über ihn steigen, wollte ich zurück ins Haus laufen. Aber das Haus, auch das wäre schrecklich, wie willst du das machen, ich schäme mich, ich mache kehrt. Ich laufe in den Garten, Gurken, Tomaten, Geruch, scharf, stachelig und ganz hinten die Schweineställe, dunkel. Aber auch das ist nicht gut, alles ist peinlich, es ist nicht gut zu machen. Der Hund schnüffelt an meinen Knien, er ist hier angebunden bei den Schweinen, er läuft auf drei Beinen, das vierte wund von der Schweinepisse, ich würde ihn gerne freilassen, es ist mir jetzt egal, alles egal, ob man mich schlagen wird oder nicht. Aber statt dessen sage ich dem Hund nur, er solle das Maul halten. Die Schweine bewegen sich in den Ställen. Er ruft nach mir. Er lacht, weil ich mich bei den Schweinen verstecke. Alles ist schlecht, ich zittere, ich rühre mich nicht, ich sage nichts. Es ist sehr dunkel, ich höre ihn suchen, was mache ich, wenn er mich findet. Aber er hört sehr bald auf zu suchen, er geht, er fährt mit dem Jeep weg. Er schläft auch an seinem Geburtstag lieber in der Hütte.

Ich wanke ins Haus zurück. Ich lasse den Hund nicht frei.

Der Kopf schmerzt. In der letzten Freiluftvorstellung der Saison geht es um Wölfe. Der Hang fast leer. Es ist zu kalt für Freiluft, die wenigen sonnigen Tage haben die Touristen nicht ans Kino gewöhnen können, jetzt kommt schon der Herbst, die Industrieseen riechen bitterer. Die meisten gehen, noch bevor der Film zu Ende ist. Das Kino hat großen Verlust gemacht dieses Jahr, aber wen kümmert's, das Geld war von der Gemeinde. Alles ist Verlust. Die Zuckerfabrik, das Thermalbad. Straßenlaternen aufzustellen ist Verlust. Der Nationalpark macht Verlust. In Wirklichkeit ist das kein Hindernis für nichts. Sie werden das Kino vielleicht trotzdem abschaffen, nicht wegen des Verlusts, sondern weil sie es für sinnlos halten, albern, Kino, das hat hier nichts zu suchen. Lava auf Hawaii. Ich sitze benommen da.

Wie fandst du den Film, fragt mich der Exrocker. Ich bin als einzige geblieben. Ich weiß es nicht. Die Wölfe sahen für mich aus wie gutmütige, unglückliche Bastarde, einer zog ein Bein hinterher, und ich mußte an die Schweinepisse denken, das ätzt, an meine Knie, die warm beatmet wurden, und wie es roch zwischen den Schweinepferchen.

Schade, daß es wieder zu Ende ist, sagt der Exrocker.

Ja, sage ich, schade.

Wann sieht man sich wieder, fragt er.

Wer weiß das schon, sage ich. Ich beeile mich. Es ist kalt.

Es ist viel zu kalt. Meine Knie stechen in die eisige Luft, ich fahre schneller, damit es wenigstens in den Kniekehlen warm wird. Der Weg wird weicher. Ich trete zu.

Seit der Geschichte mit dem Schweinepferch haben wir uns nur einmal gesehen, bei der Arbeit, von weitem, den Jeep, fern, schnell, auf dem Weg vom Vogelreservat zu den Rinderweiden. Und dann war er wieder tagelang verschwunden für jedermann.

Wo ist er, fragt mich der Direktor.

Ich zucke nur mit der Schulter.

Es ist unkontrollierbar, was er macht, sagt er mit seinem unzufriedenen weißen Tellergesicht. Er sieht mich an: Sie sind sich so gar nicht ähnlich.

Ein Buffet ist überschaubarer, sage ich zu ihm. Und dann habe ich das Gefühl, etwas reißt in meinem Hals, und wenn ich jetzt noch eine Frage beantworten muß, fange ich zu weinen an oder, noch schlimmer, schicke ihn zum Teufel, was steht er hier herum mit seinem Tellergesicht, er blickt nicht durch, na und, wer tut das schon.

Dann kommt er doch noch an. *Alle Organe, die paarweise sind*, lese ich gerade. Er kommt nicht herein. Er spricht mit jemandem. Ich rühre mich nicht von der Stelle, nicht weg, ich sehe ihn überhaupt nicht. *Alle Organe, die paarweise sind*, lese ich noch einmal. *Alle Organe ...*
    Er ist wieder allein vor dem Buffet. Er spuckt auf die Erde vor dem Eingang.
    Laß das sein, sage ich.
    Zuviel Galle, sagt er, und es kann eine Feststellung oder eine Frage sein. Er zuviel Galle oder ich.
    Das ist mir egal, sage ich. Ich will nicht, daß meine Gäste um deine Spucke herumgehen müssen. Genau vor dem Eingang. Ich stehe auf der Schwelle, die Arme gekreuzt. Martialische Matrone, denke ich jetzt, aber ich bleibe, wo ich bin. Man muß energisch sein in dem Job, kannst du das? Warum nicht. Ich bin eine gute Buffetfrau.
    Er lacht: Wie siehst du denn aus?
    Ich trage einen rosa Angorapullover um die Nieren, paarweise, über der grünen Jägeruniform, und das Käppi ist mir etwas zu tief auf die Augen gerutscht. Er lacht. Meine Hände machen einen Satz, das Käppi zurechtrükken, und dann doch nicht, doch wieder zurück, nein, nicht in die Hüften stemmen, wieder kreuzen, nein, das sieht zu defensiv aus, einfach hängen lassen, ratlos?, in die Tasche stecken spannt den Stoff zu sehr über dem Schoß, die Falten, was also? Ich winke ab, mit beiden Händen, und gehe zurück ins Buffet.
    Seitdem habe ich ihn nicht mehr gesehen.

Ich fahre schnell. Es ist spät, der Junge ist schon nach Hause gegangen. Man wird mich vermissen. Eine Frau auf einem Fahrrad. Ich fahre durch den Wald. Mein Schweiß verdampft sehr kalt an mir. Hoffentlich ist er noch wach. Ich beeile mich. Schnell zu ihm, sagen, er muß mich wieder abholen, es ist zu kalt auf dem Fahrrad, und schnell wieder weg. Ich rumple über eine Wurzel, der Schmerz fährt mir in den Rücken. Was wird er sagen, vielleicht gar nichts. Mich nicht ansehen, hoffentlich wird er mich nicht ansehen, ich fühle, daß es peinlich wäre. Ich denke an Peinlichkeit und trete wieder schneller, weg von der Peinlichkeit und hin zu ihr. Es hilft nichts, ich muß zu ihm, er muß mich wieder bringen, es ist zu kalt. Das wird er mir nicht verwehren können. Schließlich bin ich nicht irgendwer. Und merkwürdig, vielleicht ist es die Müdigkeit, vielleicht das Lampenfieber, plötzlich muß ich in dieser Kälte daran denken, wie Kissen riechen. Nicht mehr ganz frische, aber auch keine schmutzigen Kissen.

Ich halte an.

Es ist vollkommen dunkel und es knarrt. Es knarrt wie eine Tür, wenn sie aufgeht, wie viele Türen, sie gehen auf, überall, und es kommt mir nicht einmal merkwürdig vor: im dunklen Wald gehen Türen auf, warum nicht.

Und dann hört es auf. Sie sind wieder zugegangen, die Türen, und man hört nur noch das Blopp-blopp der Eicheln, der Kastanien, wie sie zu Boden fallen. Jetzt ist diese Zeit. Man hört sie sich fortpflanzen, würde mein Försterbruder sagen. Am letzten Tag vor Saisonbeginn.

Ich steige wieder auf. Das Rad dreht schleifend auf einer Wurzel, ich reiße es frei, ich fahre.

Die Hütte kommt plötzlich, ich stoße fast mit ihr zusammen, sie ist nicht, wie ich erwartet habe, beleuchtet. Ich brauche lange, bis ich die Tür ertastet habe, warum sage ich auch nichts, ich rufe nicht nach ihm, ich taste nach der Tür. In der Hütte ist es dunkel wie draußen, das schwache Bergmannslicht steht unter dem Tisch. Er sitzt daneben. Er schläft nicht. Er sitzt neben der Lampe auf dem Boden, den Rücken an die Hüttenwand gelehnt.

Na, du Wildsau, sagt er zu mir und lacht. Ich dachte, du wärst eine Wildsau, erklärt er.

Ach so, sage ich und lächle, aber er sieht es wohl kaum. Ich stehe außerhalb des Lichtkreises.

Komm her, sagt er.

Ich mache einen Schritt auf ihn zu. Das Licht fällt auf meine Beine, auf die weißen Söckchen in den Halbschuhen, auf den Rand meines geblümten Rockes. Meine Knie zittern.

Du Irre, sagt er zu mir.

Ich habe nur dich, sage ich.

O mein Gott, sagt er. Hör auf zu träumen.

Wie wenn Türen aufgehen. Es knarrt. Der Tisch in meinem Rücken, mein Kopf auf dem Fensterbrett, das Glas an meiner Schädeldecke. Klein, heiß und schnell, wie es im Traum ist, kein Schmerz, kein gar nichts, oh, mein Gott, winselt er und bleibt über mich gebeugt. Ich hebe den Kopf vom Fensterbrett, sehe trüb die kahl werdende Stelle an seinem Kopf. Oh, mein Gott, flüstert er, nicht zu mir, nach unten zu, und dann stumm, ich spüre, wie das Weinen ihn schüttelt. Weine nicht, sage ich und lege meine Hand auf seinen schiefen Rücken. Kein Laut. Wegreißender Schmerz. Er wirft die Tür hinter sich zu, aber sie geht wieder auf.

DIE
SANDUHR

Sie stehen alle um den Baum herum. Es ist gar kein Baum. Nur irgendeine Pflanze. Seit zehn Jahren steht sie nun schon im Kultursaal, in der Ecke, namenlos. Niemand weiß, woher sie gekommen ist, wer sie dort aufgestellt hat, vielleicht wissen es die von der Gärtnerei, den Namen, aber nein, das ist zu weit weg, zu spät, man kann keinen mehr fragen, aber wozu auch, es ist unwichtig, wie die Pflanze heißt, wichtig ist nur: Was soll mit der Frucht geschehen? Sie stehen im Grüppchen am Fuße der Pflanze. Sie reicht riesenhaft, baumhaft bis an die Decke und weiter, sie verbiegt sich zum Fenster, lehnt sich an die staubigen Samtvorhänge. Ihre blaßgrünen Blätter im schweren, trüben Rot. Fest, mit Pflanzengewicht. Sie neigt sich tief herunter, ein Mann kann auf einem Stuhl stehend ihre hängende Spitze erreichen und damit auch sie, die dort zwischen absterbenden Blütenblättern thront: eine längliche gelbe Frucht. Sie muß über Nacht gewachsen sein, die Küchenfrauen schwören, gestern war sie noch nicht größer als ein Blütenstempel, von unten kaum zu sehen, erst jetzt, seit dem Mittagessen, wirkt die Form so eindeutig, so fleischig, selbst von der entfernten Bühne aus noch gut zu erkennen. Eine junge Frau steht auf einer Leiter, verdrehte Kreppstreifen in Rosa und Orange in der Hand, und fragt, was soll jetzt geschehen, ich würde gerne weiterdekorieren, sehen Sie, die Musiker sind schon da. Auf der Bühne knacken und fiepen die Mikros. Rosa und Orange, wer hat sich das wieder ausgedacht, grunzt ein dünner

Kerl. Die Frau auf der Leiter hat es gehört. Sie schaut zu ihm herunter, zuckt mit den Schultern, nimmt die Stecknadel aus dem Mund und befestigt die gewundene Girlande: Ich nicht.

Der Fuß der Pflanze steckt in einem faßgroßen Holztopf. Sie stehen im Grüppchen daneben. Die Frucht, vielleicht sogar die ganze Pflanze muß raus aus dem öffentlichen Raum, sagt ein dicker Mann. Ich wundere mich über das Wort, denn der Raum ist rundherum geschlossen. Nein, die Pflanze muß bleiben, zu groß, zu schwer, die Tür zu klein, man müßte sie am Ende zerhacken. Und dann die Wand: seit zehn Jahren hat keiner mehr gesehen, wie es dahinter aussieht, wer weiß. Wer weiß, sagt der dünne Kerl, ob das wirklich ein Bananenbaum ist. Wenn er nur einmal in zehn Jahren eine Frucht trägt. Das kann doch nicht sein. Niemand kann etwas dazu sagen. Wer weiß schon etwas über Bananenbäume? Egal, sagt der Dicke und schaut zur Bühne, zu mir herüber, meinen weißen Kniestrümpfen hinter dem klobigen Mikrophonständer. Und dann zur Frau mit der Girlande: Kommen Sie mal hierher mit der Leiter.

Ich singe in einem Raum ohne Frucht. Manchmal schaue ich zu der Stelle, wo sie war. Nur noch welke Blätter. Unsere Heimat, das sind nicht nur die Städte und Dörfer. Ich singe ins Mikrophon. Sopran.

Nach dem Auftritt drückt mir der strenge, glatzköpfige Dicke, der schon die Frucht entfernen ließ, meinen Mantel in die Hand und sagt: Der Rest ist nichts für Kinder. In der frühen Herbstdämmerung stehe ich unter dem Schilfgarbenemblem am Fabriktor, bis Mutters Trabant vorfährt und mich auslöst.

Die Siedlung, in der wir wohnen, reckt sich wie ein Amö-
benarm aus den Konturen der Stadt. In einen windlosen
Fleck unter die kastanienbewaldeten Hügel gebaut, besteht sie aus lauter Häuserkarrees, und die Karrees bilden
ihrerseits wieder ein größeres Karree. In ihrer Mitte bleibt
ein kleiner quadratischer Platz mit einigen Miniaturläden
und einer etwas größeren Kneipe. Vor der Kneipe auf dem
schwarzerdigen Platz ein Kastanienbaum. An seinem
Stamm eine Tafel: An den Baum urinieren verboten! Wo
keine Häuser stehen und kein Katzenkopfpflaster liegt, ist
alles voller Brennesseln.

In den Karrees niedrige, enge Häuser in blassen Farben.
Türen in Grün, Blau und Braun, und hinter jeder der Türen je zwei Wohnungen: eine Wohnküche, eine Kammer,
ein Zimmer. Früher wohnten Bergarbeiter hier. Sie holten
Schwarzkohle aus dem Hügel unter den Kastanienbäumen. Unvorstellbar, sagt Mutter. Kohle, hier. Übrig sind
heute nur noch ziellose Schienen, die sich unter den
Brennesseln verlieren. Der Eingang der Stollen ist längst
von Hagebutten zugewuchert, und es wohnt auch kein
einziger Bergmann mehr hier, und auch keiner, der einen
Bergmann kennt. Die Arbeiter, die heute hier leben, gehen
in andere Fabriken.

Die nächstgelegene ist die Holz- und Möbelfabrik,
dann die Teppichfabrik, die Bierfabrik, die Konserven-
fabrik und ganz am anderen Ende der Stadt, an der Aus-
fallstraße, die Ziegelfabrik. In den umliegenden Dörfern
verstreut Milch-, Fleisch-, Kunstleder-, Zucker- und Schilffabrik. Jede der Fabriken hat einen Kultursaal, und in jedem
dieser Säle bin ich schon einmal aufgetreten. Ich werde wegen meiner schönen Sopranstimme zu allen Senioren- und
Betriebsfeiern der Gegend eingeladen. Da ich Pionier bin,
sind die Auftritte umsonst. Es ist Herbst und das heißt,

daß ich jede Woche mindestens einmal auftrete, meist am Freitag. Im Herbst gibt es eine Reihe Feiertage: betriebliche und staatliche in den Fabriken, religiöse und staatliche in den Seniorenheimen. Die Geschichte mit der Banane passiert im Kultursaal der Schilffabrik.

Mutter sagt, ich habe mein Gesangstalent von meinem Vater geerbt, von Pancratio Marcello, der als Schauspieler und Sänger von Sizilien aus durch ganz Europa gewandert ist. Heute lebt er in Frankreich und spielt auf den Straßen von Avignon für die Touristen. Ich heiße nach ihm, Marcella, aber gesehen habe ich ihn noch nie. Die Lieder, die ich singe, habe ich von Mutter und dem Radio gelernt.

Ich sitze in meinem Zimmer, traurig und allein, und denke daran, wie es früher war. Unsere Küche riecht nach verkohlten Zwiebelstückchen: meine Schwester Anniña benutzt dasselbe Schmalz mehrmals, um darin Fleischkäse zu braten. Mutter setzt mich zu Hause ab und fährt wieder weg. Ich bin mit meiner Schwester allein. Der Fleischkäse ist unser erstes Abendessen. Das zweite, einige Stunden später, besteht aus einem halben Liter Vanillepudding und gilt nur für Anniña. Sie ißt ihn heiß aus dem Topf, noch bevor sich Haut auf seiner Oberfläche bilden kann. Mit vorgeschobenem Bauch steht sie am Sparherd und ißt mit einem bemalten Holzlöffel. Ihr T-Shirt rutscht hoch, rutscht unter die Falte ihrer Brüste, die die Form von zugedrehten Tütenzipfeln haben, entblößt unten einen weißen Streifen ihres Bauches, der auf dem Bund ihrer Hosen liegt. Meine Schwester ist dick geworden, seitdem sie zwölf ist, und ihre einst blond fliegenden Haare sind heute schwarz und welk. Schließlich und endlich, sagt Mutter, sieht man doch, daß Anniñas Vater Spanier war, Antonio

Bueno, Maler und Graphiker, von dem Anniña ihr Zeichentalent geerbt hat. Zu Mutters Geburtstag zeichnet Anniña die Blumensträuße. Mutter sagt, das sei besonders schön, denn so machen sie nicht traurig, indem sie verwelken. Außer Mutter hat keiner Antonio Bueno je gesehen, aber in der Küche hängt eine Kohlezeichnung von seiner Hand: Anniña, die wie das Christuskind aussieht, die Haare wie eine Glorie um ihren pausbäckigen Kopf arrangiert.

Ich ziehe die Uniform aus und lege sie über einen Stuhl. Die Kniestrümpfe sind kaum schmutzig, ich kann sie nächste Woche wieder anziehen. Das Halstuch, blau wie meine Augen, ist hingegen zu lange nicht mehr gewaschen worden wegen der Namen mir nicht mehr bekannter Pioniere, die mit Kugelschreiber darauf geschrieben sind. Anniña brät Fleischkäse und summt zu einer Schnulze aus dem Radio. Ich sitze in meinem Zimmer, traurig und allein, und denke daran, wie es früher war. Früher hatte Anniña einen kräftigen Mezzo, seitdem sie zwölf ist, reicht es bei ihr nur noch für einen brüchigen Baß. Ich helfe ihr. Ich singe mit ihr.

Draußen in den Straßen wird es langsam hell, und die Sanduhr bleibt und bleibt nicht stehen. Anniñas Körper riecht immer ein wenig nach verbranntem Vanillepudding und Fleischkäse. Wir verbringen die Abende meist allein und legen uns, wenn es dunkel wird, gemeinsam ins Bett. Das Radio lassen wir laufen. Anniña drückt mich an ihren Bauch, umschließt meine Waden mit ihren Schenkeln. Wie gut, daß ihre Arme dick geworden sind, sie liegen weich unter meinem Ohr, ohne Herzschlag. Ich denke an die Vogelknochen früher, die man sah, wenn sie den Arm ohne Haare hob. Ob sie irgendwo drin noch so sind, wie sie waren, oder ob sie, wie der restliche Körper, überzogen sind mit etwas, das wie weißer Gummi ist. Später in der Nacht, wenn Anniña in ihren unruhigen, verschwitzten Schlaf fällt, wirft sie mich von sich, hinüber zur anderen Seite des Betts, und dreht mir den Rücken zu.

Noch etwas später kommt Mutter. Sie bringt den Geruch des Trabants und ihrer kniehohen Stiefel mit. Das leise Klicken, wenn sie das Radio ausstellt. Die Stille weckt uns auf. Wir schauen zu. Der Schirm der Stehlampe ist ein Geschenk für viele Pioniergesänge. Er ist aus Schilf gewoben, er wirft einen schwarzen Sonnenkranz an die Decke. Mutters befreite Haare flattern groß und vogelschwarz davor. Sie weiß, daß wir sie sehen: sie zieht sich langsam aus.

Und dann im Bett, wir drei. Ich in der Mitte zwischen Anniñas Schweiß und Mutters Mund. Er liegt an meinem Hals. Er riecht nach Wein und gebratener Leber, die Haare nach Büro und fremdem Kneipenrauch.

Lauf nicht soviel herum, haben sie zu mir gesagt, die Schuhe gehen kaputt. Du wächst sowieso schon zu schnell. Was braucht eine Frau Schuhgröße vierzig. Aber ich liebte nur das. Unterwegs sein. Nachts bin ich aus dem Fenster gestiegen. Das kostete nichts. Der Schneefall. Der Milchgeruch in der Früh.

Mutter erzählt das gerne. Sie ist bis heute gerne unterwegs. Jeden Tag nach der Arbeit geht sie los und kommt erst zurück, wenn Anniña und ich schon schlafen. Das einsame Knattern des Trabants auf dem Katzenkopfpflaster. Ich frage mich, wann die Frau schläft, sagt die Frau des Schusters von nebenan.

Montag bis Freitag wird gearbeitet und zur Schule gegangen. Samstag ist Fegetag. Außer uns wohnen im Karree fast nur alte Frauen. Ihre Bartwische wedeln gezackte weiße Staubzungen vom Gehsteig auf die schwarze Erde. Samstags schrubben auch wir unsere Küche und unser Zimmer und waschen und flechten uns gegenseitig die Haare. Das dauert manchmal bis in die Nacht hinein. Wie schön ihr seid, sagt der Schuster von nebenan, der aus dem gemeinsamen Hausflur zu uns hereinschielt, wie schön mit diesen Haarkränzen über den Ohren. Rot, schwarz und blond. Mutter, Anniña und ich. Der Schuster bringt Mutters Stiefel. Der Schuster hat eine Kriegsverletzung, die man aber nicht sieht. Es ist innen, sagt er. Er ist selbständig, das ist nicht einfach. Die Wohnküche des Schusters ist gleichzeitig seine Werkstatt. Im gemeinsamen Hausflur riecht es nach Schuhen und nach Kohl. Der Schuster, unser Nachbar, macht unsere Schuhe umsonst. Nur weil man Kinder und keinen Mann hat, muß es nicht immer alles umsonst geben, sagt seine Frau. Der Trabant läuft ja auch nicht mit Leitungswasser, trotzdem ist man ständig unterwegs. Die ganze Woche und den ganzen Sonntag dazu. Sie sagt «man», aber sie läßt die Küchentür und das Schlafzimmerfenster offen und spricht so laut, daß man es im ganzen Karree hören muß. Sie leckt am Ende des ausgefransten Nähfadens, zieht ihn quietschend durch die Öse. Das Schlafzimmer des Schusters ist gleichzeitig auch die Werkstatt seiner Frau. Die Frau des Schusters bessert unsere Kleidung aus. In ihrem Hauskleid stecken in Brusthöhe immer einige Steck- und Nähnadeln. Die weißgrauen Fäden in ihnen wippen wie Federn. Die Nadeln stechen, wenn die Schusterfrau einen umarmt.

Die Stiefel, die der Schuster bringt, riechen nach Werkstatt und Kohl und nach frisch geputzt. Wie schön ihr seid, sagt der Schuster. Er nimmt kein Geld für die Stiefel an. Er bleibt an unserem Küchentisch sitzen und schaut uns zu. Wir tragen Haarkränze und kochen Eier und Schinken für die morgige Fahrt.

Sonntag ist Ausflugstag. Der Trabant läuft nicht mit Leitungswasser. Er hüllt den Schuster in blauen Rauch. Der Schuster sitzt, wie jeden Sonntag, auf seinem kleinen Holzstuhl vor unserem Haus und spielt das Horn. Am schönsten spielt er Il Silencio. Aber er spielt auch Komm, ich will dich mit Lust umfassen und Ich bete an die Macht der Liebe. Manche stören sich am Getute des Schusters, aber keiner sagt es laut. Er trompetet, soll er trompeten. Das ist keine Trompete, sagt er zu mir, sondern ein Horn.

Nur der frisch angeworfene Trabant ist lauter als das Schusterhorn. Sonntag ist Ausflugstag. Aus unserer Siedlung führt nur ein Weg hinaus. Die Stadt ist an drei Seiten von Grenze umgeben, vom aufgepflügten Streifen trennt uns nur ein Ausflug von fünfzehn Minuten: ein Hügel und ein Kastanienwald.

Wohin wir auch fahren wollen, zuerst müssen wir die Stadt durchqueren. Der Trabant ist alt und kann nicht schneller als achtzig fahren. Die umliegenden Hügel sind eine Reihe von Anlauf und Erleichterung, Aufbäumen und Loslassen. Links und rechts Wald, manchmal Rodungen, Wege. In der Umgebung unserer Stadt gibt es viele Burgen und Aussichtstürme, denn diese steigenden, fallenden Wälder waren immer schon die Grenze zu irgend etwas. In den Burgen gibt es Museen. Die Aufseher, alte Männer mit Hüten und Schnurrbärten, die einst Volksschullehrer und Konservenfabrikdirektoren waren, lieben meine Mutter seit langem und lassen uns umsonst hinein. In den Vitrinen sind Hüftknochen ausgestellt. Eiserne Pfeilspitzen stecken in ihnen.

Es war schon sehr früh Zivilisation in dieser Gegend, zitiert Mutter aus dem Gedächtnis einer einstigen Fremdenführerin. Die Hügel und Wälder waren bereits in der Bronzezeit, 2000 v. u. Z., bewohnt. Um 700 v. u. Z. wohnten Illyrer, um 300 Kelten in den Tälern. In den ersten Jahrzehnten unserer Zeitrechnung kamen die Römer, gründeten die Stadt und bauten die Bernsteinstraße. Nach dem Fall des Römischen Reiches brachen Barbarenstämme ein. Im achten und neunten Jahrhundert kamen fränkische, germanische, slawische Stämme sowie Avaren und Hunnen. Um 1000 die ersten Ungarn. Hauptsächlich seit dem dreizehnten Jahrhundert ließen sich deutschsprachige Handwerker und Weinbauern sowie jüdische Händler und Geldwechsler nieder. Als letzte kamen im 16. und 17. Jahrhundert die Kroaten auf der Flucht vor den Türken. Die Türken haben unsere Stadt niemals eingenommen. In der Stadt und ihrer Umgebung gibt es mehr als dreißig christliche Kirchen und zwei Synagogen.

Mutter weiß alles über die Stadt, aber sie mag sie nicht. Sie liebt auch das Dorf nicht, in dem sie geboren wurde. Sie sagt, deswegen wohne sie mit uns im Amöbenkarree, am Rande mit den alten Menschen. Die ehemaligen Konservenfabrikdirektoren in den Museen seufzen jedesmal, wenn sie sie sprechen hören. Sie sagen ihr, sie solle doch aus dem schäbigen Büro weggehen und wieder ausländische Touristen durch die Wälder und Burgen führen. Aber Mutter schüttelt nur den Kopf und lächelt: es ist gut so, wie es ist.

O partigiano, portami via. Auf dem Nachhauseweg ist es schon dunkel. In den Tälern Dörfer, keine Menschen. Wir singen Mutters Lieblingslied in allen Sprachen, die wir können. Die Fernlichtanzeige leuchtet blau wie ein Halstuch. Bei den Abwärtsfahrten kriecht die Nadel der Geschwindigkeitsanzeige manchmal bis auf 90 km/h hoch, Anniña und ich jubeln. Unsere Mutter lächelt, aber ihre Wangenknochen werden weiß vor lauter Angst. Dieses laute Rasen.

Jahre vergehn unter sonnigen Bäumen. Ich singe den Rentnern, ich singe dem Schuster vor. Seidenfadendünner Sopran. Wie schön, sagt der Schuster.

An den Wochenabenden sind wir allein. Das Radio ist an. Ich wasche meine Kniestrümpfe in der Spüle. Sie ist aus Eisen und rostet. Anniña mit dem Holzlöffel kocht und summt. Im Gefängnis scheint keine Sonne, in mein Fenster fällt kein Licht. Jahr um Jahr fliegt vorüber und ist nicht mehr als ein Augenblick. Der Schuster erzählt, er sei aus politischen Gründen ins Gefängnis geworfen worden. Unter wem, fragen wir, aber der Schuster winkt nur ab. Er setzt das Horn an die Lippen und spielt. Sein Wochentagsgetute.

Der einzige, der sich jemals darüber beklagt hat, ist dieser Mann vom Ende der Reihe, dem Verschlag mit der blaßgrünen Tür. Man nennt ihn den Bibliothekar. Er ist nicht alt, keine vierzig, man kann es nicht genau wissen, denn er sieht wie ein Junge aus. Ein Fünfzehnjähriger, sagt Mutter, ein pickeliger Teenager, schmächtig, mit rutschenden Socken in ausgetretenen weißen Slippern. Seine Schritte auf der Straße. Er trägt immer nur Weiß, oder vielmehr Hellgrau: Hosen, Hemd, Trenchcoat. Eine alte Jungfer, sagt der Schuster, und meine Mutter lacht: Wie demokratisch Sie sind, Herr Schuster. Nun sehen Sie ihn sich an, sagt er zurück, die Haare bis über die Ohren, der Mantel grau wie die Schuppen im Haar, und dann grunzt er die alten Frauen an, die vor ihm fegen wollen. Mit Wind über den Staubhaufen, der Mantel wirbelt ihn auf, aber sagen: keinen Ton, alles nur geduckt, als wär's kein Mann. Schlappt vorbei, tritt aus dem Schuh wie aus einem Frauenpantoffel und preßt hervor: Zum Teufel mit dem Geblase. Den Kopf gesenkt, immer, schaut keinen an, weder Mann noch Weib, aber besonders nicht letzteres, Jungfrau, sag ich doch, oder Schwuler, Menschenfresser. Zu der alten Frau Soundso soll er, während er über ihren Besen stieg, mit gesenktem Kinn gezischt haben: Aus dem Weg, du Ratte!

Der Bibliothekar ist vielleicht keiner, ist sicher keiner, Anniña war in der Bibliothek und sah dort nur Frauen, umsonst hat der Mann den Bibliothekarsgeruch nach Schweiß und Staub. Der Geruch des Junggesellentums, sagt die Frau des Schusters. Vielleicht ist er Lehrer. Anniña steht am Küchenfenster und hält sich das Russischheft vor das Gesicht, läßt nur die Augen frei, die spanisch-dunklen, schönen Augen. Der Mann in Weißgrau geht vorbei und schaut sie durch die Scheibe an, als würde er sie hassen. Oh, sagt Anniña und schüttelt sich in den Schultern.

Anniña schwitzt. Ihre Haare sind fettig. Überall sondert sie etwas ab. Sie riecht an sich. Sie riecht nach Fleischkäse, Vanille und geronnenem Blut. Sie kratzt sich am Kopf, unter ihren Fingernägeln bleiben weißgelbe Schuppenreste. Sie ist nicht mehr kinderschön. Sie leidet daran.

Ich möcht so gern die Zeit anhalten, den Sandfluß in der Uhr. In der Spüle statt Socken der Abwasch. Die Reste des Puddings weiß geworden vom Wasserstrahl. Anniña sitzt im Zuber. Der Zuber steht in der Kammer, ich sehe ihn nicht. Ich sehe Anniña nicht, aber ich weiß, wie sie dasitzt, sich selbst umarmend und summend. Ich möcht so gern die Zeit anhalten. Anniña, sage ich und klopfe an die Kammertür. Wasserarrest, ruft der Schuster ungefragt herein. Bis unters Kinn stand es uns. Allzu langes Verharren in körperwarmem Wasser bringt einen um, hat Mutter einmal gehört. Aber darum brauche ich mir keine Sorgen zu machen. Das Wasser in Anniñas Zuber wird schnell kühl. Deswegen hat sie ihn in die enge Kammer gezerrt und die Tür zugezogen. Um die Wärme zu halten. Es muß sehr heiß drinnen sein, die Tür schwitzt durch, ich spüre es, wenn ich meine Hand aufs Holz lege. Anniña, sage ich. Ich wünschte, ich wüßte nicht mehr, wie es damals war. Ihr Summen ist keine Antwort. Ich wasche ab. Die Puddingfladen passiere ich durch den Abfluß. An den Wänden der Spüle bleibt ein fettiger Überzug.

In der Nacht, der Körper immer noch heiß und immer noch nach sich selber riechend, wirft sich meine Schwester wild herum.

Mutter seufzt. Die Töchter in der Pubertät. Jetzt kann ich anfangen, alt zu werden. Sie zieht die Stiefel aus und massiert sich die Waden.

Mutters Jahresendtraurigkeit. Meine Auftritte drehen sich schon alle um den Advent. Ich stehe in der Mitte unseres Häuservierecks, neben mir der Schuster, das Horn in seinem Schoß. Er bläst es nicht. In der windlosen Stille fallen die Blätter von den Kastanienbäumen. Alle auf einmal: laut, schnell, senkrecht. Und dann hört es ebenso auf.

Avaren, sagt meine Mutter im blattlosen Wald. Ich sehe Knochen so braun und morsch wie der Blätterboden vor mir. Und dann wieder so weiß wie Hundezähne, oder wie die Schweinekiefer, die hier manchmal aus der Erde auftauchen. Der Schuster hat mir erzählt, jemand habe einmal ein Schwein in seinem Keller gehalten. Es war blind wie ein Grubenpferd.

Anniña sitzt auf einem Baumstumpf. Das feuchte Moos zeichnet braungrüne Flecke auf ihre rosa Hose. Was ist, fragt Mutter. Ihre Jahresendtraurigkeit. Anniña läßt die Schultern nach unten fallen. Der rosa Hosenstoff zeichnet ihre Scham nach. Unter ihren Augen dunkle Ringe. Nichts, sagt sie dumpf. Auf dem Nachhauseweg muß man bei den Steigungen den Choke ziehen und Mutter runzelt die Augenbrauen. Ausgerechnet Bananen verlangt sie von mir, trällere ich. Nur das Motorheulen begleitet mein Singen.

Die Stimme der Schustersfrau scheppert über die Katzenköpfe. Von wegen Spanien, Avinion. Allein sind sie Tag und Nacht. Und die Stiefel rundgelaufen, und das ganze Benzin. Und bei mir läuft das Wasser auf den Nachtkasten. Von wegen. Klappe, murrt der Bibliothekar im Vorbeigehen. Er wirft einen Seitenblick auf meine weißwangige Mutter. Der Schuster hebt das Horn an seine Lippen. Wage es nicht, kreischt die Ehefrauenstimme. Das Horn senkt sich in den Altmännerschoß. Ich bete an die Macht der Liebe. Lügen, alles Lügen, scheppert es aus dem Schlafzimmerfenster, eine Dreigroschenkomödie.

Sur les ponts d'Avignon, on y dance, on y dance. Wir tanzen um den Küchentisch. Wir lassen unsere Holzpantinen auf die Fliesen klatschen und singen aus voller Kehle. Wir drei. On y dance tout en rond.

Die Augen des Schusters glänzen. Oh, wie schön ihr seid, wie schön, wie schön. Er steht vor unserem Küchenfenster, wir lachen hinaus zu ihm. Oh, wie schön ihr seid, wie schön, wie schön. Junge Frauen, die in Holzpantinen tanzen. Wie gut das meiner Wunde tut, ihr macht mich jung und glücklich. Seine Stimme wird ganz hoch, ein Mäusewispern nur noch, er wird leicht, selbst seine schweren Stiefel, sein Bauch, wie ein Luftballon, er schwebt hoch, schwebt über dem Karree, liegt in der Luft, unser Trabant, unsere glückliche Mäuschenstimme.

Nehmt es ihr nicht übel, sagt er später in unserer Küche sitzend. Sie ist verbittert, weil wir keine Kinder haben. Es ist nicht ihre Schuld. Ich war zu kaputt. Das Gefangensein. Das Salz mit Löffeln gefressen.

Seine Augen glänzen. Die Knie meiner Mutter unterm Tisch, über den Stiefelrändern. Schön wie Wachs.

O wunderbare, geheimnisvolle Nacht. Freitag ist Auftrittstag. Die Wand im Rentnerheim ist mit Ölfarbe gestrichen. An die Messingklinke des Fensters hat jemand mit Paketschnur einen grünen Luftballon gebunden. Ich sehe ihn wippen, während ich singe.

In der ersten Reihe hält eine alte Frau Alpenveilchen in einem kleinen Topf. Der Topf ist mit Silberpapier umwikkelt. Die Zyklamenköpfe nicken mir zu. Es gibt sie in den Kastanienwäldern und sogar im Wappen unserer Stadt. 's ist ein Ros' entsprungen. Die alten Frauen klatschen. Die aus der ersten Reihe bringt mir das Alpenveilchen auf die Bühne. Seine Köpfe zittern weiter in meiner Hand. Noch nie hat mir eine alte Frau Blumen geschenkt. Ich mache aus lauter Verwirrung einen Knicks. Die alten Frauen applaudieren.

Meine traurige Mutter holt mich ab. Der Trabant heult durch die Straßen. Das Rentnerheim liegt ganz am anderen Ende der Stadt. Die ist um viele Kurven gebaut. Hoch, runter, viel Türklinkenschalten, viel Scheppern über Katzenköpfe, Baumwurzelrisse im Asphalt. Alles wie sonst, nur die Route nicht.

Und dann, irgendwann, stehen wir mit dem Trabant auf einer Straße und warten nur. Es wird spät. Ich ziehe die Kniestrümpfe auf den Sitz, ich schlafe ein. Wach auf, sagt Mutter. Wir gehen in ein grünfenstriges Haus. Der Mann hinter der Tür trägt einen weißen Kittel und will uns nicht hineinlassen. Mutter sagt, ich hätte Zahnschmerzen, da öffnet er uns doch noch die Tür. Drinnen, im Stuhl, fragt er mich, welcher Zahn mir weh tue, aber ich weiß es nicht, also antwortet Mutter für mich, und der Mann zieht den Zahn mit einer Zange heraus. Er zeigt ihn meiner Mutter, er ist winzig und rot, und fragt sie, ob es der richtige gewesen sei oder ob er noch einen anderen ziehen solle. Mutter antwortet nicht, starrt ihn nur mit weißen Wangenknochen an. Dann gehen wir.

Auf dem Nachhauseweg halte ich den Mund geschlossen, aber wenn der Trabant durch Schlaglöcher fährt, kann ich es dennoch nicht verhindern, daß mir das Blut auf das Kinn und den gelben Schal sickert. Mutter weint. Ich öffne den Mund und sage ihr, das brauche sie nicht, es tue gar nicht so sehr weh.

Unsere Küche riecht nach verkohlten Zwiebelstücken. Anninas Haut nach Vanillepudding. Wir schrubben die fettige Spüle und den Tisch. Meine Kniestrümpfe noch so gut wie sauber. Das Halstuch schmutzig. Der Schuster kommt, setzt sich an den Tisch und sagt: Wie schön Sie doch sind, Marika, wie prächtig, wie schade doch, daß wir keinen Mann für Sie finden. Mutter legt seine Hand von ihrem Knie auf sein Knie und sagt: Gehen Sie.

Wir drei im Bett. Zwischen Fleischkäse und Rauchgeruch. Anniña umarmt mich, ich liege an ihrem Bauch, sie schließt meine Waden zwischen die Schenkel. Ihr Arm, weich, liegt unter meinem Ohr. Ihre Knochen stecken in Scheiden wie Kinderschwerter. Ich liege an Anniñas Vanillepudding-und-Fleischkäsekörper, an Mutters Wachskörper, ihrem Kastanienschoß. Ihr gemeinsames Kissen, ich.

DURST

Großvater ist tot.

Großvater trinkt. Er sitzt allein in der Küche. Matt glänzen die gelbweißen Fliesen mit den aufgeklebten Kirschen. Stille. Eine Stille, als wäre die Welt ausgeschaltet.

   Die Flasche ist grün und birgt rote Flüssigkeit. Großvaters Bewegungen, wie er das Glas auf das Wachsleinen stellt, vorsichtig, bedächtig, schwer, damit es ja nicht runterfällt. Wie er zur Weinflasche greift, den Korken mit der Hand abzieht, wie er eingießt. Der Wein läuft fast über: er wölbt sich leicht aus dem Glas. Großvaters zitternde Rechte. Sie führt das Glas zum Mund. Die linke Hand führt die rechte. Etwas Wein schwappt über den Rand, über die Hände, färbt die Manschetten des Hemds. Mit vorgeschobener Oberlippe, vorsichtig, als könnte er heiß sein, schlürft er den Wein vom Glasrand. Und trinkt ihn hinunter. Hinunter in eine Tiefe, die außerhalb seines Körpers liegen muß. Er trinkt ihn irgendwohin, in einen endlosen, dunklen, salzigen Schacht. Er senkt das Glas. Sein Adamsapfel fährt ein letztes Mal hoch und wieder runter, seine zitternden Augenlider beruhigen sich. Er setzt das Glas ab. Neben die grüne Flasche. Sie ist leer.

Großvater trinkt. Alle Erwachsenen trinken. Jeder nach seiner Begabung. Großvater mit der Ehrfurcht, die man einem seit fünfzig Jahren treuen Weggefährten und Mentor schuldet. Großmutter heimlich, aus kleinen, dickwandigen Gläsern, mit an den Körper gepreßten Ellbogen katholischer Mädchenschulen. Mutter mit der märtyrerhaften Hysterie und Unersättlichkeit verkannter Diven. Vater mit der Hast und der Aggression der sich ewig im Kreis Bewegenden. Onkel Fred mit dem Schmatzen der Schamlosen, wie er auch ißt, mit viel Luft zwischen jedem Bissen und jedem Schluck.

Als wir auf den Tod und das nun paradiesische Leben von Onkel Fred anstoßen, habe ich roten Traubensaft in meinem Glas. Süßen Traubensaft, der aussieht wie der dunkelrote Wein, der auf den Hügeln hinter unserem Haus wächst. Ich bin stolz, zu trinken wie die Erwachsenen. Nur mein Saft riecht und schmeckt süß, wie ich selbst. Mutter riecht gern an meinen Haaren. Ich spüre ihren sauren Atem über meine Stirn wehen.

Onkel Fred starb an einem aufgeblähten Bauch. Die Leber hat's gemacht, sagen die Erwachsenen. Seine Frau, seine sieben Töchter. Ich denke an Onkel Freds Bauch und an seine Leber, die, wenn sie, wie ich mir vorstelle, seinen Bauch ausfüllte, etwa so groß sein mußte wie ich selbst. Der schwangere Onkel Fred trug seinen Tod aus. Der Tod hat die Farbe Rot, wie unsere Organe. Unter der Haut fließen die Säfte in der Farbe des Weins.

Ich betrachte meine Mädchenarme: Ich halte sie in die Sonne. Sie sind weiß, wie die Milch, die ich morgens trinke. Die haarfeinen Venen blau. Bin ich auch von innen rot?

Als Onkel Fred stirbt, bin ich vielleicht fünf. Ich sehe Großvater am Kopfende der Tafel sitzen und kiloweise saure Gurken essen zum Gedenken an den Toten. Dazu vier Scheiben Selchfleisch mit fettigem Rand. Mutter stößt mir schmerzhaft ihren spitzen Ellbogen in die Rippen. Aber ich mag nicht essen. Minutenlang sitze ich da, ein Stück salziges Fleisch auf der Gabel, den Mund offen, daß mir der Speichel herausläuft, und schaue nur zu, wie Großvater ißt. Er ißt wie im Wahn. Er ißt für Onkel Fred. Er wächst vor meinen Augen. Er schiebt das vierte Stück Fleisch in den Mund, steht auf, geht hinaus zum Nußbaum und erbricht sich. Mach den Mund zu, sagt Mutter, das sieht debil aus.

Die Essiggurken aus dem Supermarkt sind nicht sauer genug. Sie sind nicht grün genug. Das teure Selchfleisch schmeckt nach Rost und Brühwürfel. Ich stecke zwei Finger in den Hals. Zum Gedenken an den Toten.

Meine letzte Erinnerung an Onkel Fred ist die erste an Großvater. Obwohl ich weiß, er ist von Anfang an da.

Großvater ist oft krank, verletzt sich bei der Arbeit. Manchmal ist er dabei betrunken. Und manchmal verletzt er sich absichtlich, wenn er keine Lust mehr hat auf die Arbeit. Er bleibt dann zu Hause und tut überhaupt nichts. Er sitzt in der Sonne und sieht mir zu. Wir verstehen uns. Wir sprechen nicht.

Der Sand ist von einem Gelbbraun, für das es keinen Namen gibt. Ich bin ein ungeschicktes Kind. Ich kann weder zeichnen noch nähen, noch tanzen. Meine Sandburgen sind immer nur Hügel, mit vielleicht einer Kuhle in der Mitte. Aber das stört uns nicht. Die äußere Erscheinung der Dinge ist uns einerlei. Wir sind nicht eitel. Ich schäme mich meiner Zahnlücke nicht. Alle in der Familie haben Zahnlücken. Nur Großmutter nicht. Aber ihre Zähne sind unecht. Großvaters Zähne sind auch unecht und er hat trotzdem eine Zahnlücke. Das Weiße des rechten Schneidezahns ist einfach abgefallen. Seitdem trägt Großvater an jener Stelle nur den Unterbau aus Metall. Das Metall ist schwarz, und es sieht aus, als wäre es eine Zahnlücke. Ich frage ihn, ob das weh tut. Er sagt nein. Mutter hingegen jammert den ganzen Tag. Ihr fehlt ein Eckzahn, sie schimpft über den Zahnarzt und geht nicht mehr hin. Ihre Backenzähne verfaulen. Sie stopft Käse oder Kaugummi in die Löcher, sie meint, das hilft. Großmutter trägt Knoblauchzehen im Ohr. Ich habe auch oft Ohrenschmerzen, aber ich wehre mich gegen die Knoblauchzehe. Ich habe Angst, sie durchsticht mein Trommelfell und ich werde taub. Als Kind stelle ich mir vor, wenn ich taub wäre, könnte ich auch nicht mehr sprechen. Kein großer Verlust, meint der Stiefvater (Nummer eins), die sagt ja sowieso tagelang kein Wort. Ich weiß, er denkt, ich bin dumm. Selber dumm.

Großvater umarmt mich und schläft ein. Natürlich nicht gleich, sondern erst nach vielleicht einer Stunde. Ich weiß es nicht. Mit zehn Jahren kann ich immer noch nicht richtig die Uhr ablesen. Der Tag hat einen Anfang und ein Ende. Aber die Stunde geht immer wieder von vorne los. Das ist mir unheimlich.

Großvater klemmt meinen Kopf unter sein Kinn und verschränkt die Arme über meiner Brust. Er verschränkt sie ganz, seine Handflächen berühren die Schulterblätter, und in der schmalen Ritze zwischen Brust und Armen habe ich Platz. Im Alter von zehn Jahren wiege ich immer noch nicht mehr als vierundzwanzig Kilo. Wie ich in seinen Armen liege und meine langen Beine, dünn und weiß, unter seinen Armen heraushängen, fühle ich mich wie eine dieser Ankleidepuppen aus Papier. So leicht bin ich. So dünn und steif fühlt sich mein Kleid an. Meine Knochen sind Papier.

Er hält mich so fest, daß es weh tut. Sein Kinn drückt schwer auf meinen Kopf. Er schläft ein und sackt ganz über mir zusammen. Aber ich wage nicht, mich zu befreien. Ich habe Angst, er fällt dann um und verletzt sich. Ich muß ihn halten. Also bleibe ich, wo ich bin. Seine Arme werden schlaff. Sie rutschen an meiner Seite hinab. Ich nehme sie und kreuze sie wieder über meiner Brust. Seine Arme sind schwer, seine Knochen die eines Bären. Er trägt selbst in dieser Hitze seinen rotschwarzen Pullover, der nach Motoröl riecht. Ich halte seine Arme gekreuzt, zähle seinen Atem, der mir laut und warm um den Nacken weht, ich atme seinen Atem nach Wein, den Duft des Motoröls ein.

Großmutter schimpft ihn einen Perversen und zerrt ihn von mir runter. Und du, warum sagst du kein' Ton, schreit mich Mutter an, hast du deine Zunge verschluckt? Ich habe meine Zunge nicht verschluckt. Ich strecke sie raus. Der Stiefvater kommt und schlägt mir ins Gesicht. Meine Haare sind gelb. Sie fallen mir in den Mund. Ich beiße drauf. Sie knirschen wie Sand.

Mutter bürstet gerne meine Haare. Sie bürstet sie glänzend. Sie bürstet den Sand heraus. Mutter liebt meine Haare. Sie sind von der Farbe der Sonnenblume. Mutter bürstet sie mit einer gelben Plastikbürste. Ich höre es knistern. Mein Kopf ist ein Feuerrad.

Mutter hatte auch solche Haare, als sie ein Kind war. Ihr Photo hängt an der Wand. Ein Schwarzweißphoto, aber ich weiß, die Schleife in ihrem Haar ist hellblau. Großmutter hatte rote Haare. Großvaters Haare sind immer noch schwarz wie Pech, sein Gesicht rot und seine Augen von der Farbe des Vergißmeinnichts. Er ist schön. Das sage ich ihm. Er lacht mich an, und er ist immer noch schön, trotz des fehlenden Zahns. Er ist schöner als Stiefvater (Nummer zwei), der Haut, Haare, Zähne und Augen von der Farbe der Hundescheiße hat. Mutters Haare sind heute dunkelbraun und sie wird vorne schon grau. Mutter ist achtundzwanzig Jahre alt.

Ich bin achtundzwanzig Jahre alt. Seit zwölf Jahren habe ich Großvater nicht mehr gesehen.

Mit zwölf Jahren sind meine Haare ganz kurz. Mutter hat sie mir selbst geschnitten. Mutter kann nicht Haare schneiden. Mit zwölf Jahren wiege ich immer noch nicht mehr als fünfunddreißig Kilo, und ich habe noch gar keine Brüste. Ich habe X-Beine, das sieht man in Hosen noch mehr als in Kleidern. Für den Sommer habe ich zwei Kleider, beide gelb.

In den Sommerferien gehe ich vier-, fünfmal die Woche zum Notdienst. Der Notdienst ist die einzige Kneipe des Ortes. Sie verkauft bis 22 Uhr Alkohol. Die Tische sind mit klebrigen, eidotterfarbenen Folien abgedeckt. Nur über dem vordersten Tischpaar brennt Neonlicht, in den restlichen Leuchten sind die Röhren geplatzt, oder man hat sie ausgeschaltet. Der dunkle Raum scheint sich irgendwo in der Unendlichkeit fortzusetzen, es stehen Tische hinter Tischen, ein unendlicher schwarzer Sack voller Tische, an denen niemand sitzt.

An den Tischen keine Bedienung. Der Wirt schmeißt den Laden allein. Die Männer drängen sich um die dunstige Theke wie um eine Feuerstelle. Ich stelle mich auf die Zehenspitzen und erspähe über blaugekleidete Rücken hinweg das in sich gekehrte Gesicht des Wirts. Seine Wangen haben eine blutig-blaue Farbe, als hätte man ihm einige Schichten seiner Haut aus dem Gesicht geschält. Er bedient seine Stammkunden stumm und barsch, das Bier schwappt fast jedesmal über den Rand, wenn er das Glas auf das Brett knallt. Die Kneipe gehört zur Zuckerfabrik. Großvater arbeitet hier. Die Kneipe, wie alles in der Umgebung, riecht nach Melasse, nach Gummisohlen und der Vaseline, mit der die Männer ihre schmerzenden Hände salben.

Ich zwänge mich zwischen hitzige, feiste Rücken und Gesäße. Harte Gummikugeln, die ständig in Bewegung sind, die meinem Drängen kaum nachgeben, mir die Luft aus dem Bauch in den Mund drücken. Sie quetschen mich an das Holz der Theke. Ich stütze mich ab, die Masse in meinem Rücken. Das Gesicht des Wirts hat die Kälte und Glätte eines zugefrorenen Sees. Ich kann ihn nicht dazu bringen, mich anzusehen. Ich muß sprechen. Ich sage mit dünner Stimme: Sechs Flaschen Bier. Mehr kann ich nicht tragen. Er hört mich nicht. An der Theke ist es wie unter einer Glocke, das Pendel schwingt hinter meinem Rücken hin und her, es vibriert in meinem Kopf. Ich greife an die Theke, meine Finger tauchen ein in kleine Bierpfützen. Ich wiederhole es, so laut ich kann: Sechs Flaschen Bier. Bitte! Keine Reaktion. Die Schenkel der Männer drücken an meinen Hintern, drücken mich platt an die Theke. Jetzt brülle ich. Ich habe gesagt, sechs Flaschen Bier, sind Sie taub, oder was? Augenblicklich ist es still. Das Radio dudelt den Nachrichten-Jingle. Der Wirt schaut mich an. Seine Stimme ist das Knirschen von Glasscherben. Zu wem ich denn gehöre. Ich erröte und sage Großvaters Namen. Sie alle kennen ihn. Keiner sagt etwas. Ich weiß nicht, wie ihre Meinung über Großvater ist. Er trinkt zu Hause, nicht mit ihnen.

Der Wirt greift hinter sich, holt sechs Flaschen Bier aus einem Kasten, stellt sie vor mich auf die Theke. Sie stehen alles in allem einen halben Meter über mir. Ich klaube die Flaschen einzeln herunter, packe sie in die gelbe Plastiktragetasche, knalle das abgezählte Geld auf die Theke und marschiere durch das Spalier der Blaumänner Richtung Ausgang. Meine zu großen Sandalen klatschen laut auf das Linoleum.

Ich weiß nicht warum, aber alles, woran ich mich im Zusammenhang mit Großvater erinnere, scheint sich im Sommer zugetragen zu haben. Alles, woran ich mich überhaupt erinnern kann, scheint sich im Sommer zugetragen zu haben. Ich habe nur zwei Erinnerungen an eine andere Jahreszeit als den Sommer. Die eine ist ein Geruch: der Geruch der Melasse. Die Melasse ist der typische Geruch des Winters. Das Bild dazu: Fahrradspuren im Schneematsch auf dem Gehsteig vor der Fabrik.

Die andere Erinnerung ist die an Nieselregen. Es ist vielleicht November. Ich bin vielleicht dreizehn und Guerilla-Kämpfer. Ich schleiche mich im Dunkeln über anderthalb Kilometer von der Bushaltestelle ins Dorf. Ich trage meine Haare ganz kurz, kürzer noch als die Jungs. Im Nacken zwei lange, verschorfte Wunden von einem zu fest aufgedrückten Rasiermesser.

Der Nieselregen bildet kleine Tröpfchen auf meinem von Großvater geerbten stolzen Wattemantel. Army Look. Wenn ich Wimpern und Lippen zusammenpresse, bilden sich auch Tröpfchen im Gesicht. Die Tröpfchen brennen in den Augen. Ich sehe schlecht. Ich sehe überhaupt schlecht. Und im Dunkeln sehe ich fast gar nichts. Ich bin ein vierzig Kilo schwerer Guerilla-Kämpfer. Die Ärztin hat mir Tropfen zur Stärkung verschrieben und klebrigen Sirup. In den Tropfen ist Alkohol, ich nehme sie nicht. Der Sirup verursacht Übelkeit. Ich nehme ihn nicht.

Die Straße verläuft in einer Kurve ums Schwimmbad herum. Hinter der Biegung kann man die Lichter der Fabrik sehen. Wenn ich nur bis dahin komme.

Einer mit einem Fahrrad kommt mir entgegen. Das Fahrrad fährt auf der linken Seite und ist unbeleuchtet. Der Mann, der es fährt, trägt einen grauen Wattemantel. Ich wische mir den Regen aus den Augen. Meine Finger sind fiebrig warm an meinen kalten Wimpern. Ich verlangsame meinen Schritt. Die Vorsicht des Guerilla-Kämpfers. Das Fahrrad, das da kommt, ist alt und quietscht bei jedem mühsamen Fußtritt. Der Mann, der es fährt, ist ein Riese. Seine Knie zeigen steil nach außen, er setzt nur die Fersen auf die Pedale.

Ich fühle, wie sein Körper noch durch den dicken Mantel Wärme ausströmt. Aus dem Kragen weht mir leichter Schweißgeruch entgegen. Warmer Schweiß. Großvater ist nicht betrunken. Als er mich hochhebt, lacht er ein tiefes Lachen. Ein A auf einem Kontrabaß. Die Stange ist unbequem. Ich fühle, wie die Nässe, die sich auf ihr gesammelt hat, meine Hosen durchdringt. Das Fahrrad wackelt. Du mußt schneller treten, Großvater. Er beugt sich aufs Lenkrad, knüllt mich unter sich zusammen. Wir kichern. Wir sind aerodynamisch. Aero, Großvater, das bedeutet Luft. Wir sind luftdynamisch.

Das letzte Mal, daß ich Großvater sehe, ist drei Jahre später. Ich bin sechzehn. Es ist an jenem Abend, als der Stiefvater (Nummer drei) ihm mit einem Hammer den Kopf einschlägt.

Ich schrubbe in Mutters Schlafzimmer die Dielen. Ich mache es nicht richtig. Ich schrubbe nur um den Teppich herum. Mutter hat recht, ich bin faul. Es ist schon dunkel, aber ich mache kein Licht. Ich bin gerne im Dunkeln. Abends sitzen die Erwachsenen lange in der Wohnküche. Solange habe ich das Großelternschlafzimmer für mich allein. Ich sitze auf meinem Sofa, über meinem Kopf die Pendeluhr, die ich Tag und Nacht höre, und schaue mir nur die Umrisse der Möbel an. Das helle Viereck des Fensters. Die schwarzen Silhouetten der Bäume vor dem hellgrauen Himmel. Der Stiefvater (Nummer drei) haßt es, wenn ich nur im Dunkeln sitze, und wenn er erst wenig getrunken hat, stürmt er manchmal ins Zimmer, dreht das Licht auf, will wissen, was ich mache. Nichts. Ich denke nach. Warum leistest du uns nicht auch mal Gesellschaft, fragt Mutter. Was denkst du soviel nach, fragt Großmutter, nur Idioten denken soviel.

Draußen in der Küche diskutiert Großvater mit dem Stiefvater. Der Stiefvater wird von seinen Kollegen Der Intelligente genannt. Ein zynischer Besserwisser, der sich Großvater überlegen fühlt. Er nennt ihn «Alter».

Großvater war vor einem Jahr zur Entziehungskur. Großmutter wollte ihn lange nicht gehen lassen. Wegen der Leute. Mutter hat einmal eine Entziehung im Fernsehen gesehen. Die Leute kotzen dort in zwei Eimer, sagte sie. Wieso in zwei Eimer? Aber Großvater macht sich nichts aus Kotzen. Er kotzt auch, wenn er trinkt. Die mit Urin und Erbrochenem verschmierte Bettwäsche weicht Abende lang in der Badewanne. Ich wasche mich am Waschbecken. Im Wandspiegel kann ich mich von Stirn bis zu den Brüsten sehen. Geilt dich das auf, fragt Stiefvater. Und dich? Stiefvater (Nummer drei) schlägt mich nicht. Er ist nicht gewalttätig.

Großvater dagegen hat sich seit der Entziehungskur verändert. Sein riesiger Körper ist erschlafft, als ob seinen Zellen nicht nur der Alkohol, sondern auch die Lebenssäfte entzogen worden wären. An seinen Armen, seinem Bauch hängt das Fleisch nicht mehr an den Knochen. Es wird nur von der fischweißen Haut zusammengehalten. Gäbe es die Haut nicht, würde einfach alles von ihm abfallen. Seine Wangen sind nach unten gesackt, haben die Tränensäcke mit sich gezogen, der blutige Grund seiner Augen enthüllt sich. Seine Haare sind fast ganz weiß.

Und er ist aggressiv geworden. Er sitzt auf seinem Stuhl und spricht nur vor sich hin. Fotzen, Fotzen und Ärsche, stinkende, Arschlöcher, alles Arschlöcher. Meinst du mich, meinst du etwa mich? Großmutter fuchtelt mit dem Messer vor seiner Nase. Nein, Mutter, er meint mich. Der Stiefvater lacht hysterisch auf. Mutter freut sich: sie hat zwei Punkte in Ironie bei ihm gewonnen.

Großvater hat dann schließlich wieder angefangen zu trinken. Um sich wieder in den Griff zu bekommen, wie er sagt. Aber es scheint, diese Zeiten sind endgültig vorbei. In zwei Eimer kotzen heißt sich selbst ausspucken. Nachts höre ich alle seine Geräusche. Alpträume, würgen, streiten, weinen. Früher hat er geschnarcht. Heute nicht mehr. Wenn ich nicht will, höre ich es nach einer Weile nicht mehr. Das Ticktack der Uhr über mir schlägt links und rechts alles aus. Ich träume von Räumen mit metallenen Wänden. Leeren Räumen, durch die die Schläge der Uhr rollen wie fernes Donnergrollen.

... rollen wie fernes Donnergrollen? Was heißt das? Das ist ein Gedicht. Was heißt das? Ein Gedicht, Großvater, ist ... Ich weiß, was das ist. Warum schreibst du so was? Bist du wirr im Kopf?

Ich rutsche auf den Dielen vorwärts. Ich trage die schwarze Hose, die mir Vater vor fünf Jahren geschenkt hat. Damals war sie mir zu groß. Jetzt, wo sie paßt, ist sie auch schon zerschlissen. An den Pobacken schimmert die weiße Haut durch. Ich trage sie trotzdem jeden Tag. Ich trage nichts anderes. Das einzige, was mir Vater je geschenkt hat.

Ich denke über dieses Mädchen nach, das vor kurzem von zu Hause weggelaufen ist. Sie geht in meine Schule, aber ich wußte bis dahin gar nicht, daß es sie gibt. Ich kenne auch sonst niemanden. Wenn mich Fremde auf der Straße fragen, wo der und der wohnt, kann ich es nicht sagen. Die Fremden wundern sich: in einem Dreihundert-Seelen-Dorf nicht zu wissen, wie die Straßen heißen ... Aber dieses Mädchen kannte auch sonst niemand. Bis sie weglief. Der Direktor hat ihr eine Verwarnung erteilt. Ich habe nicht verstanden, warum.

Nach den Gründen befragt, zuckt sie lange Zeit nur mit den Achseln, obwohl uns das in der Schule verboten ist, dann kann sie schließlich nur eins sagen: ihr Vater trinkt. Da bohrt man nicht weiter. Sie bekommt eine Verwarnung und ist fortan berühmt.

Ich treffe einmal ihren Vater auf dem Weg vom Bus ins Dorf. Er vertraut mir an, daß er in einem *illuminierten* Zustand sei. Illuminiert heißt erleuchtet.

Draußen wird es laut. Sie streiten sich wieder über irgend etwas. Warum leistest du uns nicht auch mal Gesellschaft? Ich kann jetzt nicht. Das unsinnige Schrubben der Dielen ist meine Strafe.

Mein verwaschener schwarzer Rollkragenpullover rutscht hoch, entblößt die weiße Haut des Rückens. Auf den Rippen fest gespannt. Diesen Sommer bin ich nicht braun geworden. Ich blieb im Haus, lernte Schreibmaschine schreiben. Bist du wirr im Kopf? Meine Gedanken sind zu schnell. Ich komme mit dem Aufschreiben kaum hinterher. Möglicherweise bin ich tatsächlich wirr im Kopf.

Großvaters Stimme überschlägt sich. Jede dritte Silbe gickst weg. Schrillen einer Geige. Kreischen eines Weibs. Der Stiefvater lacht sein häßliches Ziegenlachen. O mein Gooooott! Tische, Stühle fallen um. Nimm ihm den Hammer weg! Großmutter ist zu langsam. Sie ist zu klein, um an den Arm des Riesen zu gelangen. Der Stiefvater (Nummer drei) ist auch klein, kleiner als Großvater, kleiner als ich. Aber Stiefvater hat keine Angst. Stiefvater entreißt den Hammer der zitternden Hand des alten Mannes: Ihr habt gesehen, daß er mich angegriffen hat, ihr habt's gesehen ... Der Knochen bricht wie eine Nußschale.

Noch im selben Augenblick rieche ich es. Es weht unterm Türspalt herein. Der Geruch staubversetzten Blutes. Schwarz und rot.

Warum habe ich diese Reisetasche mitgenommen? Als ich durchs Fenster klettere, fällt sie auseinander. Die Schreibmaschine ist zu schwer, sie reißt die ausgefranste Stelle neben dem Reißverschluß auf. Ich halte das Loch mit den Fingernägeln zusammen und springe hinaus auf die Straße. Die Schreibmaschine fällt gegen meine Hüfte, es schmerzt. Die baumelnde Tasche, die ich mit beiden Händen festhalten muß, behindert mich beim Rennen. Warum habe ich sie mitgenommen? Warum habe ich nicht Schuhe mitgenommen?

Ich presse meine nackten Zehen in die stechende Sohle meiner Espadrillos. Sie rutschen mir von den Hacken. Mein Schweiß steigt mir in die Nase, der Staubgeruch meiner welken Kleider. Ich bin Guerilla-Kämpfer. Sechzehn Jahre. Achtundvierzig Kilo. Blaß wie der Mond. Meine Knochen der ausgetrocknete Kokon eines Insekts. Die Larve erfroren. Ich laufe.

Diese Straße hat drei Straßenlaternen. Anfang, Mitte, Ende. Ich durchquere den Lichtkreis der letzten, stolpere über den verschlammten Feldweg zum Schlagbaum. Zwischen den Schienen bleibe ich stehen. Rechts ein winziger erleuchteter Punkt: der Bahnhof. Links die Dunkelheit. Dort gehe ich hin.

Ich komme mit dem Zug. Ich will das langsame, hinkende Rollen über brüchige Schienen. Blasse Vierecke ausgelaugter Felder, windschiefe Doppelreihen der Pappeln. Die Bushaltestelle mit ihren zerstörten Scheiben. Wie eh und je. Die ersten Regentropfen streifen das Fensterglas, kurz bevor der Zug in den Bahnhof einrollt. Eine Familie mit fünf Kindern steigt aus, alles Mädchen, dunkle, runde Augen und lange Haare. Ich kenne sie nicht. Ich kenne niemanden mehr, der hier wohnt. Sie starren mich an – auch sie kennen mich nicht.

Wir haben den gleichen Weg. Ich laufe langsam, so kann ich sie sehen. Sie laufen kichernd vor mir her. Die Mädchen drehen sich öfter zu mir um, mustern mich. Ich komme im Gewand der Fremden. Die Sippe verschwindet im einzigen Haus der Straße, das drei Fenster hat. Als ich Kind war, wohnte dort auch eine Großfamilie. Mann und Frau hatten je vier Kinder mit in die Ehe gebracht. Sie alle sahen sich, obwohl nur in Einzelfällen miteinander verwandt, zum Verwechseln ähnlich. Vielleicht sehen sich die Kinder armer Leute tatsächlich alle ähnlich. Die wachsamen, aufsässigen, feigen Gesichter. Der Hunger darin. Die Erde. Ehrgeiz und Schwäche: die Trinkerkombination.

Ich betrachte mich in Spiegeln neonbeleuchteter Kaufhäuser. Ich trage teure Kleidung. Und dennoch komme ich mir schlecht gekleidet vor. Ich rieche an meiner Kleidung. Sie riecht süß. Mein Schweiß riecht süß. Mein Atem riecht süß. Meine Haut. Ich bin nüchtern. Ich bin sauber. Und ich merke: es sind nicht die Kleider. Es ist das Gesicht. Die Augen. Es ist das, was man nicht verlieren kann: die Herkunft. Den Blick eines Proletarierkindes. Ohne Vaterland.

Ich bleibe vor dem Haus stehen. Alles ist still. Ich hebe das Gesicht zum Himmel und öffne den Mund. Der Regen läuft mir über die Zunge. Er riecht und schmeckt nach Melasse. Er macht mich durstig.

Ich blicke über die Straße. Schwach, zitternd gehen die drei Straßenlaternen an. Wie eh und je. Die Rundakazien beugen sich im Wind. Sie sind auch schon alt. Ihre Stämme öffnen sich, stülpen sich ganz nach außen. Keine Jahreszeit heilt sie mehr. Sie sterben an Sonne wie an Regen.

Ich brauche jetzt nur wieder zum Anfang der Straße zurückzugehen, zum Lichtkreis der letzten Laterne. Über die Schienen und dann auf die Landstraße, wo die Lkws Richtung Stadt ziehen. Ich kann in drei Stunden zu Hause sein.

Ich öffne das Tor.

Es regnet in Strömen. Die Regentropfen trommeln auf das schwarze Teerdach der Hundehütte, auf die mit Schilf gedeckte Garage, die grüne Teppichklopfstange, den Ziehbrunnen, platschen in den vollen Wassereimer. Ich stehe am Küchenfenster, beobachte die riesigen Wassertropfen, sie schlagen kleine Krater in die graue Erde. Die Würmer kommen hervor. Ich glaube ihre braunen Körper zu sehen. Wäre doch der Regen eher gekommen. Gestern nachmittag mußte ich mit Großvater noch Spülmittel ins Wasser geben. Den Eimer gossen wir über der steinharten Erde aus, bis sich die erstickenden Würmer windend an die Oberfläche kämpften. Und jetzt sind sie einfach so da. Massenhaft. Ich schnappe mir den kleinen gelben Plastikeimer, mit dem ich sonst Großmutter Wasser tragen helfe, und steige in die viel zu großen Gummistiefel. Ich stakse hinaus in den Schlamm, befürchte bei jedem Schritt, die riesigen Gummistiefel zu verlieren. Ich stehe da – einen Regenmantel habe ich vergessen – und das Wasser strömt in die Gummistiefel. Nicht von unten, da sind sie dicht, nein, von oben, an den dünnen Beinen vorbei. Langsam sammelt sich ein kleiner See in den Stiefeln. Ich schlurfe über die Gehwegplatten, weiter Richtung Garten, wo der Matsch tiefer ist und das Würmervorkommen reicher. Mit spitzen Fingern sammle ich fette Regenwürmer in meinen kleinen gelben Plastikeimer. Die Würmer haben einen rosafarbenen Steg.

Der Regen verschluckt jedes Geräusch, ich merke erst spät, daß das quietschende Holztor hinter mir aufgegangen ist. Großvater steht da, in einem ölgrünen Regencape. Natürlich hat das Fahrrad wieder einen Platten. Ich muß grinsen. Ich halte den kleinen gelben Plastikeimer hoch, Großvater versteht und grinst zurück. Sein Gesicht ist rot. Er lehnt das Fahrrad an die Hauswand. Auch der Hund hat sich nun aus seiner Hütte getraut. Eine kleinwüchsige, buntgefleckte Promenadenmischung, intelligent und feige, sie zieht eine lange scheppernde Kette hinter sich her. Großvater stellt die Tasche auf den Boden. Er grinst immer noch und er wankt, als er sich niederkniet, um die Tasche zu öffnen.

Aus der Tasche gleitet ein Plastikbeutel heraus, ein mit Wasser gefüllter durchsichtiger Plastikbeutel. Großvater öffnet den Knoten des Beutels und läßt den erstaunten Karpfen auf den Gehweg schlittern. Der Hund springt erschrocken zurück und bellt den um sich schlagenden Fisch an. Großvater lacht. Er will aufstehen, um den Wassereimer für den Fisch zu holen, doch er strauchelt und fällt vornüber in den Matsch. Er lacht immer noch. Der Schlamm wirft Bläschen an seinem Mund.

Ich stelle den Plastikeimer hin und ergreife den Arm des Riesen, um ihm wieder hochzuhelfen, doch das olivgrüne Gummi ist zu glatt, der Großvater zu schwer. Der Fisch schlägt auf dem Gehweg in Panik um sich. Ich lasse von Großvater ab und versuche, den Fisch zu fangen. Aber der gleitet mir immer wieder aus der Hand und hüpft über den Gehweg. Der Hund hat den Plastikeimer mit den Würmern umgestoßen und zerrt jetzt an einem der Würmer, obwohl er sie sowieso nicht essen kann. Großvater hat sich inzwischen aufgerappelt und auf alle viere gestellt. Aus seinem Gesicht läuft der Schlamm und er läßt es geschehen, er kniet da und betrachtet den Boden. Ich kämpfe mit dem Fisch. Die Würmer verkriechen sich ins Erdreich. Der Hund rennt, scheppernd seine Kette hinter sich herziehend, Richtung Haus, aus dem jetzt die Großmutter tritt, die Dauerwelle in ein Kopftuch gehüllt. Sie eilt auf die drei zu, die sich um den Brunnen versammelt haben: das Mädchen mit den Seen in den Stiefeln, der ohnmächtige Karpfen auf dem Stein und der alte Matrose, der im Schlamm des Hofes kniet. Sie zerrt schimpfend den alten Mann hoch und geleitet ihn zum Haus. Der Regen ist stärker geworden, er brüllt förmlich in meinen Ohren. Ich sehe nur noch durch einen Schleier, wie das alte Fahrrad mit den platten Vorderreifen an der Wand entlanggleitet und hinstürzt.

Ich packe den unbeweglichen Fisch endlich am Schwanz und trage ihn zum Wassereimer. Nun bis zu den Knien im Wasser, bleibe ich noch eine Weile neben dem Eimer stehen, um zu sehen, ob sich der Fisch noch bewegt. Eine Weile passiert gar nichts. Dann eine ruckartige Bewegung mit dem Schwanz, die Kiemen blühen rosarot auf und beginnen rasch zu vibrieren.

Großvaters altes Messer mit der gesprungenen Klinge setzt sich unter die Schuppen oberhalb des Schwanzes. Siehst du, wie man das macht? Immer gegen den Strich. Der hat mindestens drei Kilo. Ein Regen von silbrigen Schuppen erhellt die dunkle Kammer.

Großvater, ich bin's. Großvater antwortet nicht. Mit wächsernem Gesicht liegt er unter dicken Federbetten. Ich lege die Hand auf seine Stirn. Sie ist kalt.

Ich beobachte Großvaters Gesicht. Tot. Abweisend. Aggressiv das Gesicht des Sterbens. Mutter sagt, er wäre sanft eingeschlafen. Sie irrt sich.

Großvaters Gesicht. Ich forsche in ihm nach der Vielzahl und Vielfalt der Jahre, aber es scheint, als hätte er einen Gesichtszug nach dem anderen an den Alkohol verloren. Sein Gesicht ist eine leere Larve, wie das Gesicht aller Suchtkranken: die schlaffe Nase und der verhärtete Mund.

Leichtigkeit ist Illusion. Die Gravitation zieht uns. Mutters Schritte schwer auf den öligen Dielen. Sie stellt sich hinter mich. Ich drehe mich um und schaue sie an. Sie blickt unverwandt auf die Leiche, auf die gefalteten Hände auf dem Bauch. Mutters verkniffener, durstiger Mund. Die kleine Nase, die immer spitzer wird, die Nasenflügel für immer gerötet. Ihre Haut, ihre Haare schwitzen kalten

Alkoholschweiß. Die Augenlider ziehen sie zu Boden. Mutters Gesicht. Da ist nichts sanft. Nie und nimmer.

Mutter sagt, es tue ihr leid. Kommst du auch, wenn ich sterbe? Ich sage ja und gehe.

EIN
SCHLOSS

Als ich hier ankam, bin ich traurig geworden.
Nein.
Bis ich hier angekommen bin, bin ich traurig geworden.

Lange hat es nicht gedauert: fünfhundert Kilometer vom
einen Ende dieses Landes bis zum anderen in kaum drei
Tagen. So was ist schnell geschafft. Auf einmal steht inmit-
ten all des schwarzen Schlammes ein schmiedeeisernes Tor
mit einer merkwürdigen, kuhglockenförmigen Fürsten-
krone an seiner Spitze, und dahinter wieder dasselbe,
Schlamm, nein, dahinter dann irgendwann auch dieses
hier: ein abblätterndes Schloß. Es ist der Abend des dritten
Tages, kurz nach Einbruch der Dunkelheit, und ich
komme mit einem Rucksack auf dem Rücken und einem
Stock in der Hand aus einem Wald heraus. Wie im Mär-
chen, bemerke ich und lache fast.

Ich weiß nicht genau, wo ich hier bin. Mein Atlas ist mir
unterwegs abhanden gekommen und meine übrigen
Kenntnisse der Geographie, über das Äußere unserer Welt,
oder gar nur dieses winzigen Landes, sind mehr als be-
schränkt. Nicht, daß ich nicht manches darüber gelernt
hätte, aber wenn ich mich jenseits des Gelernten umsehe,
ist mir dennoch alles unbekannt.
   Die ersten zwei Tage meiner Abreise war ich zu Fuß unterwegs und schien mich in einem steten Kreis um meine
Kindheitskleinstadt zu bewegen, immer nur eine Straßen-

ecke, eine Dorfecke weit davon entfernt. Unbekannte, dörfliche Dörfer. Ich ging außen um sie herum, hinter den Feldern. Ich bemühte mich, mich zu orientieren. Nicht um jene eine Ecke zu biegen. Trotzdem tat ich es ein paarmal. Am dritten Tag bat ich einen Fernfahrer, mich mitzunehmen. Wir saßen hoch über der Erde und verließen sie.

Ich sagte ihm, ich wolle zu meinem Vater ins Ausland.

Er fragte: Legal oder illegal?

Ich sagte: Legal. Ich habe einen Paß.

In deinem Alter?

Ich sagte ihm, daß ich bereits achtzehn sei.

Beim nächsten Halt zeigte er mir seinen Atlas, damit ich sehe, wo die Grenze verläuft.

Zwischen den Übergängen ist fast überall Moor, sagte er. Das würde ich nicht versuchen.

Keine Sorge, sagte ich. Ich habe einen Paß. Das ist die Wahrheit.

Aber hast du auch einen Vater, fragte er.

Jeder hat einen Vater, sage ich.

Der Fernfahrer sagte etwas von einem Schloß. Er sagte, die Grenze sei ganz in seiner Nähe, aber nun ist es schon zu dunkel geworden, und ich bin auch müde. Heute, am dritten Tag, habe ich es auch weit weniger eilig als noch am Tag, an dem ich losgegangen bin, schwer um die Dörfer herum. Ich habe seit drei Tagen kein Bett gehabt. Ich will mich ausruhen. Eine Weile.

Ins Erdgeschoß führen hohe, hellgrüne Türen. Ihre Lamellen sind brüchig, ich kann sie mit einem Finger voneinander trennen. Ich stecke diesen Finger zwischen die beiden Türflügel, ertaste den gewundenen Draht, der die Knäufe von innen zusammenhält. Der unsichtbare Boden, den ich innen betrete, fühlt sich weich an und knisterig. Eine Art Plane. Ich lege mich in diese Plane neben die poröse Tür. Ich ziehe die Flügel von innen wieder zu. Vielleicht gibt es hier Tiere.

Die ersten zwei Tage meiner Abreise waren schwer. Schauriges Wandern hinter immer unbekannten Dörfern. Tierstimmen. Kadaver. Gräser, an denen der Urin der Hunde klebt. Unser eigener Geruch weckt sie auf. Daß ich die ersten zwei Tage diesen Mann dabeihatte, half mir nicht. Er war ein Städter wie ich. Ich tappte ihm blind hinterher. Keine Angst, stotterte er, keine Angst. Ich war drei Jahre und die letzten zwei Tage mit diesem Mann zusammen. Ich nenne ihn: mein Liebhaber. Er hatte Wind davon bekommen, daß ich weg wollte, und sagte: Ich begleite dich. Ich dachte, irgendwie würde es schon gehen, und sagte ihm nicht, was ich wollte. So konnte er sagen: Keine Eile. Und ich widersprach ihm, wie immer, nicht. Wir gingen in einem Kreis um die Dörfer herum. Wenn im Gras Müll aus der Stadt lag, war mir etwas leichter. Ich hob die leeren Deodorantflaschen auf und roch am Zerstäuber. Der Fuß meines Liebhabers begann zu schmerzen, und er bat mich, langsamer zu gehen. Keine Angst, keine Angst.

Ich winde den Draht um die Türknäufe, bevor ich mich schlafen lege. Zwischen den Planen finde ich einen braunen Pullover und ziehe ihn an. Er hält schön warm.

Als ich aufwache, sehe ich: Jemand steht über mir. Stämmige weiße Beine. Ich habe zwischen ihnen geschlafen. Erschrocken trete ich gegen die Tür, aber der Draht hält. Nur einige Lamellen brechen heraus. Im hereinfallenden Licht sehe ich: Der Raum ist voll von ihnen. Sie stehen auf allen Arten von Beinen: große, zylindrische Fayenceöfen. Bauch an Bauch in der Raummitte, Schulter an Schulter die Wand entlang, manche zerbrochen, in die Ecke gesunken, mit einer verrutschten goldenen Haube wie geborstene Gartenzwerge. Erloschene Öfen. Ich schnuppere in eine Öffnung: sie riecht nach verkohltem Holz und Lehm. Rauchig, wie das Licht zwischen den gebrochenen Lamellen.

Morgens um fünf: leises Tapsen im Dienstbotenlabyrinth. Aus dem Zimmer der Öfen geht eine Tür zum Heizungsflur. Auf der einen Seite der Lichthof, enges, weißes Viereck zum Himmel, auf der anderen eine Reihe dunkler Öffnungen. Ehemals standen die Öfen davor, unsichtbar beheizt. In den Räumen der Herrschaft ist es dunkel zuspalettiert. Ich kann nicht sehen, was hinter den Ofenlöchern ist. Manche sind groß genug, daß ich in die Zimmer einsteigen könnte, aber hinter Holzkohle und Lehm ist mir der Atem der Räume zu sonderbar. Sie riechen nach Maschinen und Tieren, wie die Dorfstraßen. Ich steige nicht ein. Ich gehe die Treppe im Dienstbotenflur bis ganz nach oben.

Hinter der fast mannsgroßen Heizöffnung kurz vor Ende der Treppe etwas Licht: ein zwei Etagen hoher Raum mit zwei Fensterreihen übereinander. Die obere hat keine Spaletten: das Licht fällt auf ein schwächelndes Renoviergerüst und ein sich häutendes Pferdegespann im Deckenfresko. Es riecht nach Schwalbennestern. Ich horche: kein Flügelschlag.

Eine Treppe höher der Dachboden. Die Latten niedrig, sie kratzen an meiner Schädeldecke. Zwischen den Bodenbalken Staub, nein, Schmutz. Schichtweise. Man kann ihn in die Hand nehmen, und was davon herunterfällt, rieselt nicht mehr: es bröckelt. Ein Staub wie ein Pelz, schwarzgrau, aus dem Haar der Flughunde, dem Flaum der Vögel, dem körnigen Kot der Mäuse. Reif und unfruchtbar. Und wieder dieser Geruch nach Körpern und Maschinen. Und dann, im Schmutz hingeworfen: ineinander verhakte Nikkelbrillengestelle. Als wäre es ein Lager, ein Gefängnis. Ich hebe meinen Fuß aus dem pelzigen Staub. In Urgroßvaters Küchentischlade lagen auch solche Brillen, wer weiß von wem, niemand in der Familie trug eine Brille oder las.

Durch winzige Luken im Dach sehe ich auf die Rücken von Statuen. Eine Tür scheint es nicht zu geben, ich steige durch ein schulterenges Fenster hinaus.

Und stehe in Rost und rutschigen schwarzen Blättern neben einer rauhhäutigen Putte. Wohlgeformte, lässige Arme und Beine, ein viel zu großer Lockenkopf und eingedellte Steinpupillen. Grünlich. Ich ducke mich, um gleich groß zu sein. Ich folge der Linie der Pupillendellen.

Perspektive einer Putte. Kahle Landschaft mit Leichen. Blick in die Richtung, aus der ich gekommen bin. Der Schlamm hat die Form eines Hufeisens. Herrschaftlich. Einst wohl der Park. Formlos herausgewachsene Buchsbäume markieren darin ehemalige Wegkreuzungen. Zwischen Radabdrücken kleines Gras und tote fremde Maschinen: Traktoren, eine Egge. Sie liegen unter den Buchsbäumen wie ausgebrannte Skelette großer Tiere. Mammute, Wale. Korsettinnereien. Dahinter das Tor und der Wald, durch den ich kam. Eine brüchige Ziegelmauer läuft um ihn herum. Ich stieg durch diese Mauer, weil mir der Wald sicherer schien als die Landstraße. Ich wollte nicht gesehen werden aus vorbeifahrenden Autos, obwohl ich mir fast sicher war, mein bei Sonnenaufgang zurückgelassener Liebhaber würde nicht mehr nach mir suchen. Trotzdem: der Wald schien mir tierlos, also setzte ich mich hin in ihm und aß die Reste meines Proviants.

Ich sehe: die Putte neben mir hat kein Geschlecht. Nicht abgebrochen, nicht abgedeckt. Nicht vorhanden. Mitleidig lege ich einen Arm auf ihre Schulter. Wir schauen blind in die aufgehende Sonne. Letzte, seltsame Station.

Plötzlich packt es uns am Nacken: Ich stürze dich hinunter, zischt es mir voller Haß auf die Haut. Ich schlage mit der Schläfe auf den Puttenkopf auf.

Der Mann hat ein steifes Bein. Wie kann ich es nicht gehört haben, daß er kommt? Er hat meinen Rucksack dabei.

Ob ich etwas geklaut hätte.

Hier gibt es doch nichts mehr, sage ich zu ihm.

Er weiß, wo es die Türen nach unten gibt. Sein Bein knarrt hinter mir auf der Hühnerleiter.

Es ist nicht aus Holz, sagt er. Es ist Fleisch und Knochen, faß an. Steif.

Ich schüttle den Kopf: nicht, wenn es Fleisch ist.

Von hier oben, sagt der Mann mit dem steifen Bein. Dort.

Er tritt durch das Heizloch in den hohen Raum. Die Fenster in der oberen Reihe haben die Form von Gitarren.

Nein, sagt er. Das sind Leiern.

Ich bin nach innen gefallen, sagt er. Vom Gerüst aufs Parkett. Nichts gesehen. Kein Leben. Der Fall hat nicht

einmal einen Augenblick gedauert. Ich bin aufs Parkett ge-
klatscht wie eine Melone.

Das Parkett ächzt. Seine fächerförmigen Musterblätt-
chen lösen sich voneinander, wenn der Mann steif dar-
übergeht.

Sie haben das Bein gerettet, sagt er. Es ist nicht aus
Holz.

Ja, ja. Holzbein.

Es gibt hier schon noch was, sagt er, manches, was manche
haben wollen. Und öffnet die Tür zum Erdgeschoß. An
der Tür in einem umlaufenden Streifen braun gewordenes
Blattgold.

Geh vor! sagt er.

Was ist das? frage ich.

Er steigt über die gelbliche Pfütze auf dem weißen Marmor. Er schafft es nicht ganz: er zieht mit dem steifen Bein
eine übelriechende Spur hinter sich her.

Es ist nur Öl, sagt er. Geh vor. Ich möchte dich nicht im
Rücken haben.

Zwischen den Marmorsäulen in einem Raum mit Spiegeln und Zimmerspringbrunnen Hügel aus Motoren und
Zahnrädern. Daneben rostrote Traktorenkotflügel wie
Blütenblätter aneinandergelehnt. Manches, was manche
haben wollen.

Die Fensterläden im Erdgeschoß sind alle geschlossen. Wir
tasten uns durch sonderbar riechende Räume.

Wohin gehen wir? frage ich Holzbein.

Immer geradeaus, sagt er.

Der Raum macht einen Knick, wir biegen ein. Vielleicht in den Schloßflügel. Etwas klirrt im Dunkeln: Porzellan in einer Vitrine. In den Ecken liegen Haufen aus

Lumpen und Laub und schon unidentifizierbaren Dingen. Übelriechende Haufen.

Es geht nicht weiter, sage ich.

Es ist eine versteckte Tür, sagt er und öffnet die goldschwarze Malerei in der Mitte. Diese Tafeln wurden in Japan in Booten auf dem Meer gemalt. Wegen der klaren Luft.

Ich fasse an das bemalte Holz: auf dem schwarzen Untergrund, auf meinen Fingern bleibt Tau. Hinter der Tür schon eingetrockneter menschlicher Kot mit einer schwarzblutigen Damenbinde obendrauf.

Da muß ich schreien.

Was ist los? Er lacht. Noch nie so was gesehen?

Ich denke, Sie passen auf dieses verdammte Schloß auf!

Das ja, knirscht er, aber ich lecke es nicht sauber. Weiter! sagt er.

Fassen Sie mich nicht an! Ich reibe mir den Nacken.

Hast'n hübschen Hühnerhals, sagt er. Und: Was denkst du, wie's hier früher war? Ins Schloß rein, und als erstes in die Ecke gekackt. Ein Hund hätte nur gepißt.

Ich merke, wie es in meinem Bauch spannt. O. k., sage ich, was kommt als nächstes?

Der aufgerissene Hals eines Vogels.

Wohl aus dem Nest gefallen, sagt er.

Ich horche ins dunkle Oben. Keine Laute. Der nackte Vogel ist noch frisch. Kann nicht lange hersein. Holzbein zuckt mit den Achseln. Vielleicht hat ihn nur jemand hereingeworfen. Es streunen hier immer welche herum, die Bälger von den Katen. Oder welche wie du.

Wo kommst du her? fragt er.

Ich antworte nicht. Ich denke an Binden, Vögel, Leichen. Zu Hunderten auf den Dorfstraßen und nun sogar hier drin. Ich kenne ein Photo: ein menschenförmiger Schaumfleck in der Ecke eines geöffneten Luftschutzkellers. Vielleicht in unserer Stadt. Dort gibt es viele Keller. Aber die gibt es schließlich überall.

Alle Orte sind gleich und fremd. Das wisse er schon längst, sagt Holzbein. Darum mache es auch nichts aus, ob man gesunde Beine habe oder nicht. Wenn es sich nicht lohnt, sich von der Stelle zu bewegen, lohnt es auch nicht, schnell zu sein.

Das ist wahr, sage ich.

Ich weiß nicht, was er genau gesagt hat, aber ich widerspreche ihm nicht. Besser nicht. Er hat mich gefangen. Ich könnte ihm und seinem Bein einfach davonlaufen, aber dafür orientiere ich mich zu schlecht. Und wir biegen schon wieder ab. In diesem Flur ist es heller als in den Räumen zuvor. Es zieht herein. Eine dieser Lamellentüren führt nach draußen.

Deswegen grolle ich diesem Schloß nicht, fährt Holzbein inzwischen fort. Im Gegenteil.

Er ist sich seiner Sache jetzt sicher: er geht vor mir. An der Seite, wo das steife Bein ist, steht das Gesäß höher.

Als es mit der Besatzung zu Ende war, haben sie alle, die aus dem Dorf im Dienst standen, fortgeschickt. Auf einmal war alles eilig. Sogar die Maschinen haben sie hiergelassen. Nur ich, weil ich das Bein hatte, durfte als einziger bleiben und auf sie aufpassen. Wegen der Bauern und ihren Bälgern, die alles klauen. Und wegen Leuten wie dir.

Er stößt die Tür zur Vorderseite auf. Das Schloß legt seine gelben Flügel um unsere Rücken. Zwischen den Spitzen der Flügel wieder ein schmiedeeisernes Tor.

Als würde das alles mir selbst gehören, sagt Holzbein und knautscht durch den Schlamm.

In Nischen in den Schloßflügeln kleine Fließbrunnen. Im steinernen Becken unter bärtigen Altmännerfratzen hat sich braunes Regenwasser gesammelt. Ein verirrtes Kastanienblatt schaukelt darin. Holzbein pißt in dieses Wasser. O, sagen die traurigen Fratzen.

Wo willst du hin? Er hält mich am Rucksack fest.
     Ich sage, ich müßte auch aufs Klo.
     Warte, sagt er. Ich komme mit.

Ein Fenster gibt es nicht. Die Klobrille ist grün. Die Wände, die Decke voller Postkarten. Sonnenuntergänge, Schwäne. Pärchen im Gegenlicht, im Uringeruch. Mit Möwen. Ein Märchenschloß im Nebel. Palmen im Gegenlicht. Boote. Kätzchen. Eine Ballerina. Mädchen mit Hund und kleinem Kirschmund. Ein langer Wasserfall, wenn man steht, genau in Augenhöhe. Die Decke in Blau und Weiß, in Meer und Segelschiffen. In ihrer Mitte die Himmelsmutter mit goldenem Heiligenschein. Und, ganz unten, man muß sich selbst noch im Sitzen ganz tief bücken: ein kleines Schwein. Es wünscht ein fröhliches neues Jahr.

Hast du das Handtuch gefunden?
     Ich brauche nichts essen. Wirklich nicht. Ich rieche die Klinge seines Messers bis hierher. Ein Geruch nach Rost, nach Speck. Brotkrumen kleben daran. Iß, sagt er.
     Nein, sage ich.
     Er fragt mich, seit wann ich unterwegs sei.
     Das kann ihm egal sein, denke ich.
     Er erzählt und ißt, er kenne meine Generation. Antworten dürfe man nicht erwarten. Von welchen, die weder drin noch draußen sind. Verstehst du mich, zwinkert er mir zu. Verstehst du: weder drin noch draußen.

Ja, sage ich. Wer weiß, was er schon wieder gesagt hat. Aber ich widerspreche ihm nicht.

Er greift nach mir. Er berührt mit seinem nach Messer riechenden Daumen meine kleinen spröden Lippen.

Nur ein Krümel, sagt er.

Auch in diesem Raum gibt es kein Fenster. Das Sofa, auf dem ich sitze, fühlt sich durchgeweicht an. Von Speck durchweicht. Saugt nichts mehr auf. Holzbeins Augen sind blau wie die Landstraße, sie glänzen zwischen rosigen Fettfalten hervor. Was ist mir meine Freiheit wert?

Wie heißt du, fragt er.

Erwartet er eine Antwort? Er durchsucht weiter meinen Rucksack.

Was denn, sagt er. Du wirst doch einen Namen erfinden können. Und lacht.

Es gibt keinen, der mir gefällt, denke ich.

Er legt meine Unterwäsche in den Rucksack zurück. Nichts, was man haben will. Er greift in die Seitentasche: Was ist das?

Mein Paß.

Er lacht. Das Photo zeigt eine Dreizehnjährige. Schiefer Pony, Zöpfe, mit Speichel glänzend geleckte Lippen, ein wenig vorgestülpt, damit sie voller aussehen, ja, sprich mit mir. Aber im Paß steht, daß ich schon achtzehn bin.

Er lacht: Das glaubt dir sowieso keiner. Wissen deine Eltern, was du hier machst?

Ich sage ihm, daß ich bereits achtzehn bin.

Das habe ich nicht gefragt, sagt er.

Ich sage ihm, daß ich unterwegs zu meinem Vater bin. Er lebt im Ausland, sage ich.

Er liest den Namen in meinem Paß. Es könnte ein ausländischer sein. Er gibt ihn mir wieder. Den Rucksack auch.

Bleib hier, sagt er. Iß was. Schlaf, wenn du willst. Ich zeige dir die Grenze, wenn ich sie losgeworden bin.

Losgeworden, wen?

An seinem Schlüsselbund hängt ein großes Stück Holz. Er schließt von außen zu: Ich will keinen Ärger wegen dir.

Schlaf, wenn du willst. Das Sofa hat blaßgoldene Beine. Auf das Leder der Rückenlehne ist ein Bild gemalt, heute voller Risse und fast vollkommen schwarz. Außer einigen Girlanden ist nichts zu erkennen. Die Oberfläche fühlt sich an und riecht wie Altöl und Männerurin. Ich reibe meine Finger aneinander. Der Schmutz in den Rillen meiner Haut ist drei Tage alt. Ich lege den Rucksack unter meinen Kopf und ziehe die Schuhe nicht aus.

Du hast nicht viel dabei, sagte der Mann, der mich die letzten zwei Tage trotz seines schmerzenden Fußes begleitete. Wir lagen im Straßengraben unter einem Pflaumenbaum. Er gehörte niemandem. Der Mann war seit drei Jahren mein Liebhaber. Er sah in meinen Rucksack. Du hast nicht viel dabei, sagte er. Warum auch, sagte ich. Du läufst nicht weg, nicht wahr, fragte er. Warum auch, sagte ich. Mein Mädchen, sagte er und zog im Graben meinen Kopf auf seine Brust.

Dieser Mann ließ mich seit drei Jahren bei sich wohnen und schlief mit mir, und er machte es gut. Dafür war ich bereit, vieles nachzusehen. Mittags machten wir Pause im Straßengraben, in der Nacht lagen wir mit Kaumbewegungen unter einer Plane. Dabei tat er gerne so, als würde er mich vergewaltigen. Nichts kannst du tun, nichts, sagte er. Du bist wehrlos. Immer wieder. Und hinterher: Weißt du, daß es am allerdemütigendsten ist, wenn man während einer Vergewaltigung einen Orgasmus bekommt?

Am nächsten Morgen lagen auf der Plane Tau und nasse Mückenleichen. Mein Liebhaber hatte weiße Wimpern um blaue Augen. Er blinzelte mit ihnen in den Himmel und lachte. Ich war lange Zeit trotzdem gerne mit ihm zusammen. Und ich weiß, er ist nur mitgekommen, um mich zu beschützen. Und um mich zu vergewaltigen. Aber für ihn war das Liebe. Er hat sogar gesagt: eine besondere. Keine Angst, stotterte er, keine Angst.

Ich stand ganz hinten in der Straßenbahn. Sie war alt und eierschalenfarben, und die Menschen hielten sich alle die Ohren zu. Meine Plastiktüte fiel um, als die Bahn um die Kurve fuhr. Alle Ohrzuhalter konnten sehen, was ich bei mir hatte: ein verfärbtes Kinderunterhemd mit Kaffeebohnenmuster auf einst weißem Grund. Ich war gerade fünfzehn geworden, und meine Mutter stellte die Tüte auf den Fußabtreter und schloß die Tür hinter, vor mir. Schwererziehbar.

Meine Mutter hängt Babys auf: Bestrahlung des Unterleibs. Das Baby an einen Pfeiler gefesselt, die Arme nach oben, die Beine fest, die Augen mit einer Windel verbunden. Man sieht nur ihre gekrümmten Münder. Mutter wickelt und bindet den ganzen Tag Menschen fest.

Ich ging lieber zu diesem Mann. Mein Mädchen, sagte er und wurde mein Liebhaber. Manches, was manche haben wollen. Ich war bereit, manches zu vergessen dafür.

Es ist das Sofa, das mich daran denken läßt. Sein Geruch nach Öl und Mann. Das straffe Gesäß über dem steifen

Bein. Die Tür ist abgeschlossen, das habe ich nachgeprüft. Was ist mir meine Freiheit wert? Ich lasse die Schuhe an.

Holzbeins Essen liegt mir schwer im Magen. Ich träume vom aufgerissenen Hals eines Vogels. Ich lutsche seine Wirbel leer. Ich sauge die Haut von den Füßen der Hühner und spucke ihre Krallen aus. Großvater hält den Hühnerkamm zwischen den Lippen und nimmt die Schädeldecke ab. Zeigt mir das Hühnergehirn. Iß, sagt er. Davon wirst du klug. Von Sauerkraut kannst du gut tanzen. Ich lache. Klug wie ein Huhn, lache ich. Tanzen wie die Kochwurst im Sauerkraut.

Soll ich dir ein Fledermaushirn servieren, fragt Holzbein, als ich aufwache und es ihm erzähle. Er lacht. Ich höre auf zu lachen. Ich ziehe auf dem speckigen Sofa den Rucksack unter meinen Arm: Kann ich jetzt gehen?

Er steht mit dem Rücken zu mir, raschelt mit dem Fettpapier, fettig vom Speck, das Brot fettig und angetrocknet. Ich habe es liegenlassen. Er wickelt es sorgfältig wieder ein.

Wohin willst du jetzt noch gehen, fragt er.

Ich sehe jetzt: Neben dem Intarsienschrank hängt eine kleine bunte Landkarte an der Wand. Grün die Gegend, blau der See, kleine schwarze Striche fürs Moor und eine gewundene rote Linie für die Grenze. Es ist zu dunkel, die Karte zu klein, um Details zu sehen. Und er steht davor.

Der Übergang ist hier, sagt er und zeigt darauf, ohne hinzusehen. Er schaut mich an: Aber der wird jetzt bald geschlossen.

Ich springe auf.

Er schaut weg von mir, ruhig auf die Uhr: Er ist schon geschlossen.

Und wieder zu mir: Es ist nur ein kleiner Übergang. Nachts ist der zu.

Pause.

Du hast den Tag verschlafen, sagt er leicht.

Der große Schlüsselbund mit dem Holzstück baumelt unter der Klinke. Im Zimmer gibt es kein Fenster. Ich lasse den Rucksack liegen.

Er hat nicht gelogen. Draußen wird es tatsächlich schon dunkel. Die schwarzen Spitzen des geschmiedeten Eisentors rot. Der Geschmack alten Specks in meinem Mund. Ich rieche nach dem Sofa.

Ich bringe dich morgen hin, sagt er hinter mir. Gütige, tiefe Stimme. Und dann gickst sie doch weg, schräg, wie die Augen, die Wangen. Der Zahnstocher, der als einziger weißer Strich in der Dunkelheit in seinem Mundwinkel winkt: Oder hast du es eilig?

Habe ich es eilig? Nein. Ja.

Ist man hinter dir her? Hast du was geklaut?

Warum fragt er mich. Er weiß es: er hat mich durchsucht.

Wie weit ist der nächste Übergang, frage ich.

Der Zahnstocher kreist.

Dreißig, sagt er. Kilometer. Zu Fuß brauchst du die ganze Nacht. Da kannst du auch hierbleiben. Darauf kommt es jetzt nicht mehr an.

Stimmt. Darauf nicht. Ich rieche meine eigenen schmutzigen Haare. Ich sollte mich irgendwo waschen.

Ich schlafe lieber zwischen den Planen, sage ich.

Wie du willst, sagt Holzbein. Er klimpert mit dem großen Schlüsselbund.

Mein Rucksack, sage ich. Er ist noch drin.

Er bringt ihn mir.

Danke, sage ich.

Wir stehen im Dunkeln.

Immer an der Wand entlang, sagt er. Es ist nicht nötig, daß du wieder die Türen zerbrichst.

Er schaltet eine kleine Taschenlampe ein. Unter seinem Kinn. Der Zahnstocher wirft einen langen Schatten über sein Gesicht. Die Bartstoppeln sind blond. Er lacht. Er leuchtet in mein Gesicht, um mein Lächeln zu sehen.

Er sagt: Du könntest hübsch sein, wenn du dich ein wenig anstrengen würdest. Wieso trägst du diese Kleidung? Sie ist dir viel zu groß. Und die Haare. Und warum machst du immer gleich so ein Gesicht, als wollte dir einer was.

Und faßt mir an die Wange, wie man das mit Jungs tut. Erwachsene Männer mit kleinen Jungs, die zu verlegen sind, um nicht nur dazustehen und es sich gefallen zu lassen. Um nicht gefallen zu wollen. Ich ziehe die Wange weg.

Schon gut, sagt er, schon gut. Ich zwinge niemanden.

Er gibt mir die Taschenlampe. Ich leuchte ihm hinterher, wie er auf sein Fahrrad gestützt davonhinkt. Er muß den Lichtkegel auf seinem Rücken spüren, aber er dreht sich nicht um.

Er schläft nicht hier im Schloß. Ich hätte netter zu ihm sein sollen.

Ich lege den Rucksack zwischen die Planen, meinen Kopf darauf. Keine Geräusche. Kein Wind, keine Grillen, kein Hundegebell. Auch hinter dem vorderen Tor war nichts als nur schlammiger Weg zu sehen. Wie weit mag die nächste Ortschaft sein? Der braune Pullover hält schön warm.

Gib mir das Geld, sagte mein Liebhaber, der mein Vater hätte sein können, aber noch ärmer war als ich. Ich kaufe uns etwas zu essen. Keine Angst, ich kümmere mich um dich. Er brachte Konserven, undefinierbare rosa Massen mit orangem Fett. Ich esse nichts mit Leber. Ich trinke Milch aus dem Beutel. Sauge an der Ecke wie an der Zitze. Man rutscht immer ab. Die Plastikfetzen der aufgebissenen Öffnung schwimmen einem im Mund herum. Ich habe keine Zahnbürste mitgebracht. Die Milchzähne werden mir ausfallen.

Auf Photos sehe ich wie eine Dreizehnjährige aus. Laß meine Hand los, sagte mein Liebhaber zu mir. Wie sieht das aus: ein Mann und ein Kind. Sie werden denken, du bist mein Vater, sagte ich. Das bin ich auch, sagte er.

Sie werden denken, du hast den Paß gefälscht, lachte der Fernfahrer. Dazu muß man keine achtzehn sein. Stimmt. Aber der Paß im Rucksack unter meinem Ohr ist trotzdem echt. Ich liege zwischen Planen und träume von einem O.

Der Fernfahrer fährt seinen Namen spazieren. Sein Name hat einen Buchstaben vorangestellt: ein O. Ich frage ihn, was das O bedeutet.

Er sagt: Viele heißen so wie ich. Die Buchstaben brauchen wir, um uns zu unterscheiden.

Ein O. Das könnte unter Umständen bedeuten, daß es vierzehn andere gibt, die diesen Namen neben ihm, vor ihm haben. Aber er spricht schon wieder von seinem Haus, zeigt mir Photos. Soundso viel Kilometer noch, bevor es ihm gehört. Aber vielleicht verkauft er es wieder und kauft sich ein größeres, und den Rest fährt er wieder zusammen. Wieder soundso viel Kilometer.

Das mit dem Haus verstehe ich, sage ich ihm. Und es stimmt.

Ein Haus für sich allein.

Ein Schloß für sich allein. Am letzten Tag in diesem Land sitze ich zwischen geschlechtslosen Statuen. Warten auf Holzbein.

Seit Sonnenaufgang bin ich, Kehlkopf nach oben, unter allen Stuckdecken der Herrenräume entlangspaziert. In einem Schlafzimmer hing noch ein zerfetzter Betthimmel, in die vier Ecken des Stucks waren kleine runde Fresken geklebt: Amor mit Pfeil und Lendenschurz. Flach und bunt wie abwaschbare Tätowierungen für Kinder. Einen Raum weiter, gut erhalten, blauweißes chinesisches Schilf und kleine Drachenboote auf geweißter Wand. Darauf die Abdrücke verschwundener Möbel: Phantombilder abgerissener Häuser an den Feuerwänden ihrer Nachbarn. Ich drückte meine Lippen dagegen: schöne, kühle Wand, staubig, lotrecht. Leer. Im Marmorsaal der Kotflügel hielten geschlechtslose Engelchen Blumengirlanden in Buchstabenform: F, N und E.

Mein Magen knurrt. Wenn man einmal angefangen hat zu essen. Und Holzbein läßt auf sich warten. Die Putte neben mir hat harte Orangenhaut.

Na endlich, sage ich.

Ich bin nur gekommen, um mich zu verabschieden, sagt die Stimme. Nicht seine.

Ein Mädchen steht hinter mir in der Dachluke. Ein Gesicht wie eine Porzellanschale und überhaupt keine Haare auf dem Kopf. Aber sie ist auch nicht kahl. Goldener Flaum bedeckt ihre Kopfhaut. Sie glitzert in der Sonne.

Wohin sie gehe, frage ich.

Sie sagt: Zur Schauspielschule.

Wie sie so dasteht in ihren schweren Gummistiefeln, rutschend in Rost und Blättern, und ohne Haar. Hätte sie gesagt: Zu meinem Planeten, hätte ich es eher geglaubt. Sie zieht immer wieder die Nase hoch. Der rechte Nasenflügel ist entzündet, verschorft. Was sie da trägt, ist kein richtiger Nasenring, sondern ein etwas altmodischer länglicher Ohrring mit einem lila Glasstein. Dazu die blauen Augen. Auch auf ihren Ohren wachsen kleine goldene Haare. Ob sie es weiß?

Ich sage ihr, schön für sie, sie habe also Talent.

Sie zuckt mit den Schultern. Der lila Stein erzittert in ihrem Nasenflügel.

Ich frage sie, was sie denke, warum man sie sonst genommen habe.

Sie sagt: Vielleicht, weil ich eine Glatze habe.

Und dann: Und ich habe eine Stimme, wenn ich mich vor unsere Kate stelle und rufe, kann man mich bis hierher hören.

Der lila Stein erzittert von neuem. Sie dreht den Ohrring etwas in der Wunde, zieht Luft durch die Nase.

Den Ring hatte ich da noch nicht, erklärt sie. Er habe ihrer Mutter gehört, sagt sie. Sie sei gestorben. Sie hatte nur diesen einzelnen Ohrring.

Wir schweigen eine Weile. Dann erzähle ich ihr, wie ich hierhergekommen und wohin ich unterwegs bin. Daß ich nur noch auf Holzbein warte. Sie nickt. Sie sei nur wegen der Putten gekommen.

Sie haben kein Geschlecht, sage ich.

Ja, sagt sie. Gut für sie.

Unten steht ein blonder Junge mit Gummistiefeln in der schwarzen Erde.

Er weicht mir nicht von der Seite, sagt sie.

Wer ist er, frage ich.

Sie sagt, er sei ihr Bruder. Sie sagt: Ich weiß, er weiß es, daß ich weggehe, obwohl er immer noch so tut, als ob er's nicht wüßte. Aber jeder weiß es. Meine Tanten öffnen die Post. Sie kleben die Kuverts gar nicht wieder zu.

Viel Glück, sage ich. Und Holzbein kommt. Er ist nicht allein. Er geleitet sein Fahrrad neben einem Auto her, das durch die Radspuren röhrt und dann irgendwo stehenbleibt. Nicht, als wäre es angekommen, eher, als hätte es gerade dort aufgegeben. Eine Frau und zwei Männer steigen aus. Ich schiebe die Schulter der Putte vor mein Gesicht. Unnötig. Die Besucher schauen nur vor ihre Füße, in den Schlamm, um in Stadtschuhen nicht zu versinken. Sie öffnen die Lamellentüren und gehen ins Schloß. Ich denke an meinen Rucksack, der dort zwischen den Öfen liegt. Holzbein ist der letzte in der Reihe. Bevor er eintritt, blickt er herauf zu mir. Er kann mich nicht sehen. Was geht in so einem Krüppel vor? Was bringt es ihm, mich zu verraten?

Die Statuenzeile geht nicht bis herum. Zur Vorderseite des Schlosses müßte ich über das schräge Dach. Sinnlos. Hinunter müßte ich sowieso, und unten sind sie schneller als ich. Die Tür zum Dach läßt sich von außen nicht schließen. Ich rutsche in den feuchten Blättern aus. Ich denke an die leeren Ofenöffnungen in den Herrschaftsräumen. Ich schlüpfe durch eine Luke in den Dachboden. Vielleicht kann ich durch den Dienstbotentrakt hinaus. Im Herrschaftsraumgeflecht mit seinen versteckten Türen habe ich, richtungslos, keine Chance gegen sie.

Sie öffnen die Spaletten. Ich hocke auf der zugigen Dienstbotentreppe und höre, wie unten verwittertes Holz aufgeht. Sie öffnen die Spaletten. Sie scheinen es nicht eilig zu haben dabei. Sie stehen und reden. Ich kann nicht verstehen, was. Am häufigsten spricht die Frau. Dazu das Murmeln der Männer. Ich krieche hockend Treppenstufen hinunter. In meinen Handflächen kleben Putzkrümelchen und Mäusekot. Ich rieche nach Planen und nach den durchweichten Blättern in den Rillen meiner Schuhsohlen. Aber mein Geruch kann mich in diesem Schloß nicht verraten. Zum Glück haben sie keinen Hund dabei.

Das Parkett knarrt unter Holzbeins Schritt. Dazu die klopfenden Schritte der Frau. Sie hat rote Haare, ich habe es von oben gesehen. Sie kommen herauf.

Über die Treppe geht es schneller, höre ich Holzbeins Stimme.

Sie kommen in den Dienstbotentrakt. Holzbein voran. Schritt für Schritt sein knarrender Absatz auf den Steintreppen. Und das Klopfen der Frau. Dagegen meine hokkenden Schritte zurück ins dunkle Ende der Treppe. Mein Geräusch kann mich hier nicht verraten.

Sie ist schneller als er. Ihr Klopfen überholt sein Knarren. Sie kommt auf mich zu. Ihre Schuhspitzen sind rot wie ihr Haar.

Machen Sie mir Licht, höre ich sie sagen. Es ist zu dunkel. Ich sehe nichts.

Nicht da lang, sagt Holzbeins Stimme. Ruhig.

Die Schuhspitzen bleiben stehen.

Hier, höre ich ihn sagen. Dort oben ist nichts mehr, nur noch das Dach.

Er geht als letzter hinein. Ich sehe ihn noch, wie er vor der Ofenöffnung zum hohen Saal steht und die Herrschaften lotst. Ich hocke in der Treppenbiegung. Bevor er in den Raum eintritt, blickt er zu mir hoch. Kann er mich im Dunkeln ahnen? Er lächelt herauf. Seine Augen zwischen rosa Fettwülsten blau. Er hinkt hinein. Quasimodo, mein Hüter. Ich hätte netter zu ihm sein sollen.

Ich gehe wieder aufs Dach, lege meinen Arm um die lässigen Waden der Putte. Perspektive eines Puttenknies. Ich warte, daß die anderen gehen und ich mit Holzbein alleine bin. Er hat mich nicht verraten. Oder er spart es sich für später auf. Sicher ist, er erwartet noch etwas von mir, bevor ich gehen darf. Warum auch nicht. Ich werde mich nett verabschieden. Ich bin kurz vor dem Ziel, ich kann großzügig sein. Keine Eile. Ich sitze und warte, daß die anderen gehen.

Sie ziehen Fäden durch den Schlamm. Einer der Männer hat Gummistiefel aus dem Auto geholt und umfädelt nun weiß den schwarzen Schlamm. Er schlägt kleine Holzpflöcke ein und macht mit den Fäden eine Negativzeichnung vom zukünftigen Park. Geraden, Kreise, Muscheln. Ich sitze schon den halben Tag auf dem Dach zwischen den Putten und sehe ihm zu. Holzbein und die anderen bewegen sich unter mir im Schloß. Reden, was ich nicht verstehe. Die Fadenfiguren im Schlamm erinnern mich an das Spiel mit den Webstäbchen. Sterne weben. Springbrunnen. Ich sehe dem gerne zu. Schade, daß ich das Ende nicht mehr sehen werde.

Seltsam. Bis hierher bin ich doch noch traurig geworden.
Meine dünnen Hände und Füße hängen aus den weiten Kleidungsröhren. Spärlicher schwarzer Flaum bedeckt sie. Ich reibe daran: vier Tage Schmutz. Wie lange habe ich mein Gesicht nicht mehr gesehen. Meine Haare fühlen sich rauh an, und wie Pelz und Gefieder zugleich. Für ein Mädchen siehst du reichlich verwahrlost aus. Dabei könntest du hübsch sein, wenn du dir nur ein wenig Mühe geben würdest.

Ich habe mir Mühe gegeben, in vielem, es hat bloß nicht gereicht. Schwererziehbar. Du wirst auch nur wie dein Vater werden: feige, asozial. Mein Liebhaber wollte oft, daß ich mich entschuldige.

Entschuldige, sagte ich.

Er schaut mich immer noch haßerfüllt an: Du meinst es nicht.

Er hat recht, denke ich, aber ich spreche es nicht aus. Ich wage es nicht. Er wird leicht böse und schläft dann nicht mit mir. Entschuldige, sage ich. Er zieht mich an seine Brust, sanft, stolz, streichelt mich. Mein Mädchen, sagt er zu mir. An meinem achtzehnten Geburtstag unterschrieb ich vormundlos für einen Paß.

Das Land war mir einerlei. Ich wollte seine Dörfer nicht kennen. Ich wollte nichts, als sie hinter mir haben. Und nun. Der zweite Tag schon, daß ich auf einem Schloßdach sitze, kaum einen Zwei-Stunden-Fußmarsch vom nächsten Grenzübergang entfernt. Ich sitze hier oben und schaue mir diese absurde Leichenlandschaft an und lasse mich von einem Mann mit einem steifen Bein verstecken und nähren. Und bin traurig, das Ende des Webstäbchenspiels nicht mehr zu sehen.

Ach was, sagte Holzbein. Jeder will das. Herr in seinem Schloß sein. Einen Scheiß, sagte ich darauf. Er sah mich an, getroffen: Für ein Mädchen bist du ganz schön vulgär. Entschuldige, sagte ich. Und nahm etwas von seinem Speck.

Ich bin so hungrig, daß es brennt. In der Speiseröhre, im Magen. Ich würde nackte Vögel essen, käme ich nur an welche heran. Den gebrochenen Hals auslutschen. Nach dem Stand der Sonne muß es schon lange Nachmittag sein. Ich zerquetsche ein braunes Blatt zwischen den Lippen. Es schmeckt bitter, überzieht meine Zähne mit Schleim. Ich würge es wieder heraus. Ich komme mir selbst unsinnig vor. Was mache ich eigentlich hier?

Unten heult das Auto auf. Jetzt erst merke ich: Der Mann zwischen den Fäden ist verschwunden. Unter mir im Schloß ist es schon seit einer Weile still. Endlich. Ich stolpere Leitern, Treppen hinunter.

Der Rucksack liegt noch zwischen den Ofenbeinen, dicht ins Dunkle, dicht an die Wand gedrückt. Nichts rührt sich. Ich drücke die Lamellentüren auseinander. Die Sonne steht tief. Die Gerippe der Maschinentiere färben sich gelb wie das Schloß. Holzbeins Fahrrad lehnt nicht mehr an der Schloßwand. Also schön, denke ich und angle bäuchlings nach dem Rucksack. Ich muß mich beeilen. Dann eben ohne Abschied. Ich prüfe, ob mein Paß noch in der Seitentasche steckt.

Tiefer hinunter. Die Tasche löst sich unten schon auf. Es reißt am Nagel. Fäden, loser Schmutz, aber ansonsten: nichts. Unter dem Ofen: nichts. Ich werfe die Planen um. Die Kaffeebohnen auf den vergilbten Kinderunterhemden fliegen in die Ecken. Nichts, nichts. Ich werfe die Planen um. Ich trete gegen schienbeinlose Ofenbeine. Ihr schiefes Gartenzwerggeräusch. Nichts, nichts. Mein Geschrei dringt bis zu den unsichtbaren Katen ringsum.

Man muß nicht gleich das Land verlassen, sagt das kahle Mädchen zu mir.
  Es ist nicht das Land, sage ich. Orte sind mir einerlei.
  Pause.
  Pause. Pause. Und dann doch:
  Um mich herum war alles Gewalt.

Der kleine zitternde Nasenohrring schaut mich an. Und nickt. Er denkt, das ist nirgends anders.

Wir stehen uns ganz nahe. Unsere Nasen berühren sich fast. Wir sehen uns ähnlich. Unsere Gesichter wie Porzellanschalen.

Ich weiß, sage ich. Ich weiß. Ich bin so wütend. Ich möchte weinen.

Er schaut mich an. Der lila Stein. Ich weine nicht.

Die Konserven sind alle mit Leber. Kurz vor Ladenschluß gehen noch einmal schmutzige Lampen an. Die einzige Kassiererin schaut zur Tür hinaus. Kühe ziehen vorbei. Ich habe mein Geld bei meinem Liebhaber gelassen.

Wenn du achtzehn bist, sagte er zu mir, bin ich nicht mehr dein Vater. Dann zeuge ich mit dir ein richtiges Kind. Bevor ich zu alt bin dafür.

Mein Liebhaber wäscht sich mit kaltem Wasser in der Tankstellentoilette. Ich lasse ihm mein Geld und steige in den Lastzug ein.

Der Wagen bringt Fleisch ins Ausland. Der Fahrer bietet mir seine Brote an. Ich sage, ich esse nichts mit Leber. Er bietet mir Cola mit Jim Beam an. Zwei Büchsen. Ich sage, ich trinke keinen Alkohol. Er sieht mich an, läßt das Lenkrad los, öffnet die Büchse mit einem Klack. Wir sprechen nicht mehr. Am Rasthof trinke ich aus dem Wasserhahn. Er sieht es, er sagt nichts dazu.

Später fragt er mich, ob ich einen Paß habe.

Ich sage, ja.

Er sagt, seine Reise wäre noch lang. Ich könnte ihn begleiten. Ich wolle doch sowieso ins Ausland. Er sagt, im Zug sei Platz genug.

Aber es ist nur ein Bett in der Kabine. Ein geblümter Schlafsack liegt darauf.

Der Fahrer erzählt. Er sagt, daß auf den Straßen zu den Grenzen viele Zigeunernutten stehen. Sie zucken mit ihren dunklen Becken im weißen Stretch. Und sie sind schmutzig, sagt er und blickt mich an. Sein Gesicht ist zur Seite gerutscht.

Sie haben nichts, was ich will, sage ich zur einzigen Kassiererin. Sie zuckt mit den Achseln. Ich nehme die Hand nicht aus der Tasche. Zu Hause habe ich für meinen Liebhaber Orangen geklaut. Unterwegs Pflaumen. Im Wald setze ich mich hin, ziehe die Hand hervor und esse Ham and Eggs aus der Konserve. Kaltes, gelbäugiges Fett. Das Metall, das übrigbleibt, werfe ich ins Dunkle. Wo man es nicht sieht.

Es wird alles anders werden, sagt Holzbein zu mir. Sie werden das Schloß wieder öffnen. Die Frau, die du gesehen hast, wird die Direktorin sein. Ich darf bleiben, hat sie zu mir gesagt. Karten an der Kasse abreißen.

Pause.

Eine Putzfrau brauchen sie auch.

Mehrere, sage ich.

Er lacht, wer weiß, warum. Dann hört er auf.

Ich sage zu ihm, ich muß zu meinem Vater ins Ausland.

Ich bin dein Vater, sagt er.

Da sehe ich: er ist gar nicht so alt. Vielleicht ist er Mitte Dreißig. Blaue Augen und blonde, verschwitzte Haare. Sie kleben an seinem rosa Kopf.

Du bist zu jung, sage ich.

Du bist zu alt, sagt er.

Er lächelt. Ich lächle. Die Bestie lieben heißt sie erlösen. Und was ist die Belohnung für einen selbst?

Es wird Dienstwohnungen im Schloß geben, sagt Holzbein. Seine Augen glänzen wie die Landstraße. Er ist fröhlich heute früh.

Er kam fröhlich an. Ich saß im hohen Raum unter dem Pferdegespann, in den Gitarrenfenstern oben, und hörte ihn pfeifen. Er pfiff nach mir. Ich pfiff zurück. Vögelchen, sagte er und kam mit seinem Holzbein. Das Gerüst, die Leiter staubte unter ihm. Ich lachte ihn mit meinen Vogelzähnen an.

Du hast einen hübschen Hühnerhals, sagte er, als wir zu den Fäden hinausschauten. Sie zitterten im Wind. Sterne weben. Ich lecke Speckkrümel von seinem Messer und schneide mich nicht. Hast eine hübsche Katzenzunge, sagt er und lacht. Was ist mir meine Freiheit wert.

Ich habe deinen Paß nicht, sagt Holzbein. Du kannst viel erzählen. Hast du überhaupt einen Vater im Ausland? Jeder hat einen Vater, na klar. Wer wird dir glauben, so wie du aussiehst. Asozial.

Die Freskoaugen beobachten einen, wohin man auch geht im Saal.

Geh vor, sagt Holzbein.

Ich halte die Leiter für ihn.

Er klatscht aufs Parkett wie eine Melone. Die Leiter liegt unter seinem Nacken, sein Kehlkopf stülpt sich vor. Der gerissene Hals eines Vogels. Er trägt meinen Paß in einer Tasche am steifen Bein. Er hätte ihn mir geben sollen.

Ich ziehe die Lamellentüren hinter mir zu. Nicht, daß noch irgendwelche Tiere hereinkommen und sein steifes Fleisch anfressen.

Glossar

Seite 31

Bonjour. Je suis le traducteur. Quel est votre nom? (franz.)
Guten Tag. Ich bin der Dolmetscher. Wie ist Ihr Name?

Eu nu înţeneg. Nu vorbesc decît româneşte. (rum.) Ich verstehe nicht. Ich spreche nur Rumänisch.

Româneşte? (rum.) Rumänisch?

*Les langues sont relatives. Vous devriez me comprendre, si je
parle lentement.* (franz.) Die Sprachen sind verwandt.
Sie müßten mich verstehen, wenn ich langsam spreche.

Vorbesc numai româneşte. (rum.) Ich spreche nur Rumänisch.

Maybe we could try it in English, then? (engl.) Vielleicht
können wir es dann auf englisch versuchen?

Seite 32

Vous venez de quel endroit? (franz.) Woher kommen Sie?

Kak was sowut? (russ.) Wie heißen Sie?

Alors, vous venez de la Roumanie. (franz.) Sie kommen also
aus Rumänien.

Romania, da. (rum.) Rumänien, ja.

C'est la fin de votre voyage. (franz.) Das ist das Ende Ihrer
Reise.

C'est fini. (franz.) Es ist aus.

Pas de chance. (franz.) Keine Chance.

pour chacun (franz.) bei jedem

Solo una questione di tempo. (ital.) Alles nur eine Frage der
Zeit.

Je pense que vous me comprenez. (franz.) Ich denke, Sie verstehen mich.

Seite 121
Mir – eta nadjeschda narodov. (russ.) Der Friede ist die Hoffnung der Völker.

Seite 130
Bei einer Gemeindesitzung im Komitat Nógrád (Ungarn) wurde der Vorschlag gemacht, die ungarischen Zigeuner in Zukunft *Kreolen* zu nennen, da die Bezeichnungen «Zigeuner» oder «Roma» als pejorativ empfunden würden. Der Vorschlag hat sich nicht durchgesetzt.

Seite 188
Die Sanduhr. Ungarischer Schlager aus den siebziger Jahren

Die Menschen in den Geschichten Terézia Moras kommen aus kleinen Dörfern unweit der Grenze zwischen Ungarn und Österreich. Diese Grenze bestimmt das Leben derer, die an ihr wohnen – nicht nur als ein Streifen Land mit Schlagbaum, sondern ebenso als eine magische Region, mit der sie lebenslang auf Gedeih und Verderb verbunden sind und die sie, auch wenn sie das Land verlassen sollten, nie wirklich überwinden können.

Derweil üben sie sich in zerstörerischem Trinken genauso wie in lustvollem Feiern, im Singen so fleißig wie in besinnungslosem Prügeln. Und die Erinnerung an diese Grenzregion mit ihren skurrilen, manchmal liebenswerten, manchmal fremdartig brutalen Einwohnern, ihrer hoffnungslosen Sehnsucht nach dem guten Leben, ihren archaischen Gewohnheiten und verbissenen Ansichten beherrscht die Geschichten Moras wie ein Vexierbild, in dem die Landschaft der eigenen Heimat zur Fremde wird, zur *seltsamen Materie*. Mit ihr ist sie verwachsen, und von ihr ist sie zugleich ausgestoßen.

Die Erzählungen Terézia Moras sind von eindrücklicher Plastizität, kalt in ihrer nüchternen Sachlichkeit, malerisch in ihrer kraftvollen Lebendigkeit. Sie lassen die unschuldigen und oft humorvollen Seiten einer gewitzten Überlebensstrategie von Charakteren hervortreten, die nur von dieser Seite der Grenze aus gesehen Außenseiter sind.

© Monika Paulick

B 18/3

Imre Kertész. Nobelpreis für Literatur 2002

«Wenn man mich fragte: Was hält Sie noch auf dieser Welt, was hält Sie am Leben? Ich würde, ohne zu zögern, antworten: die Liebe.» *(Rede zur Verleihung des Nobelpreises)*